銭売り賽蔵（さいぞう）

山本一力

朝日文庫

本書は二〇〇七年十二月、集英社文庫より刊行されたものです。

目次

銭売り賽蔵（さいぞう）

一

明和(めいわ)二（一七六五）年五月十七日の昼下がり。

大横川にかかる黒船橋の真ん中で、賽蔵(さいぞう)はすでに四半刻(しはんとき)（三十分）近くも、川面を見つめ続けていた。

梅雨はまだである。

しかし日ごとに陽は強くなっていた。

この数日晴天が続いたことで、川べりの草むらからは陽炎(かげろう)が立ち昇っている。

賽蔵は、素肌に唐桟(とうざん)を着ていた。

紺地に赤味の糸で細い縦縞を配した、お気に入りの一枚である。陽の当たり加減によっては、紺地と赤味とが混ざり合い、紫色に見えたりする。

今年が後厄の賽蔵には派手すぎると、陰口をきく銭売り仲間もいた。賽蔵は一向に気にしていなかった。

背丈五尺四寸（約百六十四センチ）の賽蔵は毎日重たい「ゼニ」を背負って深川各所を歩いていた。

あたまは白髪交じりだが、重たい銭を背負子で毎日天候にかかわらず運ぶ稼業だ。遠目にも「あれは賽蔵さん」だと、あたまの白さと引き締まった身体つきとで言い当てられた。

その銭を背負い、急ぎのときは小走りで一里（約四キロ）を四半刻で走り抜く足の強さを秘めていた。

深川大和町はずれに道場を構えた柔取には、三日おきに稽古をつけてもらっている。見た目からはうかがえないものを秘めた賽蔵である。しかし大横川をぼんやり眺めている姿は、歳よりも老いて見えた。

大川につながる大横川には潮の流れに乗ったのか、無数の小魚が泳いでいた。

背を丸めて欄干に寄りかかっている賽蔵の頭上をかすめて、都鳥が川面に舞い降りた。瞬く間もおかずに飛び立った鳥は、くちばしに獲物を咥えている。それを見た仲間の鳥たちが、群れをなして川面に襲いかかった。

最初に降り立った鳥は、すでに獲物を呑み込んでいた。甲高い啼き声を発したあと、ふたたび川面を目がけて舞い降りた。

黒船橋の周りが啼き声で騒がしい。

その騒々しさがわずらわしいのか、賽蔵が億劫そうに橋の欄干から身体を離した。

橋を渡れば仲町の辻で、角には黒塗りの火の見やぐらが建っている。五月中旬の強い陽を浴びて、光を吸い込むはずの黒いやぐらが、照り返っているように見えた。

賽蔵はやぐら下を通り過ぎてから左に折れて、山本町の町木戸をくぐった。

賽蔵が暮らすのは、木戸番小屋につながる裏店、徳右衛門店である。木戸のとっつきは、家主の徳右衛門が住む生垣囲いの平屋だ。

家主の宿の先には、三軒長屋が四棟、横並びに建てられている。徳右衛門は北の棟から順にイ・ロ・ハ・ニと、棟に名をつけていた。ロ棟とハ棟の間に、井戸とゴミ捨て場、かわやが構えられている。

賽蔵の宿はハ棟だ。

軒が重なり合った長屋は、部屋にはほとんど陽が差し込まない。

なかでも賽蔵の宿は一番奥のどん詰まりで、陽が差さないだけではなく、風も通らない。

しかもかわやに近いため、臭いが路地によどんでいる。

徳右衛門店は寛保三（一七四三）年に普請された。賽蔵は裏店ができた当初からの住人である。ここに暮らし始めたときは二十一歳だったが、すでに後厄。二十二年も暮らしている賽蔵には、ゴミ捨て場やかわやの悪臭も、暮らしの一部である。晴天続きで生ゴミがひどい臭い(にお)を発しているが、賽蔵は顔をゆがめもせずに通り過ぎた。

この日の朝方、深川十万坪の銭座(ぜにざ)で聞かされた話に比べれば、ゴミの臭いなどは可愛いものだった。

「金座の後藤が、亀戸(かめいど)村に桁違いの大きさの銭座を開こうとしている……」

十万坪銭座請け人のひとり、二代目中西五郎兵衛(ごろべえ)が、渋い顔でこの朝賽蔵に伝えた。

中西は、賽蔵が銭を仕入れる鋳銭元(ちゅうせんもと)だ。

金座が本気で造り始めたら、どれほどの銭が出回るか知れたものじゃねえ。

このことが賽蔵に重たくのしかかり、黒船橋で足が動かなくなっていた。

都鳥がうるさく啼いたことで、賽蔵は物思いを閉じて宿に戻ってきた。

二

腰高障子戸を開ける手が重たい。

戸を開けたら、朝からの陽で蒸されていた空気が戸口に押し寄せてきた。

宿に入るなり、隣に暮らす左官の女房、おせきが障子戸の外から声をかけてきた。

「構わねえから、へえってくれ」

言い終わる前に戸が開かれた。

「急な物入りができちまってさあ。五匁ばかりお足を売ってちょうだい」

おせきが銀の小粒五つを差し出した。

左官の出づら（日当）は日に二百七十文の銭立てだが、手間賃の払いは十日に一度の旬日払いだ。棟梁はそれを銀で支払った。

裏店暮らしの者が日々遣うカネは、銀ではなく文銭である。町場の商店や担ぎ売りから物を買うには、文銭の用意が必要だった。

賽蔵の生業は銭売りである。

一両小判・一分金・二朱金の金貨や、丁銀・豆板銀（小粒）などの銀貨と、町民が普段遣いに遣う文銭との両替をするのが銭売りである。

「銭がまた高くなってんだ、おせきさん」

「あらいやだ。いったい幾らなのよ」

おせきが口を尖らせた。

「一匁六十三文だ」

「六十三文って……十日前には、六十六文で替えてくれたじゃないのよ」

「だからそういってるじゃねえか。六十三文で替えても、おれの儲けはほとんどねえんだ。気にいらねえなら、よそで取り替えてもらってもいいぜ」

朝方の重たい話を思い出した賽蔵は、邪険な物言いになっていた。

「そんなつもりで言ったんじゃないわよ」

おせきの口調も憮然としている。

「替えてもいいのかい？」

念を押されて、おせきは渋々うなずいた。

受け取った小粒を秤に載せた賽蔵は、片側の皿に五匁の重りを載せた。

秤はぴたりと釣り合った。

それを確かめてから、賽蔵は算盤を弾いた。とっくに暗算で答えは出ていたが、おせきに得心させるための算盤だった。

「三百十五文の勘定だ」

弾いた珠をおせきに示してから、賽蔵は木箱から銭を取り出した。

細縄で縛った百文緡が三本と、バラの銭が十五枚である。

「ねえ賽蔵さん……」

銭を受け取ったあと、差し迫ったような目つきでおせきが問いかけた。

「うちにまだ三十匁ばかり残ってるんだけど、いまの間に取り替えたほうがいいかしら」

「そいつあ、なんともいえねえ」

賽蔵の答え方は愛想がなかった。

「おれにいえるのは、ここんところの銭相場は気が抜けねえてえことだけだ」

「なんで気が抜けないのさ。もったいつけてないで、ちゃんと教えてちょうだいよ」

三百匁（一キロ強）を超える重さの銭を手にしたおせきが、賽蔵に詰め寄った。

「銅（あかがね）がまた、品薄になってるてえんだよ」

面倒くさそうに言ったあと、賽蔵は銭の入った木箱のふたを閉じた。

おせきに、出て行けといわんばかりの振舞いである。おせきはむっと目を怒らせたが、そのうえの問いかけはせずに土間から出て行った。

明和二年のいまは、金銀相場は比較的落ち着いており、金一両が銀六十匁である。しかし銭相場は、じりじりと高くなっていた。

わけはおせきに話したとおり、素材の銅不足である。そのことも賽蔵は今朝方、銭座で聞かされた。

おせきは障子戸をきちんと閉めずに出て行った。戸の隙間から、かわやの臭いが流れ込んでくる。

土間におりた賽蔵は戸を閉めてから、へっついの灰に埋めてあった種火を取り出した。

それを煙草盆に移し、六畳間に戻った。

賽蔵は煙草好きである。

取り立ててぜいたくはしていないが、刻み煙草とキセルに遣うカネは惜しまない。煙草は尾張町の菊水屋にまで出向き、霧島と国分を混ぜ合わせたものを求めた。七寸(約二十一センチ)の羅宇に銀の火皿と吸い口のついたキセルも、菊水屋で誂えたものだ。

朝から重たい気分にのしかかられて、ここまで一服も吸っていなかった。

いま、やっと一服ができた。

強く吸われて、火皿が真っ赤になった。

賽蔵が徳右衛門店に暮らし始めて二十二年。享保十八(一七三三)年に銭売り修業を始めてから、すでに三十二年が過ぎている。

あのころと様子が似てきた……。

賽蔵の吐き出した煙が顔のまわりに漂っている。部屋に残っていたかわやの臭いと、煙草の香りとが混じり合った。

賽蔵が深川黒江町の裏店で生まれたのは、享保八(一七二三)年六月である。

父親は鏨職人で、佐賀町の鍛冶屋に通っていた。母親は近所の煮売り屋に手伝いに出ていたが、所帯を構えて三年目の享保八年に初めての子、賽蔵を授かった。

ただし賽蔵という名は、ふたおやが付けたものではない。

賽蔵が生まれた年は、江戸の町が何度も野分に襲われた。

なかでも八月十日の明け方に江戸を直撃した野分はひどかった。

黒江町は大川から三町（約三百三十メートル）しか離れていない。降り続いた豪雨で、永代橋わきの土手が切れた。

その鉄砲水に、賽蔵たちが暮らしていた裏店がまともに襲いかかられた。

甃職人の道具箱は重たい。

それをなんとか運び出そうとして、父親は逃げ遅れた。

賽蔵は生まれてまだ二カ月の乳飲み子である。母親は背負うこともできず、前抱きにして水から逃げようとした。

が、水に濡れた着物の裾がうまく開かず、やはり逃げ遅れた。たまたま流れてきた盥に賽蔵を乗せた直後に、凄まじい水が母親に襲いかかった。

賽蔵だけが助かった。

流される盥を仲町の辻で拾い上げたのが、銭売りの由蔵である。

その当時、由蔵は富岡八幡宮裏手の冬木町の裏店に暮らしていた。銭売りの稼業柄、由蔵は水の動きには聡かった。重たい銭を守るためには、何にもまして、水から巧く逃げるのが肝要だったからだ。

冬木町は、大川につながる仙台堀が近くを流れる町である。堀の水に何度もいじめられていた由蔵は、ひとり乗りの小舟を誂えていた。

野分の雨は、八日の朝から降り続いていた。

仙台堀がきっと溢れる。

こう読んでいた由蔵は、九日夜には逃げ出す算段を始めていた。

案の定、十日未明に堀が溢れた。

この朝は深川だけではなく本所・浅草・王子の各所で出水し、床上一尺（約三十センチ）まで水に浸かった。

宿に置いてあった銭五十貫（約百八十八キロ）と、身の回りの品を舟に積み、由蔵は仲町の辻に出た。

ここには火の見やぐらがある。

もしものときには、やぐらに登って難を逃れようと考えてのことだった。

盥に乗った賽蔵を救い上げたのは、このときである。

由蔵は十六歳の夏に在所の上総（かずさ）木更津から江戸に出た。浜を襲った大嵐でふたおや、兄弟をすべて失い、行くあてもなしに江戸に流れてきたのだ。

そして二十年が過ぎたとき、孤児（みなしご）となった賽蔵を拾った。

「おめえは盥のなかで泣きもしてなかった。それがあんまり哀れでよう、あとさき考えずに拾っちまったのよ」

賽蔵が六歳を迎えた享保十三（一七二八）年の正月に、由蔵が拾った朝の顚末（てんまつ）を初めて聞かせた。

七年前の享保六年から、公儀は人別改（にんべつあらため）を行っていた。

賽蔵が生まれたのは享保八年六月である。

賽蔵のふたおやは、黒江町の名主に出生を届け出ていたはずだ。が、すべての書物（かきもの）が八月十日の鉄砲水で流されていた。ゆえに賽蔵に本来付けられていた名も、ふたおやの名も、分からずじまいだった。

賽蔵と名づけたのは由蔵である。

享保十一年の人別改で、それまで無宿孤児扱いとなっていた賽蔵を、由蔵はおのれの子として届け出た。

賽蔵が十一歳になった享保十八年正月から、由蔵は銭売り稼業を教え始めた。

当時の幕府は、産出量が激減しているにもかかわらず、銅を長崎交易輸出品の目玉に据えていた。しかも交易相手国には、元禄初期に取り交わした量を改定せずにいた。

公儀は銅の使用を厳しく制限し、輸出量の確保を図った。そのしわよせをくったのが、銭の鋳造である。

素材の銅が不足したことで、銭の供給が大きく減った。それとは逆に、元禄（げんろく）時代を境にして江戸の町は大きく膨らんでいた。

物もひとも、諸国から江戸に流れ込んだ。

それに伴った売り買いも、桁違いに膨張していた。

江戸は武家と町人とが半々だが、庶民が遣うカネは銭である。その銭が極端に品薄となり、金銀との両替相場が高騰した。

それまで銀一匁で銭は六十六文買えていた。

ところが賽蔵が銭売り修業を始めた享保十八年には、銀一匁が銭四十六文にしかならないまでに値上がりしていた。

しかもさらなる銭の値上がりを見越して、両替屋大店(おおだな)は売り惜しみを始めた。

その当時の由蔵は、まだ銭座とはじかに商いが持てておらず、日本橋の両替商大谷屋から仕入れていた。

「あんたとは長い付き合いだからこれだけ回すが、売りたくても、うちにもないんだ」

大谷屋の手代は散々に恩を着せて、わずか十本(千文)の緡を高値で卸した。

銭の高値は武家をも襲った。

武家は禄米を売りさばいて得る金子(きんす)が唯一の俸給である。米代は札差(ふださし)が金貨銀貨で支払った。しかし金銀の値打ちが下がるなかでは、出入りの商人は銭でしか物を売らなくなった。

札差が支払う米代金は金銀のみだ。

武家が受け取るカネは日に日に値打ちを下げて、実入りが大きく目減りした。

公儀は銭の退蔵を禁ずる触れを連発した。

が、銭の鋳造は相変わらず追いついておらず、銭相場は高値に張り付いていた。

これが賽蔵十四歳の、元文元（一七三六）年まで続いた。

「とうちゃん、たいへんだ」

同年六月二十六日の昼過ぎに、賽蔵は日本橋から慌てふためいて冬木町に駆け戻った。

賽蔵は自分を拾ってくれた由蔵を、とうちゃんと呼んでいた。

「大谷屋の手代さんが、お奉行様から召し出しを受けたらしいよ」

「売り惜しみを咎められたんだろうさ」

両替屋の有り様に含むところを持っていた由蔵が、短い言葉を吐き捨てた。

「大谷屋さんだけじゃなく、日本橋の両替屋が軒並み召し出されたそうだよ。それで町が大騒ぎになってた」

賽蔵が見聞きしたとおりだった。

両替屋の蓄銭に業を煮やした公儀は、南町奉行大岡越前守忠相に、両替商あるじの召し出しを命じた。銭の売り惜しみを厳しく詮議するためである。

ところがどの両替商も、病気を理由に召し出しに応じず、代わりに手代を差し向けた。

それに激怒した忠相は、手代を帰さずに獄につないだ。そして捕り方を日本橋に差し向けて、沙汰を申し渡した。

賽蔵は、その申し渡しのさなかに大谷屋に顔を出したのだ。

手代は五十三日間も投獄された。そして蓄銭のひどかった両替商三人を遠島に処した。売り惜しみに怒りを募らせていた町民は、忠相の沙汰に喝采したが、銭相場の下落には結びつかなかった。

相場がなんとか落ち着いたのは、三年後の元文四（一七三九）年である。

元文元年、深川十万坪に銭座が設けられた。翌二年九月に由蔵は銭座請け人のひとり、初代中西五郎兵衛と掛け合い、銭座からじかに仕入れができることになった。

この十万坪銭座が、元文四年から銅ではなく鉄製の寛永通宝（かんえいつうほう）一文銭の鋳造を始めた。鉄は銅よりも沸点が高くて扱いにくい。が、素材は幾らでもあった。

十万坪の成功を見た幕府は、他の銭座でも鉄製の寛永通宝鋳造を命じた。そして寛延（かんえん）元（一七四八）年までの十年間で、六百万貫（六十億枚）もの銭を鋳造した。

これにより、相場は金一両、銭四貫三百にまで下落した。銀一匁あたり銭七十二文である。これだけ鉄を使ったことで銅にゆとりのできた幕府は、ふたたび銅銭の鋳造を始めた。

銭座も鉄から銅へと作業を切り替えた。

ところがまたもや品薄となり、いまは日ごとに銭相場が高くなっていた……。

賽蔵の煙草が底をついていた。

煙草を吸わないことには、いい知恵が浮かばない。が、尾張町まで出かけるのは億劫だった。

仲町にも名村屋（なむらや）という煙草屋があった。

釣り銭用の銭を卸している、賽蔵の得意先のひとつである。ほかにも四軒、仲町の商家に銭を売っている。

半纏（はんてん）を着た賽蔵は、木箱から一貫文の大緡五本を取り出して肩に担いだ。

いつの間にか陽が西空に移り始めていた。

三

「御上（おかみ）がまた新しいカネを造るらしいといううわさを、賽蔵さんは聞いていなさるか？」

賽蔵の煙草を布袋に詰め終えたところで、名村屋吉兵衛が問いかけてきた。

「なんのことですかい」

「なんだ、聞いてないのか」

吉兵衛がしらけた顔になった。

うわさなら賽蔵は幾つも耳にしている。

九月ごろを目処に、公儀は五匁銀の通用を進めている。このことは、銭座の中西から耳打ちされていた。

それともうひとつ。

銅が足りなくなったため、またもや鉄銭の鋳造を幕府は目論んでいる。

高騰の兆しを見せている銭相場の沈静化が大義名分だが、真意は鋳造量を増やし、銭座からの運上金増収を図ろうとしているのは明らかだった。

商人はうわさに敏感である。

銅から鉄に変わっても、銭の値打ちは変わらない。が、貨幣が新しくなると、かならず相場が激しく動いた。

吉兵衛が探りをいれているのが、銀貨なのか鉄銭なのかは分からない。ゆえに賽蔵は余計な口をつぐんでいた。

「日本橋の本両替から聞こえてきた話だが、御上は五匁銀を通用させるそうじゃないか」

先の口を閉じて、吉兵衛は賽蔵の顔色をうかがった。賽蔵は取り合わずに、買ったばかりの煙草を吹かした。

「どんな銀貨だか知らないが、またぞろ御上は阿漕に稼ごうとしているのかね」

「…………」

「なんだい賽蔵さん……煙草ばかり吹かしてないで、ちっとは問いに答えたらどうだ」

焦れた吉兵衛が口元をゆがめた。

「おれは銭売りでやすからねえ。吉兵衛さんの話が本当だとしても、そいつは銀座の仕事だ。おれに聞こえるわけがねえ」

当たり障りのない答えを口にして、賽蔵は名村屋を出た。このあと回る四軒でも、同じことを訊かれそうな気がして、賽蔵の歩みが鈍った。

名村屋吉兵衛が聞き込んだ話は、大筋において当たっていた。

公儀と銀座とで鋳造を進めているのは、明和五匁銀と呼ばれる銀貨だった。これはいままでにはない、計数銀貨である。

金貨は一両・一分・二朱のどれもが、値打ちの定まった計数貨幣だ。

文銭も同じで、重さや材質にかかわりなく、一枚一文として通用した。

ところが銀は、貨幣の重さがそのまま値打ちとなる秤量貨幣だ。それゆえ遣うときには、秤で重さを量って値打ちを確かめた。

公儀が九月の通用開始を目指しているのは、初めての計数銀貨である。一枚五匁銀の値打ちが幕府によって裏打ちされていれば、いちいち量る必要がなくなる。

しかし重さが五匁なければ、鋳造する幕府は差益を稼げるが、値打ちの減った銀はだれも遣わない。そして、廃れてしまう。

御金蔵の手持ちが枯渇するたびに、幕府は貨幣改鋳を繰り返してきた。

金貨の質を落とし、実質の値打ちと計数貨幣との出目（差益）を稼ぐためにである。

元禄八（一六九五）年に初めて改鋳を断行した公儀は、数百万両の出目を手にした。

その十五年後の宝永七（一七一〇）年には、元禄小判よりもさらに金を減らした宝永小判を鋳造し、またもや大儲けした。

しかし小判は、徳川幕府が威信をかけて鋳造を占有している基軸通貨である。

その金貨の値打ちを公儀がみずから貶めたことで、世の中が大きく混乱した。

それに懲りた幕府は、正徳四（一七一四）年と正徳五年の二度にわたり、金の品位を慶長小判に戻した良貨を鋳造した。

ところが将軍家の浪費がたたり、またもや御金蔵がカラに近くなった。

一度旨味を味わった改鋳が忘れられず、元文元年には五度目の貨幣改鋳に手を染めた。

その結果、産出銅の減少とも相俟って、とんでもない銭相場の高騰を引き起こした。

賽蔵十四歳のときである。

銭売り修業に入って四年目で、賽蔵は相場の怖さを身体で知った。

同時に、いかに商人が改鋳や新造貨幣のうわさに敏感であるかも思い知った。

いま公儀が進めている五匁銀は、値打ち通りの五匁が含まれているという。

「銀座の役人から聞かされたことだから、誤りはないだろう」

銭座の中西はこう請合った。

たとえそれが本当だとしても、賽蔵には商人や町人が、公儀の言い分を真に受けるとは思えなかった。

しかもうわさはすでに、煙草屋にまで聞こえている。ほかの商家が知らないはずはなかった。

これからたずねる得意先は、乾物屋、履物屋、太物（綿織物・麻織物）屋と油屋である。

いずれも賽蔵が汗を流して切り開いた得意先であり、どの店も月にならせば百貫文の銭を買ってくれる客である。

訊かれたら、名村屋さんのように、はぐらかしたりはできねえ……。

肩に担いだ大緡四本が重たかった。

四

暮れ六ツ（午後六時）の鐘の音が、深川大島町に流れてきた。長くなった五月の陽が、鐘に合わせるようにして大川の西側に沈みつつあった。

西空が鮮やかなあかね色に染まっていた。その日焼け顔までが、夕日を浴びて赤銅色に見えた。

湊へと急ぐ帆掛け船の白帆も赤い。舳先では漁師が網を片づけていた。

力強い夕焼けが、明日の上天気を教えてくれている。永代橋を東に渡って家路を急ぐ職人たちも、顔がほころんでいるようだった。

賽蔵は大島橋のたもとに立ち、暮れ行く大川を見ていた。思案をめぐらせているらしく、目は夕景を追ってはいない。

この日の昼過ぎに、賽蔵は黒船橋の真ん中から大横川を眺めていた。あのときよりも目に力がこもっているのは、思案が定まりつつあったからだ。

六ツを告げる鐘が鳴り終わったところで、賽蔵は大島橋を渡った。

行く先は決まっている。

橋のたもとに一軒だけぽつんと建っている小料理屋『こしき』だ。二間（約三・六メートル）間口の平屋で、七坪の土間にはカラの四斗樽が五つ、卓代わりにひっくり返して置かれている。

こしきは、三十年以上もこの場所を動いていない。店の造りも同じである。昔と変わったのは、切り盛りするのが母親から娘に代替わりしたことぐらいだ。

六ツを過ぎたばかりの店には、ほかの客がいなかった。

「どうしたの、ずいぶん早いじゃない」

店の台所から、おけいが出てきた。

黄八丈(きはちじょう)に赤い細帯、白のたすきがけの姿は、おけいのお仕着せである。

「おめえにちょいと、おれの思案を聞いてもらいてえんだ」

「思案って……わたしが答えられるようなことなの？」

「そいつは分からねえ」

賽蔵は空き樽のわきに腰をおろした。

「分からねえが、とにかくおめえに聞かせてえんだ。いいかい？」

「賽蔵さんさえよければ、わたしは構わないわよ」

返事の途中でおもてに出たおけいは、提灯(ちょうちん)を手にして戻ってきた。

「店を閉めるのか」

おけいがこっくりとうなずいた。

「そうまですることあねえ。断わりもなしに店を閉めたら、お馴染みさんに申しわけねえだろうが」

「だって賽蔵さんの思案は、とっても大事なことでしょう」

「でえじなことだが、それと店を閉めるのとは話が別だ」

賽蔵は、ことのほか銭売りの得意先を大事にしている。馴染み客は、いわばこしきの得意先だ。おのれのことで、店のお得意を追い返すことはさせたくなかった。

「いいのよ賽蔵さん。わたしも折り入って相談したいことがあるし、今日はサバしか入らなかったから」

まだ得心していない賽蔵には構わず、おけいは店の障子戸に心張り棒をかけた。

「いま味をととのえ直すから、ちょっとの間待っててくださいね」

おけいは急いで台所に戻った。

幾らも間をおかず、サバの味噌煮の香りが台所から流れてきた。

賽蔵が目を閉じている。

昔を思い返すような顔つきだった。


賽蔵がこしきを初めておとずれたのは、由蔵に連れてこられた享保十八年の一月である。

「今夜は魚を食わせてやる」

銭売り修業を始めた賽蔵に、褒美代わりに焼き魚と煮魚の両方を食わせてくれた。その店がこしきだった。

小料理屋に生まれて初めて入った賽蔵は、土間に漂う酒と料理の香りに驚いた。まだ十一歳の小僧だったが、酒の香りが旨そうに思えた。

「とうちゃん、おいしそうなにおいがする」

店は口開けで、ほかの客がいなかった。

由蔵の手をぎゅっと握り、こどもの甲高い声で感じたままを伝えた。

酒は江戸前の安酒だ。

が、賽蔵にはそれがなんとも甘そうに感じられた。

「この子が賽蔵ちゃんなのね」

台所から出てきた女は、黄八丈を着ていた。

「魚はなにがある」

由蔵の口調は、まるで女房に問いかけているようだった。

「今日はいいサバが入ったの」

女は腰をかがめて、賽蔵と目の高さを同じにした。

「味噌煮か塩焼きだけど、どっちが好き？」

賽蔵は答えられなかった。

黒く潤んだ女の瞳に見詰められて、ぼうっと上気してしまったからである。

「ふたつとも食わせてやってくれ」

由蔵の声に重なるように、客が入ってきた。

その夜は、それだけのやり取りで終わった。

生姜（しょうが）をきかせた味噌煮は、甘さのなかに辛味が混じっていた。味噌の煮汁にサバの脂が浮いている。

初めての味に賽蔵は夢中になった。箸がおけないまま、青い皮まで平らげた。

焦げ目のついた塩焼きは、下地をたらしたとき、じゅじゅっと音を立てた。皮はパリパリに焼かれている。箸で焼け目をほぐしたら、真っ白な身が出てきた。

味噌煮と塩焼きをおかずに、賽蔵はどんぶり飯をお代わりした。

女の名はおみねといった。

おみねと由蔵は互いに惹（ひ）かれ合う仲だったが、所帯を構えることはしなかった。

おみねは小料理屋を大事にしていた。所帯を構えると、客足は減るに決まっている。

由蔵はそのことをわきまえていた。

賽蔵が初めてこしきに連れて行かれたとき、由蔵は四十六、おみねは三十一だった。

そして由蔵には賽蔵が、おみねにはおけいがいた。

当時十一歳だった賽蔵は、由蔵とおみねの邪魔にならないように、四歳のおけいと夜の大川端で遊んだ。

元文二（一七三七）年九月中旬。

深川富岡八幡宮のいちょうが黄色く色づき始めたころ、由蔵は銭座とじかに取引ができることになった。

それまでの由蔵は、日本橋の大谷屋から銭を仕入れていた。一貫文（千文）につき五十文が、大谷屋との商いで得られる儲けだった。

ところが銭座からの直接仕入れだと、一貫文が九百で手に入る。単純な儲けだけでも倍になるのだ。

しかも百文緡を、由蔵がおのれでこしらえることができた。

百文緡とは、荒縄か細縄に銭を通したものである。呼び名は百文緡だが、実際には九十六文が縛られている。

この九十六文緡が百文として通用した。

差額の四文は、銭座の鋳造工賃というのが建前だ。が、両替屋の儲けに組み入れられた。

大谷屋からだと、何貫文仕入れようとも九十六文緡で渡された。差益の四文は両替屋が丸取りで、由蔵は口銭分しか実入りがなかった。

銭座とじかに取引できたことで、由蔵は儲けが大きくなったのみならず、仲間内で箔がついた。

由蔵が掛け合った銭座請け人は、初代中西五郎兵衛である。元文二年当時、由蔵は五十歳、五郎兵衛は四十四歳だった。

金座、銀座の鋳造二座は、素材の調達から鋳造までのすべてを、勘定奉行と、奉行が任命する公儀役人の監督下で行う。

そして鋳造される金貨、銀貨は、すべて勘定方に納めるのが定めである。

ところが銭座は、公儀に願い出て官許された町人が運営した。鋳銭場の普請から銭の材料である銅や鉄の調達、鋳銭職人の手配りまで、銭造りのすべてが町人に委ねられた。

仕上がった銭の売り渡しも、銭座請け人に任された。銭座とは、銭という品物を造り、それを商う商人と同じだったのだ。

幕府は銭座から、鋳銭量に見合った運上金を徴収した。

素材の代金、職人の手間賃、それに鋳銭場諸掛を差し引いた残りが儲けである。

銭座の得意先は、市中の両替商がほとんどだ。両替商は銭相場の高低にかかわりなく、一定量の銭を買い求めた。

由蔵は店を構えた両替商ではなく、裏店に暮らす一介の銭売りに過ぎない。とても銭座が売り渡し先に選ぶ相手ではなかった。

そんな由蔵に、銭座請け人中西との取引がかなったのは、中西と由蔵の在所とこころざしが同じだったことが大きい。

ふたりの掛け合いの橋渡しをしたのは、深川大和町の鳶のかしら、汐見橋の英伍郎である。

英伍郎は、おみねの店の馴染み客だった。

深川の銭座鋳銭場普請の折り、英伍郎は基礎作事の多くを請負った。その段取りのよさを高く買った中西は英伍郎と交誼を結び、普請が終わった後も付き合いを続けた。

大川端の桜が盛りを迎えたころ、英伍郎はこしきで酒を呑みつつ、おみね相手に銭座の様子を何度か話した。おみねは由蔵の役に立てばと、鳶のかしらと由蔵とを引き合わせた。

歳は由蔵がはるかに上だったが、ふたりは気が合った。

かつて津波で身内を失った由蔵は、苦労話を気負いなく話した。

そして相手に媚びることをしない。

荒っぽい鳶職人を束ねる英伍郎は、そんな由蔵の人柄を好ましく思ったようだ。

ふたりが酒を酌み交わし始めて五カ月過ぎた八月十五日に、由蔵は英伍郎に強く誘われて、富岡八幡宮の神輿を担いだ。

もちろん英伍郎も一緒に、である。

深川に暮らして三十余年が過ぎていた由蔵だが、神輿を担いだのはこのときが初めてだった。祭の身なりは英伍郎が調えた。

担いだのは、紀伊国屋文左衛門が奉納した宮神輿である。宮神輿の担ぎ手は、正絹の半纏に、緋縮緬の下帯が決まりだ。

五十路を迎えて、由蔵は生まれて初めて神輿を担いだ。

わっしょい、わっしょい。

英伍郎と由蔵は横に並んで同じ声を出した。

十五歳になっていた賽蔵は、身なりをこしらえたおけいと一緒に神輿を追った。鳶宿の若い衆が何人も途中でへたった。由蔵は宮出しから宮入りまで、休みながらも神輿を担ぎ通した。

祭の翌々日、英伍郎は中西五郎兵衛と由蔵とを、こしきで引き合わせた。

ひと月が過ぎたころ、由蔵は銭座からじかに卸（おろし）が受けられることになった。


「お待ちどおさま」

おけいは、サバの味噌煮を深皿に盛っていた。五月のサバは身がゆるんでおり、脂もさほどにはのっていない。

しかしおけいの煮つけは、母親仕込みである。賽蔵の好みが分かっているおけいは、水をくぐらせた針生姜をサバに散らしていた。

店を閉めている気安さからなのか、おけいは賽蔵の隣に座った。

びんつけ油の香りを間近にかいで、賽蔵が箸をとめた。

「こいつを平らげたら、大川端を歩いてみねえか」

今夜の店じまいを賽蔵も呑み込んだようだ。おけいが顔を崩した。

こどものように喜んでいるさまは、とても三十路(みそじ)を越した女には見えなかった。

五

大川の川開きはまだだが、すでに何杯もの屋根船が川を行き交っていた。陽はすでにとっぷりと暮れている。屋根船の軒に吊るされた提灯の赤い灯が、暗い川面を照らしていた。

川岸近くを走る船から、障子戸越しに三味線と鉦(かね)の音が土手に届いてきた。

「なんだかもう、夏みたい……」

おけいがひとりごとのようにつぶやいた。

永代橋東詰の土手に、賽蔵とおけいが並んで腰をおろしている。

見える灯火は、屋根船の提灯と、対岸の橋番小屋からこぼれる明かりだけである。その暗さが、夜空の月星を際立たせた。

賽蔵はおけいに触れないように、こぶし二つ分をあけて座っていた。が、おけいの白粉(おしろい)と髪油の香りが、夜風に乗って隣から流れてくる。

賽蔵はおけいの香りが好きだ。

もちろんおけいのことも好いている。

しかし、十一歳のときから三十年余りも、賽蔵はおけいと兄妹のように過ごしてきた。

それゆえ、今日に至るまで、想いを伝えられぬままである。

「賽蔵さんの思案ってどんなこと？」

暗がりのなかで、おけいが賽蔵の顔をのぞきこんだ。少しでも賽蔵が顔を寄せたら、唇が重なりそうだった。

賽蔵がからの咳払いをした。

おけいの顔が離れた。

腰をおろしたまま、賽蔵は煙草入れとキセルを帯からはずした。すかさずおけいが、店から持ってきた煙草盆を賽蔵の膝元に置いた。

暗い中で、種火が赤く見えている。

一服つけた賽蔵は、おけいの問いには答えず、大川に目を泳がせていた。

由蔵の人柄を見込んで、中西がじかに銭を卸し始めたのが元文二年九月。

そのころの銭相場は、飛び抜けて高かった。相変わらず銅の品薄が続いており、銭そのものの量が足りなくての高値だった。

深川で鋳造できる銭は、一日わずかに五貫文。枚数にして五千枚でしかない。そのなかから中西は、二割千枚という破格の数を由蔵に回した。

由蔵なら売り惜しみせずに、一貫文すべてを売りさばくと分かっていたからだ。他の両替商たちは、銭座から求めても、そのほとんどを蔵に隠していた。

前年、大岡越前守忠相は銭の売り惜しみを、腕力で片づけようとした。そして両替商の手代を召し捕った。

それでも連中は懲りず、さらなる高値を期待して蔵に仕舞い込んだ。それができたのは、忠相が寺社奉行に役目替えとなったからだ。

寺社奉行は、大名のみが就くことのできる格式高い役目である。

両替商摘発のあと、忠相は町奉行から寺社奉行へと昇格した。足りない家禄は、老中が足高(たしだか)までして職に就けさせた。

足高とは、低い家禄の者を高官に登用するために、在職中に限り、その不足額を補給する制度である。

傍目(はため)には大抜擢(だいばってき)だったが、体(てい)よく忠相を祭り上げたに等しい。両替商たちが、束になって老中に働きかけた結果である。途方もない賄賂(まいない)が裏で動いていた。

町人たちには、忠相昇格のまことが知らされることはなかった。

両替商は、してやったりと陰で笑った。

銭座の請け人は、その仕事柄、忠相になにが起きたのかは正しく摑んでいた。

銭座は世のひとに役立つためにある……。

中西は銭座の営みに、高いこころざしを持っていた。が、正面切って両替商とことを構えることはできなかった。

名町奉行として人気のあった忠相の首まで、連中はカネの力で挿げ替えさせた。銭座を潰すぐらいは、造作なくしてのけると中西は判じた。

そんな心持ちを抱いていたとき、中西は由蔵に引き合わされた。そして人柄を見込んで卸を始めた。

「中西さんは気でもふれたのか」

日に一貫文もの銭を、裏店住まいの銭売りに卸すと知った両替商たちは、中西、橋本、千田の請け人三人に詰め寄った。

両替商のやり口に含むところのあった銭座は、一歩もひかなかった。

一文でも多く銭を市中に出回らせたい奉行所も、銭座と由蔵を後押しした。

由蔵が銭を売りさばく場所は、仲町やぐら下と決まっていた。そこに六尺棒を手にした捕り方を差し向け、由蔵を警護した。

「おれのとうちゃんは、すげえだろ」

賽蔵は何度もおけいに自慢した。

しかし銭足らずの世の中はその後も続いた。

元文四年、幕府は思い切った手を打った。

銅銭から鉄銭への切り替えである。

中西、橋本、千田の請け人三人が、強く奉行所に働きかけたことが端緒だった。

銅よりも沸点の高い鉄を溶かすために、深川の銭座は大吹所（地金の熔解所）を造り替えた。

鍛冶職人も新たに加えた。

そのすべての費えを銭座が工面した。それほどに、中西のこころざしは高かった。

公儀はよしとした。

両替商は猛反対した。

鉄銭が出回り始めれば相場が下落し、退蔵した銅銭の目減りにつながるからだ。

「深川がそんなことをする気なら、うちらは亀戸に仕入れ先を鞍替えする。それでもよろしいか」

両替商の番頭十三人が、中西たちにねじ込んできた。

「なんといわれようが、御上が定めたことです。取引を断つといわれるなら、それも仕方ありません」

中西は顔色も変えなかった。

鉄銭の鋳造に先立ち、中西は由蔵と念入りな思案を練っていた。

元文三年秋のことである。

鉄銭の試し造りは、この年の春から密かに進めていた。その結果、鉄の素材さえ入手できれば、一日当たり二十貫の銭が鋳造できることが分かった。

「日本橋の連中はあてにできない」

両替商は束になって仕入れを断わってくると、中西は読んでいた。

「由蔵さんひとりでさばけるか？」

「二十貫は手におえやせん」

由蔵は正直に、気負いなく答えた。

「ひとりではできねえが、仲間を募りやしょう。おれから卸してよけりゃあ、二十が百になってもやれやすぜ」

中西にもそれは分かっていたが、即答は避けた。とはいっても、由蔵の能力を案じたわけではない。

由蔵を卸として使うには、それに応じた鑑札が入り用だったからである。

由蔵がおのれで仕入れて、おのれが売りさばく限りは、両替商も文句はつけられない。しかし銭売り仲間に卸すとなれば、話は別物である。

銭卸の鑑札を持たずに仲間内に回したりすれば、かならず両替商から横槍が入る。訴え出られた役所も、法度（はっと）に触れる振舞いを捨て置くことはできない。

「手立てを考えてみる」

中西はその日のうちに、英伍郎の元をたずねた。

「銭卸の後見人に立ってもらいたい」

中西からわけを聞かされた英伍郎は、迷いもせずに引き受けた。ふたりとも、由蔵の人柄を充分に分かっていたからだ。

銭座とじかに取引が始まって以来、由蔵の稼ぎは大きく膨らんでいた。にもかかわらず、由蔵は裏店から出ようともしない。

暮らし振りも質素なままである。

「十六歳のときに木更津から流れてきたおれを、深川のひとたちが助けてくれた」

これが口ぐせの由蔵は、家主を通じて儲けの一部を、施し米の費えに寄付していた。

それを英伍郎は耳にしていた。後見人に立つことに迷いはなかった。

銭座が強く推したことで、役所は素早く鑑札を発給した。

すべての備えを調えたあと、中西たちは両替商と向き合った。

案の定、連中は断わってきた。

綿密に算盤を弾いていた深川の銭座は、鉄銭を銀一匁六十六文で売り出した。相場に比べて二割五分の安値である。

しかし当初はさほどに売れなかった。

鉄銭には馴染みがなかったし、両替商がわるいうわさを撒き散らしたからだ。

英伍郎が先に立ち、深川各町の町役人と談判した。

『鉄銭、受け入れます』

門前仲町の商店が、そろって鉄銭通用の張り紙を出した。

賽蔵も小名木川を越えて、高橋の商店に鉄銭を売り込んで歩いた。十歳になっていたおけいも、賽蔵と一緒に売った。

おみねは、鉄銭なら一合十六文の酒を十五文にまけた。

これらの働きが重なり、風向きが大きく変わった。

「金座が亀戸に桁違いの銭座を開くらしい」

思い返しを閉じた賽蔵が、新しい煙草を詰めながら小声で話し始めた。

「いつからなの?」

「大方は仕上がってるらしい」

「それができると、中西さんのところは大変なことになるの?」

「亀戸は鉄銭をこしらえるらしい」

賽蔵の吹かした煙が、風で大川に向かって流された。

その煙の先から、男が三人あらわれた。

「なんでえ、近くで見たらじじいじゃねえか」

三人の中で、もっとも上背のある男が、土手に座ったままの賽蔵の前に突っ立った。

「いい歳をしたじじいが、女とおいしい思いをしようてえなら、それなりのあいさつをしてくんねえ」

賽蔵は黙ったまま、男を見上げようともしない。おけいが賽蔵のほうに身体を寄せた。

「じいさん、耳が遠いのか」

「いや、遠くはねえ」

おのれの言葉が終わる前に、賽蔵は立ち上がっていた。

「おめえより、耳も目もいいぜ」

低い声だが、凄味のある物言いだ。

賽蔵に言葉でやり込められて、背丈で三寸（約九センチ）は上回っている男が、暗がりのなかで目を光らせた。

「女が一緒で、じじいが強がってるぜ」

「あにい、やっちまおう」

連れの男ふたりが、おけいに摑みかかろうとした。

賽蔵が素早い動きを見せた。

まず正面の男の鳩尾（みぞおち）に、右手をこぶしにして当て身（あてみ）を食わせた。

背の高い兄貴格の男は、賽蔵を年寄りだとなめてかかっていた。その相手から、考えてもいなかった技を出された。身をよける間もなく、まともに当て身を食った。

三日おきに柔取に稽古をつけられている賽蔵の技は、手加減はしていたが、男をその場にうずくまらせた。

おけいを摑もうとしていた男ふたりが、両側から同時に賽蔵に襲いかかってきた。

右の男に一歩踏み出した賽蔵は、胸元を摑んで足払いを掛けた。技が決まり、男は背中から倒れ込んだ。

「おめえもやるか」

賽蔵が残りの男に問うた。

声には、いささかの乱れもなかった。

「このくそじじいが」

男は土手に転がっていた、松の枯れ枝を手にして打ちかかってきた。

二度、三度と体をかわして空振りさせてから、賽蔵は男の左腕を摑んだ。

短い気合を発し、背負い投げを打った。

狙ったわけではなかったが、投げた場所に鳩尾を打たれた男が、まだうずくまっていた。

ふたりの男が、同時にうめき声を漏らした。

三人を見おろしている賽蔵のわきに、おけいが駆け寄った。そしてしがみついた。

賽蔵はわずかの間だけ、おけいの肩に手を回した。おけいが両手に力をこめた。が、すぐにその手を賽蔵にほどかれた。

「長居は面倒だ」

草むらから煙草入れとキセルを拾い上げると、帯に吊るした。

おけいは煙草盆を手に持った。

賽蔵の思案も、おけいの相談ごとも話されないまま、ふたりは土手を離れた。

月に雲がかぶさり、あたりの闇が深くなっていた。

六

五月十八日も朝から気持ちよく晴れた。

深川銭座の表門わきには、高さ六尺（約百八十センチ）で一尺角の大きな石柱が立っていた。

御用鋳銭場と彫られた下部には、銭座請け人、橋本市兵衛・中西五郎兵衛・千田庄兵衛の名が刻まれている。

その三人が、早朝から座敷に詰めていた。

昨夜は四ツ（午後十時）まで話し合ったが答えが得られなかった。この朝も、夜明け間もなくの明け六ツ（午前六時）から始めた。五ツ（午前八時）を過ぎても、まだ合意が得られぬままだった。

銭場に銅が運び込まれるのは、毎朝五ツからである。いつもの朝なら、請け人のだれかひとりは帳場に詰めている刻限だ。

しかしこの朝は談義が長引いてしまい、帳場は銭場差配に任せていた。

帳場を請け人以外の者に任せるなど、かつてないことである。それほどにこの朝の談義は、鋳銭場の一大事にかかわる内容だった。

「どう思案しても、やはり賽蔵に任せるのが最上の策だと思います」

中西五郎兵衛が、昨夜来、すでに六度同じことを口にしていた。

「中西さんの言い分に逆らうわけじゃないが、賽蔵ひとりにそこまで任せていいのかどうか、あたしも橋本さんも、いまひとつ得心できない。それを分かってもらいたい」

千田庄兵衛の顔が、堂々めぐりの談義にくたびれ果てていた。

「ですから千田さん、わたしなりに得心できるものが得られたらと、何度も申し上げているじゃないですか」

「それは聞いたが、なにを根拠に得心できるかはあんたは言わない。だからいつまで経っても、埒（らち）があかないんだ」

橋本市兵衛が、うんざりしたような顔を中西に向けた。

「あんたの先代には、あたしも千田さんも大きな恩義がある。その先代が由蔵を大事に使ってきたことも、由蔵が充分に働いてくれたことも、もちろん我々はわきまえている」

橋本の隣で、千田が大きくうなずいた。

「だからと言って、賽蔵うんぬんは話が別だ」

「分かりました」

橋本を見つつ、中西が座り直した。

唇を強く閉じ合わせており、目には強い力がこめられていた。その顔を見て、橋本も千田も背筋を張った。

「今日の夕暮れには答えが出ます。それを一緒に聞いていただき、断を下すということでいかがでしょう」

「だから中西さん、なにをもって答えだというのかを尋ねているんだ」

問い詰める橋本の声が苛立っていた。

「橋本さん……今日の夕方には、ご一緒に答えを聞いていただけますから」

昨夜から長々と続いてきた談義を、中西が打ち切った。

三人のなかでは橋本が一番の年長者だ。

しかし橋本と千田は、開設後間もない銭座を大きく伸ばした先代の中西五郎兵衛には、深い恩義を覚えている。

ゆえに不承不承ながらも、中西の言い分を受け入れた。

同じ朝の五ツ過ぎに、賽蔵は永代寺門前仲町の米問屋、野島屋大三郎をおとずれていた。

野島屋は蔵前札差の大手、上総屋徳座衛門との一手取引を誇る、米問屋の老舗である。大川東側の米相場は、野島屋の胸三寸で上下するといわれるほどに力があった。

賽蔵は、もちろん野島屋を知っていた。

しかし裏店暮らしの銭売りが、商いのかかわりを持てる相手ではない。前を通り過ぎることはあっても、店の土間に足を踏み入れたことは一度もなかった。

そんな賽蔵が野島屋をおとずれたのは、中西の指図ゆえである。

店の間口は二十二間（約四十メートル）もあり、永代寺門前仲町の大通りの一画をひとり占めしている。永代寺の斜め上から、朝五ツの陽が野島屋に差していた。

終日陽光を浴びる野島屋は、朝から一間幅の日除け暖簾を垂らしている。

小僧に言伝を頼んだ賽蔵は、その紺地の日除け暖簾の前に連れて行かれた。

「ここで待っててください」

小僧がなかに入ってから、すでに相当のときが経っていた。

賽蔵から求めたおとずれではなく、野島屋が中西を通じて申し込んできた面談である。

朝っぱらからひとを呼んでおきながら、この扱いはねえ……。

賽蔵は何度も小僧に催促をしかけそうになった。が、その都度思いとどまった。

中西と野島屋とのかかわりが、賽蔵には分かっていない。短気な振舞いに及んだら、中西に迷惑を及ぼすかもしれないと考えてのことだった。

そう思い直して我慢してきたが、すでに四半刻（三十分）が過ぎた見当である。

暖簾の前で賽蔵が大きな伸びをした。

半纏の前が割れて、はだけた唐桟の胸元からあばら骨が見えた。

腕を元に戻し、胸元の合わせ目を正しているところに、暖簾の内から小僧が出てきた。

「奥にお連れするようにとのことですから」

小僧は野島屋の角を曲がり、路地を入った。幾つも連なる蔵が、ここも野島屋の敷地だと賽蔵に大声で伝えているようだった。

蔵と白壁の塀がおよそ一町（約百十メートル）余り続いた先に、白木の門構えが見えた。

間口二十二間で奥行きが一町。ざっと千三百坪の敷地じゃねえか……。

得手の暗算で敷地の広さを弾き出した賽蔵は、あらためて野島屋の身代を思った。

もっとも、敷地の大きさでは銭座がはるかに大きい。造りのいかめしさでも、鋳銭場のほうが上回っている。

銭売りの商いで多くの商家に出入りするうちに、そこから漂いでる風格のようなものを賽蔵は感じ取れるようになっていた。

野島屋の塀の内から伝わってくるものは、並の商家のものではない。それを賽蔵は肌身で感じていた。

奥の玄関から招じ上げられたあと、長い廊下を通ってから客間に案内された。正面の障子戸が一枚開かれており、築山が見えた。

庭木を渡ってくる五月の朝風が、部屋に流れ込んでいた。

賽蔵の宿に淀んでいる肥臭いものではなく、身体の芯にまで吸い込みたくなるような、緑の香りに満ちていた。

座ると茶が運ばれてきた。

大店に似合わず、香りのしない焙じ茶だった。店の表では散々に待たされたが、茶を呑み終わらぬうちに野島屋大三郎が顔を出した。

「いささかお待たせしたようだ」

野島屋は詫びもしなかった。

あるじの言葉の切れ目に合わせて、女中が茶を運んできた。淡い緑色をした、上等な煎茶である。

明らかに賽蔵に出したものとは違う。

野島屋は知らぬ顔で湯呑みに口をつけた。

「中西さんにお願いして、あんたを寄越してもらったのは、折り入っての相談ごとがあったからだ」

野島屋は儀礼のあいさつも口にせず、いきなり用向きを切り出した。

「あんたの親御さんが、中西さんの先代と深いかかわりがあったことは、わたしも聞き及んでいる」

野島屋が真っすぐな目で賽蔵を見た。相手の胸の奥底まで突き通すような、大店のあるじとも思えない強い眼指（まなざし）である。

「それを承知で言うのだが、銭卸の鑑札をうちに譲ってもらいたい」

由蔵の時代から築いてきた銭売り仲間もろとも、売り渡して欲しいというのが野島屋の言い分だった。

「もちろん相応のカネは払わせてもらう」

野島屋は、五百両という途方もない額を提示した。

「中西さんも知ってのことですかい」

賽蔵は声に気持ちを込めずに問いかけた。

「およその話はさせてもらった」

「あっしから銭卸を買い取るてえのを、中西さんは承知されたんで？」

「そんなところだ」

野島屋の答え方は、微妙に歯切れがわるかった。

賽蔵は、開かれた障子戸の先に広がる庭に目を泳がせた。

昨夜おけいに話そうとしたのは、その日の朝に中西と交わしたやり取りである。

「金座が亀戸村に、大きな鋳銭場をこしらえている。しかも向こうは、定座(じょうざ)を構えるつもりらしい」

中西の口ぶりは苦々しげだった。

金座は幕府の本位貨幣、小判を始めとする金貨の鋳造を独占している。それだけに銭座とは比べ物にならぬほどに、公儀とのかかわりは深い。

深川を含めて、銭座はどこも運営期間を限っての官許である。ところが亀戸村の銭座は、金座が兼帯するがゆえに定座だった。

しかも先代中西たちが汗を流して生み出した、鉄銭専門の鋳銭場だというのだ。

「これからは金座との競い合いだ。生半可なことでは、銭座そのものが立ち行かなくなる。賽蔵さんも、身の振り方の考えどきでしょう」

二代目中西はこれだけ言うと、野島屋に会って欲しいと伝えて話を閉じた。

奥歯に物がはさまったような言い方だった。

野島屋の申し出を聞いて、なぜ中西が歯切れのわるい物言いだったかに得心できた。

「野島屋さんは、亀戸村のことをご承知ですかい？」

賽蔵は思い切って問いかけた。

「金座のことを指しているなら、もちろん承知のうえだ」

野島屋は眉すら動かさなかった。

「念のために付け加えておくが、亀戸では日に百五十貫の鉄銭をこしらえるそうだ」

賽蔵の知らない話だった。

由蔵が日に二十貫を引き受けた元文四年から、すでに二十六年が過ぎていた。それでも深川は、いまでも日に三十貫が精一杯である。

見方を変えれば、日に三十貫だからこそ、いまの相場が成り立っていた。

賽蔵が銭売りをしている深川と、新しくできる亀戸村とは、さほどに離れていない。そんな近くで日に百五十貫もの銭が売り出されたら、いまの相場は持ちこたえられない。

身の振り方の考えどきとは、銭卸の鑑札を野島屋に売ってもいいという謎かけだったのか……。

賽蔵の身を案じての、中西の心遣いかも知れない。が、気持ちは沈んだ。

野島屋なら、たとえ五百両の鑑札代を支払ったとしても、きっと元を取り返すだろう。しかしそのためには、他の両替商と同じように相場を睨みながらの銭売りになるはずだ。

きれいごとだけの世渡りでは、これだけの身代は保てない。

賽蔵が持つ鑑札は、由蔵と先代中西とが肝を傾け合って得たものである。

ふたりともすでに鬼籍入りした。

しかし後見人の英伍郎は、六十九歳の高齢ながらも健在である。

「せっかくのお申し出でやすが、銭卸の鑑札を売る気はありやせん」

賽蔵はきっぱりと断わりを口にした。

「わたしの買値が不足かね」

「まさか……」

賽蔵を見詰めたあと、野島屋が手をふたつ叩いた。すぐに番頭風の男が顔を出した。

野島屋は目配せで指図を伝えた。

ほどなく、手代ふたりが箱を抱えて座敷にあらわれた。杉箱の四隅に鉄鋲が打たれており、蝶番(ちょうつがい)つきの蓋には大きな錠がかけられていた。箱の正面には、野島屋の焼印が押されている。

江戸の商家の多くが使っている、二分金の千両箱だ。手代ふたりがあるじのわきに、箱と鍵とを置いて座敷から下がった。

「賽蔵さん、わたしは本気だ」

言ったあとで鍵を差し込み、錠を解いた。杉の蓋を開くと、庭からの光が二分金に弾き返されて、座敷がいきなり明るくなった。

「無粋なやり方に思うだろうが、商人（あきんど）にはカネが命だ。この箱ひとつと引き換えに、鑑札を売ってもらいたい」

買値が千両に跳ね上がっていた。

「せっかくですが、幾ら積まれやしても、売る気はさらさらありやせん」

今度は賽蔵が眉ひとつも動かさなかった。

庭から風が流れ込んできた。

緑の香りをひと息吸った賽蔵は、軽く辞儀をしてから立ち上がった。

七

五月十八日の七ツ（午後四時）。

深川十万坪の鋳銭場の通用門に、一挺の宿駕籠（やどかご）がつけられた。舁（か）き手は、前棒も後棒も揃いの半纏を着ている。

駕籠がおろされると、門番が寄ってきた。

「野島屋さんで」

垂れの内から、そうだと返事があった。

駕籠舁きではなく、門番が垂れを上げた。上客に対する礼儀である。前棒が垂れの前に履物を揃えた。

雪駄には、藤で野島屋の家紋が織られていた。鹿革の鼻緒をきゅっと伸ばし、野島屋が駕籠を出た。

羽織袴の正装である。

五月中旬のことゆえ、まだあわせを着ていた。傾き始めた陽を浴びて、黒羽二重が艶々と輝いている。身なりを見ただけで、大店のあるじの風格が伝わってくるようだった。

野島屋が案内された座敷は、畳替えをしたばかりの二十畳の客間である。厚さ五寸（約十五センチ）はありそうな座布団を勧められた野島屋は、難なくそれを敷いた。

中西を真ん中に挟み、橋本が右、千田が左に座って野島屋と向き合った。

「ご足労をいただき、厚く御礼を申し上げます」

礼の口上を述べてから、中西は橋本と千田を野島屋に顔つなぎした。

すぐさま茶が運ばれてきた。

湯呑みは薄手の伊万里焼で、上席役人接待に用いる鋳銭場自慢の器だ。

茶托は春慶塗である。

野島屋には使い慣れた焼物らしく、手馴れたしぐさで湯呑みに口をつけた。

請け人三人は、野島屋が口を開くのを待っていた。

「結構な茶をいただきました」

言葉はていねいだが、冷めていた。

年長の橋本がわずかに顔をしかめた。野島屋は知らぬ顔で手を膝に戻した。

顔色に出す橋本と、平然とことをやり過ごす大店のあるじとの、風格の差があらわれた。

「賽蔵さんは大した男です」

野島屋が、さんづけで賽蔵の名を口にした。

「これまで何人もの男と掛け合ってきたが、二分金千両を目の前にして、眉ひとつ動かさなかった男には覚えがない」

野島屋は中西だけを見て話していた。

「あの男なら、わたしが手元に置いてみたい。中西さんは果報者ですな」

「ありがとうございます」

中西が座ったままで辞儀をした。

いきさつを知らない橋本、千田には、わけが呑み込めない。あからさまな不満顔を見た中西が、野島屋の前でことの次第を解き明かした。橋本がさらに渋面をこしらえた。

「あんたは野島屋さんに騙り話を頼んだのか」

中西に噛み付く声は、顔よりも渋かった。

「わたしが決めて為したことです」

野島屋が静かな目で橋本を見た。

「賽蔵さんの人柄を見極めて欲しいとはいわれたが、手段はわたしに任されていた。あれを騙りというならば、わたしが賽蔵さんを騙したことになります」

両手を膝に置いたまま、落ち着いた声音で野島屋が話している。が、橋本を見る目には、強い光があった。

橋本が顔を赤らめて顔つきを戻した。

「金座の定座ができたあとは、いわば戦が始まるようなものでしょう」

「おっしゃる通りです」

中西が深くうなずいた。千田も、橋本までもが野島屋の言葉にうなずいていた。

「戦に勝つには、なににもまして、高いこころざしがいります。商人のわたしが言うことではないが、算盤ずくでことに当たると、どうしても目先のことしか見えなくなる」

野島屋の目が中西に戻っていた。

「手間をおかけして申しわけないが、いま一度、賽蔵さんと由蔵さんの話を聞かせてくださらんか」

「うけたまわりました」

中西は、先代と由蔵との出会いから今日に至るまでのあらましを、知り得る限りに話した。ときおり、橋本と千田がわきから言葉を補った。

聞き終わった野島屋は、目を閉じて、聞いた話をなぞり返しているようだった。

目を開いたときには、肚を定めた顔つきになっていた。

「孤児と聞くと、わたしのような算盤ずくの者は、つい世の中を拗ねて生きる者を思い描いてしまう」

よほど感に堪えたのか、野島屋はひとことずつ、区切るように話した。

「身寄りやらカネやらを失う怖さを持たない者が、高いこころざしを支えに生きることの強さを、この歳になって見た思いです」

野島屋が湯呑みに残った茶を口に運んだ。

「この先遠からず、銭相場が激しく動くでしょうな？」

「それは間違いありません」

中西が言い切った。

「賽蔵さんがこちらの銭売りを差配するなら、及ばずながらわたしにも手伝わせていただきたい。よろしいか？」

「ありがたいことです」

請け人三人が声を揃えた。

「承知してくださるなら、ひとつだけ頼みがあります」

「なんでしょうかな」

問いかけたのは橋本である。声が微妙に曇っていた。

「手伝いは、あくまでも及ばずながら、です。このことは、構えて賽蔵さんには伏せておいていただきたい」

賽蔵が行き詰まったときに限り、野島屋は陰から手を貸すと言っている。それでことが片づけば、手柄は賽蔵のものでいい……。

野島屋が存念を語り終えたあと、座には張り詰めた気配、息継ぎすら憚（はばか）られる沈黙が居座っていた。

三人とも、わけても中西は事案に対する野島屋の深い向き合い方を受け止めたことで、気圧（けお）されたかに見えた。

橋本も千田も心底からの辞儀で、門前仲町に帰る駕籠を見送った。

八

賽蔵がこしきに顔を出したのは、五ツ（午後八時）の鐘が鳴り終わったあとだった。

前夜、おけいは断わりなしに店を閉じた。店がどうかなったのかと案じたらしく、この夜は土間がひとで埋まっていた。

客の身なりは職人あり、担ぎ売りあり、お店者（たなもの）ありと、まちまちである。

しかしどの客も、気持ちよさそうにくつろいでいた。呑み客にありがちな、声高な話し声がない。静かに酒と魚を味わいたくて、こしきにきている客ばかりである。

おけいの姿を追い求める者もいない。

それでも台所からおけいが顔を出すと、土間の気配がふっと弾ける。その心地よさを客は楽しんでいるようだった。

賽蔵の卓は、土間の隅がお決まりである。

賽蔵に限らず、多くの客がそれぞれ卓を決めていた。

魚は今夜もサバである。

五月のサバは上等な魚ではないが、客はそれを口にすると安心できるらしい。サバの味そのものではなく、おけいの手を介したものが食べられることを、だれもが楽しんでいた。

土間の隅に座った賽蔵にも、客の思いが伝わった。

そして、なぜ由蔵がおみねと所帯を構えようとしなかったかが、いま賽蔵には呑み込めた。

客は店とおみねを大事にし、慈しんですらいる。

そんな客をおみねもかけがえなしだと思っている。

ひとり占めにしてはなんねえ……。

いまの賽蔵は、はっきりと由蔵の思いをわきまえていた。

提灯を引っ込めたあと、賽蔵はおけいとふたりで語り合ったりする。が、そこまでのことだった。

手を伸ばせば、おけいは拒まないだろうと賽蔵には分かっていた。

由蔵は所帯こそ構えなかったが、おみねと肌を重ねていた。互いに好き合ってのことである。

賽蔵もおけいを深く想っていたし、おけいも賽蔵を好いている。

しぐさの端々で、おけいはそれを示してくれた。

それでも賽蔵は手が出せなかった。

すでに後厄だというのに、おけいと肌を重ねている姿を思い描くと、照れくさくて顔が赤くなる。

ふたりが互いに一歩を踏み出すには、昨夜はなによりの折りだった。

与太者三人を軽々とあしらった賽蔵を見て、おけいは顔を上気させていた。

土手から店に戻ったあと、おけいは息遣いが上がっていた。

ところが賽蔵は、早々に裏店に戻った。

おけいも引き止めることをしなかった。

最後の客が五ツ半（午後九時）過ぎに店を出た。

たすきをはずしたおけいは、徳利を手にして賽蔵のそばに寄ってきた。

「夕べのことだけど……」

おけいは手酌で盃を満たした。

酒が強いのは母親譲りである。

「あの三人連れって、わたしにかかわりがあると思うの」

おけいが盃をあけた。

いつものような、酒を味わう呑み方ではなかった。

賽蔵の目がわずかにきつくなった。

「この橋の周りに、新しい河岸ができるらしいのよ」

「佐賀町河岸が延びるてえんだろう」

「なんだ、賽蔵さんも知ってたの……」

「その手のうわさは足が早い」

「だったら本当の話なの？」

「佐賀町の岡田屋さんが音頭取りてえ話だが、定かなことは分からねえ。それと夕べの三人とが、どうつながるんでえ」

問いながら、賽蔵は答えを見つけ出していた。

「こしきを売れということか」

おけいが小さくうなずいた。

「ここにきたのは、佐賀町の周旋屋さんだったけど、わたしが相手にしないものだから」

「脅しをかけてきたてえことか」

「わたしが女のひとり暮らしだと分かってるみたいだから……」

おけいがまた手酌の酒を口にした。

「厄介ごとになりそうだったら、おれが相手をするぜ」

「そのことを話したかったの」

おけいの顔がじわじわとほころんだ。

酒が回っているのか、潤んだ目を向けた。賽蔵が慌てて目を土間に落とした。

「それで賽蔵さんの話って、どんなことだったの?」

おけいが顔を寄せてきた。

「忘れてくれ。てえしたことじゃねえ」

「そんなことないでしょう。わたしの思案を聞きたいって言ったくせに……」

おけいが拗ねて、乱暴な手つきで酒を注いでいる。

賽蔵は土間から立ち上がり、店の戸をあけた。湿った川風が流れ込んできた。

夜空の月に暈がかかっている。

明日の中西との話し合いがきついものになると思いこんでいる賽蔵は、月を見上げて小さな吐息を漏らした。

九

明和二年五月十九日。明け六ツ（午前六時）の鐘が打たれたときには、江戸の空はその青さが分かるほどに晴れていた。

銭座請け人、中西五郎兵衛をたずねる賽蔵は、深川の宿を六ツ半（午前七時）に出た。中西との談判は五ツ半で、まだ一刻（二時間）もある。

しかし掛け合いの行方がきついものになると思い込んでいる賽蔵は、気を落ち着けて歩きたかった。途中の得意先に、大縉五本（五貫文）の銭を届ける都合もある。

それゆえの早出だった。

右手にさげた布袋には、両替商辰巳屋が封した丁銀と豆板銀五百匁（二キロ弱）の紙包みふたつが入っている。それに加えて、背負子（しょいこ）には五貫文（約十九キロ）を背負っている。

後厄を迎えたいまでも、賽蔵は身体を鍛えている。が、銀と銭を合わせて六貫（約二十三キロ）の荷物は、いささかこたえた。

銭座のある深川十万坪まで、およそ半里（約二キロ）。やぐら下に出た賽蔵は、永代寺門前仲町の大通りを東に歩き始めた。

目の前右手の空を天道（てんとう）が昇っている。大きくて勢いのある朝日には、梅雨がこれからとは思えない強さが感じられた。

永代寺に賽銭をしたあとで、賽蔵は富岡八幡宮の参道に入った。いずれも深川の住民が篤い信心を寄せる寺社である。

八幡宮の広い境内に植えられた松と欅（けやき）、銀杏（いちょう）、椎（しい）などの木々に朝日の光が届いている。参道にも斜めからの陽が差し始めていた。

賽蔵は背負子と布袋をおろすと、手水舎（ちょうずや）で口をすすいだ。水に塩辛さが含まれているのは、埋立地深川の弱味である。ここに暮らす人々は、飲み水や煮炊きに使う水は、毎日水売りから買っていた。

銭卸の談判がもしも首尾よく運んだら、水売り連中にも商いを広げてみよう……。

賽蔵は銭売り稼業への思案をぼんやりと広げつつ、背負子と布袋を両手にさげて本殿へと進んだ。

その賽蔵の前を、道具箱を担いだ職人風の男が、足早に通り過ぎようとした。六ツ半を過ぎており、職人は気が急（せ）いていたのだろう。

足を止めて道をあけていたのに、職人のほうから賽蔵にぶつかった。

職人の肩から、道具箱が石畳に落ちた。

賽蔵も、手に持っていた背負子と布袋を取り落とした。

大きな音を立てて道具箱のふたが外れ、中身の大工道具がばら撒(ま)かれた。玄能(げんのう)の柄が賽蔵のつま先に当たった。

「すまねえ、ぼんやりしていた」

つま先を撫(な)でながら、賽蔵が先に詫びを言った。賽蔵の荷物も石畳に落ちている。明らかに職人の過(あやま)ちである。

しかし賽蔵は、おのれがわるくなくても先に詫びを言えと、由蔵に仕込まれていた。詫びさえ言えば、ことは丸く収まるというのが、銭売り由蔵の口ぐせだった。

「すまねえ、あにい……わるいのはおれっちだ。けがはされやせんでしたかい」

職人が素直に詫びた。

賽蔵はお互い様だと身振りで示し、背負子からこぼれ出た大緡をしまおうとした。その銭の束を見た職人は、道具をしまう手を止めて賽蔵に近寄った。

「あにさんは銭売りさんですかい」

「そうだが……」

賽蔵も手を止めて職人と向き合った。

「おれは浜町の甚五郎(じんごろう)棟梁に使われてる、幸吉(こうきち)てえ大工(でえく)でさ」

いきなり名乗られて、賽蔵は戸惑った。その顔を見た幸吉は、急いだ口調で名乗ったわけを話し始めた。

「あにさんは、日本橋の大谷屋てえ両替屋を知ってやすかい？」

賽蔵はしっかりとうなずいた。大谷屋は、由蔵が銭を仕入れていた両替屋だった。

「おれの棟梁は、手間賃に払う銭やら銀やらを、大谷屋から仕入れてやしたんで」

幸吉は先を急ぐ足を忘れたように話し込んだ。それなりのわけがあったからだ。

約束のときまでにゆとりのある賽蔵は、幸吉の話に付き合った。それほどに、幸吉の物言いは差し迫っていた。

幸吉が仕える棟梁の甚五郎は、職人を十五人も抱える大所帯を仕切っていた。職人の手間賃をならせば、ひとり当たりの出づら（日当）が五百文見当である。一日で七貫五百文は、そこそこの金高だ。

手間賃の払いは、十日ごとの旬日払いである。給金日には、二十両相当の銭やら銀やらが入り用だった。

職人の中には、銀ではなく銭で欲しいという者もいる。手間ではあったが、甚五郎は職人の願いを聞き入れてきた。

給金日の前日になると、甚五郎の女房が大谷屋に出向き、翌日に欲しい銀と銭とを伝えた。そして当日の昼までに、見習い小僧を連れて大谷屋まで両替に出向いた。

暑かろうが寒かろうが、晴れでも雨でも、甚五郎の女房はこれを二年繰り返してきた。

ところが五月中旬に、女房が身体の調子を崩して寝込んでしまった。職人の手間賃勘定は甚五郎の役目だが、両替屋とのやり取りは女房の役回りだ。

五月十八日から二十日まで、甚五郎は表猿楽町（おもてさるがくちょう）の新しい普請場にかかりきりにならざるを得なかった。それゆえ十八日の夕刻前に、甚五郎は普請場から大谷屋に出向いた。

「女房が動けねえんだ。今回は、おたくの手代さんに出向いてもらいてえんだが」

「うちが浜町に？」

ご冗談でしょうと、手代は甚五郎を鼻先であしらった。

「うちは日本橋の大谷屋です。てまえどもが出向く先は、大名屋敷か、駿河町（するがちょう）の大店に限られていますから」

たかが大工の棟梁だろうがといわんばかりに、手代は胸を反り返らせた。

職人を束ねるかたわらで、施主とも掛け合う甚五郎は、人柄が練れている。少々のことでは腹を立てることもなかった。

このときは、旬日を二日後に控えて気がせいていた。

それに加えて女房の容態がわるく、宿の切り盛りまで甚五郎の肩にのしかかっていた。

「しっかり聞かせてもらったぜ」

毒づきこそしなかったが、大谷屋の店先にでかい音の屁を一発放って帰ってきた。

「そんなわけで、銭の両替ができなくなってるんでさ」

「あっしに請負えというのか」

賽蔵の問いかけに、幸吉がすがるような目で答えた。

「職人みんなが、棟梁から心安い銭売りを探せといわれやしたが、でえくのおれには両替屋だの銭売りだのは、とんと縁がねえんで」

幸吉がさらに賽蔵に近寄った。

「ここであにさんに会えたのも、八幡様のお引き合わせだ。なんとか今日のうちに、棟梁と会ってもらえやせんか」

幸吉が両手を合わせて、賽蔵を拝んだ。

「それは構わないが、ほかの職人さんたちも心当たりを探していなさるだろうに」

賽蔵の物言いが、商い向きのていねいな口調に変わっていた。

「それにあんたとは、いまここで出会ったばかりだ。あっしがどんな商いをするのかも知らないまま、棟梁に引き合わせたりしたら、あんたが困ることにならないか」

「あにさんの人柄は、おれがぶつかったのに先に詫びを言われたことで、充分に分かりやした」

幸吉はぶれのない目で、賽蔵をしっかり見詰めていた。

「朝から八幡様にお参りするひとなら、おれはしんぺえしやせん。それにほかの職人連中だっておれとおんなじで、銭売りに知り合いなんざ、いるわけがねえんでさ」

幸吉がきっぱりと言い切った。

浜町は大川の西側だが、賽蔵の宿からはさほどに遠くではない。しかも行き合ったばかりの幸吉が、賽蔵を心底から信じ切った様子で当てにしている。

それを断わるのは、深川に暮らす男の名折れだと考えた賽蔵は、昼ごろまでに顔を出すことを請合った。

「ありがてえ。これでおれも棟梁にいい顔ができやす」

安堵した幸吉は、本殿に深い辞儀をしてから足早に去って行った。

背負子を担ぎ直した賽蔵は、いつもの倍の賽銭を投げた。中西との談判を思う気の重さが、少し軽くなったらしい。

八幡宮の境内を歩く賽蔵の足取りは、重たい荷物を抱えているとは思えないような、軽いものに変わっていた。

十

賽蔵のおとずれを待ちながら、中西五郎兵衛はなぜか尻が落ち着かなかった。

賽蔵にこの先の銭売り差配を任せると決めたものの、胸の奥底の不安が拭い切れなかったからだ。

中西に頼み込まれて、永代寺門前仲町の米問屋あるじ野島屋大三郎が、賽蔵の人柄と器量の見極め役を引き受けた。

「あの男なら、わたしが手元に置いてみたい。中西さんは果報者ですな」

野島屋は、まっすぐな言葉で賽蔵を評価して、中西の頼みに応えた。

野島屋の返答を聞いたあとは、銭座請け人の橋本市兵衛、千田庄兵衛も中西の判断を受け入れた。

賽蔵に任せるとおのれで決めておきながら、中西は不安になった。

深川銭座の行く末を、両替商ではなく、町場の銭売りにあずけて大丈夫なのか……。

決断の朝を迎えて、中西は気持ちが揺れた。その揺れを、他の請け人ふたりには相談できない。橋本も千田も、中西に任せ切っているからである。

中西が座っているのは、鋳銭場の物音が聞こえる二十畳の座敷である。障子戸をあければ、庭の先に炉の煙出しが見えた。

いまも白い煙が勢いよく吐き出されている。座敷を立った中西は、縁側から煙を見た。

立ち上る煙の勢いの強さが、中西の気持ちを落ち着かせてくれた。

煙出しを見詰める目が、次第に定まらなくなっている。ここに至るまでのあれこれを、中西は思い返していた。

亀戸の銭座が九月から鉄銭を鋳造すると中西が聞き込んだのは、今年の春先のことだった。

「鋳銭炉を大きなものに整え直して、職人も腕利きばかりを選りすぐっています」

中西の話を聞く橋本と千田が、眉根にしわをよせた。話が進み、より詳しい次第が分かるにつれて、請け人ふたりは青ざめた。

「亀戸の後ろには、金座の後藤家がついています。それゆえ、日に百五十貫の鋳銭を目論んでいるようです」

日に百五十貫の銭造りは、深川の五倍に相当する。橋本と千田の顔から、血の気が失せたのも無理はなかった。

深川銭座と亀戸銭座とは、道のりにして二里（約八キロ）も離れてはいない。それなのに、この日に至るまで中西たちが気づかなかったのは、金座後藤家が普請のすべてを差配してきたからである。

後藤家は銭座増築にかかわる職人を、すべて金座配下の者で固めた。このため普請の次第は、外にはひとことも漏れなかった。

公儀も後藤家を後押しした。

わけのひとつは、一日でも早く、高騰を続ける銭相場を鎮めたかったからである。

鋳銭の元になる銅が、三年前からまた一段と品薄になっていた。そのあおりを受けて、鋳銭量が極端に少なくなった。

銭相場の高騰は、市中に出回る銭の枚数が不足しているからだ。

公儀が定めた、金一両銭四貫文の相場はとうに崩れており、一両で三貫七百文なら良心的な両替だった。

一方、金銀相場は動いていなかった。

金一両は、いまでも銀六十匁である。

高いのは銭だけだが、町民が普段遣いに用いるのは銭か銀だ。本来なら銀一匁で六十六文になった銭が、いまは六十一、二文にしかならない。

賽蔵が一匁六十三文で長屋の連中に売っているのは、上々の両替だった。

公儀が金座後藤家を督励してまで開所を進める亀戸銭座は、鉄銭の大量鋳造が役目である。銭が出回りさえすれば、銭相場は落ち着くと判じていた。

それに加えて、公儀は銭座からの運上金増収も目論んでいた。後藤家が後見役に就いて鋳造に励めば、仕上がり枚数が大きく増える。そうなれば運上金も増える。

公儀勘定方と後藤家は、亀戸銭座から三割の増収を目処としていた。

そのためには、深川よりも亀戸の鋳造量を高めなければならない。公儀と後藤家が肩入れするわけがここにあった。

亀戸が鉄銭を造ると知って、深川銭座の請け人三人は色めき立った。二十六年前、鉄銭を初めて鋳造したのは、深川銭座だったからである。

「すぐにも鉄銭の炉を新たに普請させねば」

橋本が詰め寄った。

中西と千田は、ともに黙ったままだった。

銭座の運営は、請け人に任されている。炉を増やすも減らすも、好きにできた。ただし鋳銭の材料を銅から鉄に変えるには、公儀の許しを得なければならない。現在の深川銭座は、銅炉が主軸だ。公儀は亀戸を後押ししており、鉄銭の一件には知らぬ顔を決め込んでいた。

「五郎兵衛の聞き込んだ話がまことならば、一日ものんびりしてはおれんだろうが」

いつもは中西と姓を呼ぶ橋本が、五郎兵衛と名を口にした。それほどに、亀戸銭座の話には驚いたのだろう。

「橋本さんの言う通りだろうな」

口を開いた千田の口調は重たいものだった。

「鉄銭造りは、うちが汗を流して編み出した技だ。たとえ金座が相手でも、深川の名にかけて後れは取れない」

「まさにそのことよ」

勢い込んだ橋本が、千田を見て大きくうなずいた。

「後藤家は小判には長けておろうが、銭には素人も同然だ。日に百五十貫の銭造りなどと言うことが、炉を知らないあかしだ」

橋本が息巻いた。残るふたりも、橋本の言い分には得心したようだった。

「うちの職人たちは、どこまで枚数を増やせるかのう」

千田が中西に問いかけた。鋳銭差配は中西の役回りだった。

「鉄の炉をふたつ増やせば、いまの職人たちなら日に四十貫は造ります」

「それでは少ない。せめていまの倍の、六十貫は欲しい」

橋本が口を尖らせた。中西よりもはるかに年長だが、三人のなかで、もっとも激しやすいのが橋本である。

「倍というのは、いかに炉を増やしたとしても、職人たちにはきついだろう」

「むずかしいと思います」

千田と中西とがうなずき合った。

「やりもせんで、無理だと決めてどうする。わしは銭造りでは後藤は素人だと言ったが、やつらの底力はあなどれんぞ」

「分かっています」

答える中西の目元が引き締まっていた。

その後も何度か三人で話し合いを重ねたうえで、日に五十貫文を鋳造することを決めた。六割の増産である。

銭座の収支を担う千田は、銀一匁八十文で卸しても儲けが出る算段をした。銭売りが二割ほどの口銭を取っても、六十六文で売れる。相場に比べて五文も安い両替である。

千田の算盤に、橋本は安すぎると異を唱えた。が、亀戸には負けられないと千田、中西に諭されて、渋い顔ながらも受け入れた。

中西が銭卸のすべてを賽蔵に任せたいと諮ったのは、卸値を決めた三日後だった。いつもは中西の思案を支える千田も、このときばかりは首を縦には振らなかった。野島屋が賽蔵の器量を請合ったことで、ようやく賽蔵を差配に据える段取りが定まった。


鋳銭場を見詰めていた中西が、障子戸を閉めて元の座に戻った。

そろそろ五ツ半（午前九時）の見当である。

中西は膝元の帳面を手に持った。千田が算盤を入れた収支の見込み帳だった。

公儀勘定方からは、七月一日から鉄銭に切り替えてよいとの許しをもらっていた。

中西は九月一日から、亀戸が鋳銭を始めると聞き込んでいた。ところが公儀は七月一日から許すという。

前倒しのわけは、亀戸の段取りが首尾よく運んでいるからだ。

一日当たり、どれだけの銭が亀戸で仕上がるかの見込みは、いまもって摑めていなかった。当初に聞いた百五十貫が無理だということでは、深川の三人は同じ見立てだった。

「立ち上がりにおいては、よくて日に三十貫が精一杯だろうよ」

橋本の見立てはからかった。

千田と中西は、遠からず深川と肩を並べて五十貫は造るだろうと読んだ。

「後藤家がどこまで身を入れて銭造りを差配するか、その本気の度合いにかかっていると思います」

後藤家が本腰で取り組んできたら、いずれは深川を超えるかも知れないと、中西は見立てを結んだ。

千田が弾き出した銀一匁八十文の卸値は、中西の見当を受けてのことだった。

儲けを出すためには、日に五十貫の銭を余さず売り切らなければならない。

賽蔵に任せて大丈夫だろうか……。

中西はまだ確信が持てないでいた。

二十六年前の元文四年に、深川銭座が初めて鉄銭を造ったとき、由蔵たちが汗を流して世に行き渡らせた。中西は、先代から何度も聞かされていた。

その由蔵に銭売りを教え込まれた賽蔵が、二十六年を経たいま、本格的に鉄銭を商うことになる。

腕組みをした中西は、目を閉じて、これもめぐり合わせか……と思案した。障子戸越しに、強い日差しが差し込んでいた。

十一

深川銭座に向かう賽蔵は、大横川沿いの道を扇橋へと歩いていた。

大横川は小名木川、竪川(たてかわ)と交わる運河で、大型のはしけも行き来できる深さと川幅があった。

五ツ半が近くなるにつれて、五月の朝日はますます光が強くなっている。一町(約百十メートル)ほど先に見える扇橋の欄干が、陽を照り返していた。

大横川沿いの通りは、道幅が二丈(約六メートル)もある広い道だ。扇橋に向かう道の右手は、十万坪と呼ばれる広大な土地である。

武家屋敷も幾つか建てられているが、ほとんどは豪農が切り開いた新田だ。江戸もこの界隈までくると、まるで農村のようである。

賽蔵が歩いている二丈の幅広い道は、周りの景色には似合わない。この道はいまだに開墾が続けられている新田に、農具などを運び込むために造られていた。

銭座に鋳銭の材料を運び込んだり、仕上がりの寛永通宝を市中に送り出すのにも、二丈幅の道は便利だ。朝の五ツ半は、銭座の炉が勢いを得るころである。

賽蔵のわきを、車力（しゃりき）が引く何台もの大八車がすり抜けた。どの車も、俵を山積にしている。炉の燃料や、鋳銭の元になる銅を運んでいるのだ。

でこぼこ道を急ぐ車が、轍（わだち）の響きを立てている。その音に重なるようにして、大横川から船頭の舟歌が聞こえてきた。

賽蔵は足を止めて大横川を見た。

大型のはしけ三杯が、のぼりを立てて竪川のほうに向かっていた。どのはしけにも、俵がこぼれ落ちそうなほどに積まれている。

『亀戸銭座御用達』

のぼりは幅一尺（約三十センチ）、長さは六尺もありそうな純白の木綿だ。真っ白な布に太い筆で書かれた文字が、舟歌に調子を合わせてはためいていた。

賽蔵は中西の口から、亀戸銭座が桁違いの数の鉄銭を造り始めると聞かされていた。

こんな量を運び込むてえのか……。

はしけを目の当たりにして、賽蔵はあらためて亀戸の手ごわさを感じた。

一日の鋳銭量が百五十貫だと、野島屋から聞いた覚えがあった。日に三十貫の深川の五倍である。はしけ三杯が運んでいる量が、深川と亀戸との差を見せつけていた。

野島屋をたずねたとき、あるじの大三郎は銭卸の鑑札を千両で譲れと持ちかけてきた。賽蔵は深く考えることもせず、言下に断わった。育ての親である由蔵から受け継いだ稼業を、カネで譲ることなど考えられなかったからだ。

そのかたわらで、なぜ中西が野島屋に会えと指図したかをいぶかしんだ。考えた末に、銭売り稼業をやめる潮時だと中西が謎かけしている……という答えに行きついた。

九月から亀戸が大量の鉄銭を造り始めたら、銭相場は間違いなく下がる。そうなれば、銭売りの口銭も少なくなる。

店を構えた両替商であれば、銭だけではなく、金銀も為替も扱っている。銭相場が下がったところで、商いの屋台骨には響かない。

ところが賽蔵は銭だけである。

仲間の面々も店などは構えておらず、辻に立つ屋台の銭売りだ。銭相場が下がると、たちまち実入りが減ってしまう生業(なりわい)なのだ。

信に篤い中西の気性を、賽蔵はわきまえているつもりである。しかし野島屋に会わせたのは、この先の銭卸を野島屋に任せたがっているからだと思った。

亀戸が相手だと、屋台の銭売りでは太刀打ちできないと判じても無理はねえ。それが言い出しにくくて、中西さんは、おれと野島屋とを引き合わせた……。

賽蔵はこう判じていた。

しかし賽蔵は、いっときといえども、銭売りをやめようとは考えなかった。由蔵から手ほどきされた稼業が、賽蔵は好きなのだ。

中西に逆らうことになったとしても、賽蔵には鑑札を譲る気は毛頭なかった。

九月から日に三十貫文の鉄銭を、どうやれば売りさばけるか……。

賽蔵は深川銭座が五十貫までの増産を決めたことを、まだ聞かされてはいなかった。

鋳銭が七月一日に前倒しされたことも知らない。知らぬまま、中西との談判に向かっていた。

おれをやめさせたがっている中西さんとの談判は、一筋縄では運ばねえ……。

昨夜はこれを思って寝つきがわるかった。

おけいに話そうかとも考えたが、結局は言い出せなかった。

おけいはおけいで、店を譲れと迫られている。そんなさなかに、別のやっかいごとを聞かせるのははばかられたからである。

思案が定まらぬままに宿を出た賽蔵は、富岡八幡宮で新しい得意先となりそうな芽に出会った。それで気持ちが幾らか軽くなった。

銭座を目の前にして、亀戸に向かう大型のはしけと出くわした。はしけが運ぶ材料の山を見て、いっとき気持ちが萎(な)えそうになった。

この先の商売敵(しょうばいがたき)は、とにかく手ごわい。

しかも頼みの綱の中西は、賽蔵から野島屋に鞍替えしたがっている。

そう思うと、足が止まりそうになった。

が、恩人である由蔵の銭売りを続けたことでここまで生きてこられたと、賽蔵は思っている。

どれだけきつい談判になろうとも、おのれの口から銭売りをやめるとは言い出すまい。

あらためて賽蔵は肚をくくった。

銭座の門まであと一町。賽蔵が目元を引き締めた。

紋白蝶が、賽蔵を導くようにして銭座に向かって飛んで行った。

十二

銭座の二十畳座敷で、中西と賽蔵は互いに異なる思いを抱えて向き合った。

中西は、賽蔵がどこまで命がけで銭卸の差配をする気かと案じていた。

賽蔵は、中西が卸をやめさせたがっていると思い込んでいた。

「前置きもなしですが、今朝は賽蔵さんの存念のほどを聞かせていただきます」

中西は年長の賽蔵に、さん付けで呼びかけた。この先に待ち受ける手ごわい商売敵と、どう切り結ぶつもりかを、中西は聞きたかったのだろう。

「野島屋さんから、千両で鑑札を譲れと言われました。あれは中西さんも承知の上での、申し入れなんでしょうね」

賽蔵は中西の問いの意味を取り違えた。

昨日から胸のうちでくすぶっている思いを、真正面から中西にぶつけた。

「賽蔵さんの言うことがよく分からない」

中西がいぶかしげな口調で問い直した。

「わたしが承知の上とは、なにを指しているんだろう。もっと分かりやすく聞かせてください」

「分かりやすくもなにも、言った通りの意味です」

「それが分からないと言ってるんです。当てこすりのようなことを言ってないで、はっきりと思うところを聞かせてくれ」

焦れた中西が語気を強めた。

ぞんざいな物言いをされて、賽蔵は大きく息を吸い込んだ。それを吐き出すと、相手を見詰める目が据わっていた。

「中西さんがどう思われようとも、あたしは銭売りをやめる気は、さらさらありません」

こう切り出したあと、賽蔵は一気に思いのたけをさらけ出した。

由蔵が、どれほど銭売り稼業を大事に思っていたか。

それを受け継いだ自分が、いかにこの稼業が好きか。

一文でも多く売りさばくために、自分なりに、いかに知恵を絞っているか。

中西に口を挟む隙を与えず、賽蔵は思いっきり存念のほどをぶつけた。

「あたしには、銭売りは命も同然だ。亀戸が手ごわいことは重々承知ですが、あたしは負けません……どうかこのまま、あたしに銭売りを続けさせてください」

賽蔵は座ったまま、両手をついて頼み込んだ。中西に話しているうちに、なにがなんでも銭売りを続けたいとの思いが、身体いっぱいに膨れ上がったがゆえだった。

中西は息を呑んだような顔つきで、しばらく黙り込んでいた。

口を開いたときは、賽蔵のほうに膝を詰めていた。

「賽蔵さんをやめさせたくて、わたしが野島屋さんに引き合わせたと思ったのですか」

「そうじゃなかったんですか」

賽蔵は相手の問いに、問いで答えた。

「お互いに、大きな思い違いをしていたようです」

中西は物静かな調子で話し始めた。

七月一日から、深川銭座は日に五十貫の鉄銭を造り始める。それだけの量を、賽蔵ひとりの差配に任せきれるかどうかを、心底から案じてきた……。

胸のうちに抱えていた賽蔵への不安を、中西は隠さずに話した。

そして詫びた。

「賽蔵さんが、そこまで命がけで銭売り思案を続けてくれていたことを、わたしはおろかにも汲み取ることができなかった」

賽蔵をしっかり見詰めてから、中西は畳に両手をついた。

「あたまをさげるのは、わたしのほうです。どうか力を貸してください」

ふたりとも、深川銭座を深く思うがゆえの思い違いだった。話を突き合わせてそのことが分かったあとは、いままで以上に相手を信頼できたようだった。

鋳銭量を日に五十貫まで増やすことを、中西は初めて賽蔵に聞かせた。この日まで隠していたことを詫びたうえで、である。

「千田さんは銀一匁八十文という、これまで先例のない思い切った卸値を弾き出された。千田さんの本気度合いが分かっただけに、わたしは軽々しく見込みを口にできなくなった。どうか分かってください」

賽蔵はもちろん受け入れた。

そして千田が弾き出した、銀一匁八十文という卸値の重さを受け止めていた。

「うちの職人の腕のよさと、鉄銭造りには他の銭座に比べて一日（いちじつ）の長（ちょう）があればこその卸値です」

「中西さんは、売値もすでに思案してると思いますが……」

「もちろん思案はしています」

八十文で卸し、それを六十六文で売って欲しいと口にした。

いまの相場は、銀一匁六十二文がもっとも高い両替率である。まれに六十三文で売る辻売りもいるが、ほとんどは六十二文止まりだ。

町場の両替商は、仲町の小さな店でも一匁六十文である。中西の思案した一匁六十六文の両替率は、どこで売り出しても大きな勝ちが見込めた。

「ありがてえことでさ」

張り詰めていた気がゆるんだらしく、賽蔵の物言いがくだけていた。中西も同様で、肩から力が抜けていた。

ふたりとも、茶に口もつけずに話し込んでいた。賽蔵は、すっかりぬるくなった湯呑みを手に持ち、ひとくちすすった。

「ぬるくても、久々にうまい茶を呑めやす」

「わたしもそうです」

伊万里焼の湯呑みを、中西がいつくしむように両手で持っている。話が途切れて、座敷が茶をすする音だけになった。障子戸越しに、鋳銭場の鎚音が流れ込んできた。

その音を耳にして、賽蔵が顔を引き締めた。

「千田さんが銭座の身を削ってくださるなら、うちら銭売りも汗を流さねえことには、男が立ちませんやね」

「それは心強いことです」

「中西さんは、いつまで深川が先を走ってられると、見立ててやすんで？」

「亀戸が損を承知で向かってくれれば、賽蔵さんたちが売り出した次の日からでも応ずるでしょうが……」

中西が湯呑みを膝元に戻した。

「一匁八十文の卸値は、なまやさしいものではありません」

賽蔵も同じ思いらしく、中西の目を見てしっかりとうなずいた。

「半年は大丈夫でしょう」

「半年……ですかい」

中西の辛い見立てを吟味しつつ、賽蔵は思案顔になった。膝に置いた右手の指が、トントンと膝を打っている。賽蔵が知恵をめぐらせるときのくせである。

長い付き合いで賽蔵の気性が分かっている中西は、両手を膝に置いて黙っていた。

「中西さんの見立て通りに運んだとしても、半年過ぎたら相場が下がって、うちらの率が客には旨味ではなくなりやす」

「その通りでしょう」

「なにごとも始まりがでえじですから、六十六文で売り出すときには、客が群がるような工夫をかんげえやしょう」

賽蔵の思案はまだ定まってはいなかったが、なにか趣向を考えると中西に請合った。

「もうひとつ、中西さんにうかがいてえことがありやす」

「なんなりと訊いてください」

「銀座が新しい銀を通用させるてえのは、いつからのことでやしょう」

「九月一日だと聞いています」

中西が即座に答えた。

新しい銀とは、明和五匁銀のことである。

これは初めての計数銀貨で、一枚銀五匁の値打ちを公儀が請合った貨幣である。

いま通用している銀貨は、慶長、元禄、宝永の各時代に鋳造された丁銀や豆板銀（小粒）だ。これらはいずれも重さがそのまま値打ちとなる、秤量貨幣である。

両替のおりには、その都度秤で重さを量らなければならない。銭売りの賽蔵たちがおもに扱う、ひと粒一匁見当の小粒銀といえども、やはり秤に載せて確かめた。

九月から通用が始まる五匁銀には、その不便さがなくなるというのが、公儀と銀座の言い分だった。

が、江戸の商人や町民たちは、元禄以来、公儀が改鋳と称して金貨・銀貨の品位を落としたことを知っている。

カネに詰まった公儀は、慶長小判二枚を潰して元禄小判三枚を鋳造した。宝永時代には、さらに金の品位を落とした。

そのたびに、物の値段が吊り上がった。

改鋳にこりごりしてきた商人や町民は、公儀が新しく鋳造する貨幣を、喜んで受け入れようとはしなかった。

公儀と銀座が九月からの通用を目論んでいる明和五匁銀の品位は、四割六分である。慶長銀の品位は八割。改鋳後の元禄銀が六割四分で、宝永銀は五割。

いかに公儀が五匁の値打ちを請合ったとしても、宝永銀よりもさらに含有量の減った銀貨である。

五匁銀の品位については、公儀と銀座は固く口を閉ざしていた。が、世の中を飛び交ううわさは、この銀貨を喜んではいなかった。

明和五匁銀が受け入れられるかどうかは、初めての計数銀貨としての、利便性のみによりかかっていた。

「中西さんは五匁銀の先行きを、どう判じておられやすかね」

「むずかしいところです」

中西の歯切れがわるくなった。

「御上は力づくで世に流そうとするでしょうが、聞こえてきた話では、宝永銀よりもさらに銀が少なくなると言っています」

「やっぱりそんな魂胆ですかい」

賽蔵が吐き捨てるように応えた。

「ひとつだけいいことは、この銀なら秤なしでも通用することです。ことによると、値の張る品を商う商家は、渋い顔をしながらも受け入れるかも知れません」

いまの相場、銀一匁六十一文が続くとして、五匁銀一枚だと三百五文だ。重たい百文緡三本を持ち歩くよりは、はるかに楽である。

しかもいちいち秤に載せる手間が省けるため、通貨としては桁違いに便利だ。値打ちの下がった銀をきらうか、通用の便利さを受け入れるか。

中西も賽蔵も、これを判じかねていた。

「いずれにしても、五匁銀が出まわるのは九月のことでさ。うちらには、鉄銭を売りさばく工夫をかんげえるのが先でやしょうね」

こう締めくくって、賽蔵が談判を閉じた。七月一日から、日に五十貫の銭をさばくことが決まった。

六割も増える銭を、一文も余さずに売りさばくにはどうするか。

賽蔵の顔つきは、座敷に入ったときよりもさらに引き締まっていた。

十三

賽蔵が銭座を出たのは四ツ（午前十時）を四半刻ほど過ぎたころだった。

互いの思い違いをほどいたあとは、気持ちよく話し合いが運んだ。それでも半刻を大きく上回るほどに話し込んでいた。

賽蔵はこのまま浜町に向かおうとした。

朝方、富岡八幡宮境内で行き合った、大工職人の棟梁をたずねる気である。まだ一度も会ったことのない棟梁だが、銭売りの新しい得意先になりそうに思えたからだ。

いまは五月の十九日。やがて梅雨がきて、うっとうしい日が続くことになる。日に五十貫の銭をさばき始める七月一日まで、あと四十日しかなかった。

中西と談判するまで、賽蔵は鉄銭は九月一日からの商いだと思っていた。そして売りさばくのはいままで通りの三十貫、増えたとしても、せいぜい四十貫までだと踏んでいた。

それらの思惑が、ことごとく外れた。

一日ものんびりしていられねえ……。

気がせく賽蔵には、まだ会ったこともない浜町の棟梁が、福の神に思えた。職人と出会ったのが富岡八幡宮の境内というのも、縁起のよさが感じられた。

明日の二十日には、賽蔵が銭を卸している仲間との、月に三度の寄合がある。その場で七月一日からの話を聞かせる気だが、寄合を盛り上げるためにも、幸先のよい商いの種が欲しかった。

浜町の棟梁と商いが始まれば、なによりの景気づけになりそうである。銭座を出た賽蔵は、すでに浜町での掛け合いに思いを走らせていた。

目の前に扇橋が見えてきた。

浜町へは、この橋のたもとの船着場から、小名木川伝いの乗合船が出ている。船賃は三十文と安くはないが、陸を歩くよりもはるかに早く行き着ける。

陽はほどなく、空の真ん中へ昇りつめそうだった。五月の日差しを浴びての川船は、乗っていて心地よい。川風を受けながら、棟梁との掛け合い段取りを考えようと決めた賽蔵は、船着場への石段を降りた。

浜町に出て行った船はまだ戻っておらず、数人の客が船待ちをしていた。川風を受けて、柳の枝が揺れている。

待つ間も思案をめぐらせていたかった賽蔵は、ひとから離れて船着場の石に腰をおろした。

陽を浴びて、小名木川の川面が照り返っている。川船の船頭が、まぶしそうに目を細めていた。

思案顔で行き交う船を見ていた賽蔵が、一杯の水船を見て立ち上がった。

そうだ、水売りとの商いがあった……。

賽蔵から、ひとりごとがこぼれ出た。

この朝八幡宮の手水舎で、賽蔵は水売り連中との商いを思いついていた。

埋立地の深川界隈はどこの井戸も塩辛く、飲み水には使えない。そのため水道橋や大川の上流から、飲み水を売りにきた。

深川は徳川幕府が縦横に運河を張り巡らせた、水運の町である。どの町も、暮らしに使う船着場を構えていた。

桟橋に着いた水船は、細長い桶に水を汲み入れて、天秤棒の両端に担いで売り歩いた。前後の桶ふたつで一荷（約四十五リットル）である。どれほど貧乏な裏店暮らしでも、一荷が入る水がめは備えていた。

賽蔵が暮らす徳右衛門店にも、水売りは毎日商いに顔を出した。三軒長屋が四棟並んだ徳右衛門店は、水売りには上得意である。

晴れの日続きで水船が首尾よく川を行き来できれば、一荷は百文である。しかし天気が荒れると、たちまち水代が高くなった。

たとえ野分が吹き荒れていても、多くの水売りは商いを休まなかった。暮らしに欠かせない飲み水を商っているという、連中の矜持が船を走らせたのだろう。

しかし荒天の日の水は、二割からときには五割も高くなった。客も文句はいわなかった。割増を払ってでも、飲み水が手に入ることのほうが大事だったからだ。

徳右衛門店に売りにくる水売りは、水道橋の宣吉である。歳が二十三と若いだけに、桶を担ぐ姿に威勢があふれていた。

しかも宣吉は、少々の雨なら売値を上げなかった。

「おれっちのふたおやは、深川の出だからよう。雨が降ったぐれえで売値をいじったりしたら、親父にどやされちまうよ」

宣吉の売値は一荷が百文。ほかの水売りと値は同じだが、水の美味さが違った。

「おれの船は、水桶に檜をおごってるからさあ。美味さじゃあ負けねえ」

雨でも売値を変えない気風のよさに加えて、水の美味さでも宣吉は人気が高かった。

宣吉の評判がいいのは、ほかにも、もうひとつわけがあった。

つり銭をいやがらないということである。

ほとんどの客は、水代を一本の百文緡で支払った。が、なかには銭の持ち合わせがなくて、銀で払う客もいた。

水売りに限らず、担ぎ売りは銀の受け取りをいやがった。日によって相場が変わるし、つり銭勘定が厄介だからだ。

とりわけこのところは、銭相場が毎日のように高くなっている。銀で受け取ったりしたら、両替で損が出るかも知れない。どうしても担ぎ売りに銀で払おうとしたら、相場よりも率のわるいつり銭しかもらえなかった。

宣吉は違った。

毎日の相場の動きをしっかりと摑んでおり、銀での支払いにもいやな顔をしなかった。つり銭も、相場通りの換算で支払った。

外出（そとで）の多い賽蔵には、留守中に宣吉が水がめを満たしていた。水代は毎月の晦日（みそか）払いである。先月の払いのおり、賽蔵は宣吉から水売り元締めの話を聞いていた。

「芳太郎てえ親方でさ。水船を三十杯も抱えている、水道橋でも図抜けた親方だと思いやすぜ」

そのときは宣吉の話を聞き流していた。

いま思い返してみて、三十杯の水船は確かに所帯が図抜けていると分かった。

一杯の水船で、百荷は積める。一荷百文としても、船一杯で十貫文の商いである。その船が三十杯だ。

日銭で三百貫、およそ七十五両の実入りということになる。年では二万七千両に届く商いなら、日本橋大通りの大店に肩を並べる額だ。

暗算を終えた賽蔵が吐息を漏らした。

これだけ大きな商いなら、しっかり両替屋がお守りをしているにちげえねえ。

思いつきがくじけそうになった。

が、いまの賽蔵には、尻込みしていられるゆとりはなかった。

まずは浜町を仕上げることだ。

そして仲間と銭売り算段をまとめたあとで、水道橋にも出向いてみよう。

賽蔵は胸のうちで思いを定めた。

扇橋の先に、乗合船が戻ってきた。

十四

大工の棟梁、甚五郎の宿はすぐに分かった。道幅一丈（約三メートル）の路地いっぱいに、丸太や板が立てかけられていたからだ。

宿の間口は四間と大きく、百坪はありそうな敷地を杉板の塀が取り囲んでいる。宿の出入り口の戸は、すべて開け放たれていた。

土間の掃除が行き届いており、ちりひとつ落ちていない。壁際に並べて掛けられているのこぎりも研ぎがよく、鈍い光を放っている。

土間に立っただけで、棟梁の気性が伝わってくるようだった。

「ごめんなさいやし」

ひと声投げ入れただけで、小僧が飛び出してきた。

「深川の賽蔵てえやすが、棟梁は普請場でやしょうか？」

「銭売りの賽蔵さんですか」

幸吉が話していたらしく、小僧は賽蔵の稼業を知っていた。棟梁のしつけが厳しいのか、小僧の言葉遣いは職人の宿とも思えないほどにていねいだ。

賽蔵は返事の代わりに笑いかけた。

小僧は照れくさそうにはにかんだあと、背筋をぴんと伸ばして賽蔵を見た。

「親方は奥で待っています」

「待ってるって……普請場の手が放せねえってきいていたが」

「賽蔵さんが見えられると聞いて、出かけないで待ってますから。どうぞご一緒におあがりください」

使いなれない敬語につっかえそうになりながら、小僧が敷台へといざなった。履物を脱いだ賽蔵は、たもとから文銭二枚を取り出して小僧に握らせた。

「ありがとうございます」

余計な遠慮をせず、素直に受け取った。賽蔵に礼を言った、小僧の目が輝いていた。

奥へとつながる廊下は、杉板である。ところどころに節目が見えた。

が、板は分厚く、歩いてもへこまず鳴りもしない。毎日の拭き掃除も欠かさないようで、廊下は渋い艶を放っていた。

庭に面した居間で座って待っていた甚五郎が、賽蔵を見て立ち上がった。

「こんな路地裏まで、足を運んでもらっちまって……どうぞ座ってくんなさい」

甚五郎は大工とも思えないような、潤いのある声音だった。背丈は五尺三寸（約百六十センチ）の見当だが、目方は十六貫（約六十キロ）はありそうだ。

縦縞の紬（つむぎ）に包まれた身体は引き締まっており、短めの袖から見える腕は釘をも弾き返しそうに見える。

その男が座敷に座ったあと、両手をついて深い辞儀をした。

あたまをさげると、青々とした月代（さかやき）が賽蔵に見えた。頭皮には、四十手前のような力強さがうかがえた。

「礼を言うのは、あっしのほうでさあ」

口上を終えてあたまをあげた相手に、賽蔵は職人言葉で応じた。

「幸吉さんからは、棟梁は普請場にかかりっきりだとうかがいやしたが、なんでもあっしを待っててくださったそうで」

「今日の今日てえ急な頼みに、そちらさんが出向いてくれるてえんだ。待たせてもらうのは、あたぼうじゃねえですか。とにかく、そちらへ座ってくんなさい」

甚五郎が指し示した場所には、分厚い座布団が敷かれていた。賽蔵が腰をおろすと、さきほどの小僧が茶を運んできた。

「かかあのやつが、この何日か寝込んじまいやしてねえ。小僧のいれた茶で申しわけありやせん」

茶をすすめたあと、甚五郎はすぐさま用向きを話し始めた。掛け合いを終えたあとは普請場に向かうと聞いて、賽蔵も余計なことを言わず聞かずで、銭売りの詰めに入った。

甚五郎が欲しがっているのは、幸吉から聞かされたあらまし通りだった。

月に三度の旬日ごとに、二十両相当の銀と銭とが入り用だという。甚五郎は職人ごとに用意した布袋に、旬日締めの手間賃を詰めて手渡していた。

職人の数は十五人。十人は小粒銀と、端数を銭で調えればよかったが、残る五人は手間賃の半分を銭で欲しいとのことだった。

「そんだけのことでいいんですかい」

もっと厄介だと思っていた賽蔵は、あまりの簡単さに拍子抜けして問い直した。

「賽蔵さんはそんだけかというが、月に三度用意するのは手間でしょうに」

「なんてえことはありやせん。銀と銭を届けるのは、旬日の朝で間に合いますかね」

「届けるなんざ、とんでもねえ。うちの小僧を差し向けやす」

甚五郎が勢い込んだ。それを賽蔵が手を振って押しとどめた。

「日本橋の大谷屋さんとは、そういう付き合いでやしょうが、あっしは銭売りだ。欲しいといわれただけの銀と銭を、客先まで届けるのが稼業でさ。小僧さんの使いは、ご無用に願いやしょう」

「なんだか話が都合よすぎて、妙に落ち着きやせん」

甚五郎の口元がきつく閉じられた。

賽蔵は、ふところから巾着を取り出した。紐をほどくと、一枚の木札が出てきた。

「話があとさきになりやしたが、これは深川銭座から下された、銭卸の鑑札でやす。あっしのなめえが書いてありやすんで、どうぞあらためてくんなさい」

賽蔵が差し出した鑑札には『深川山本町徳右衛門店　銭卸賽蔵』と墨書きされている。受け取った甚五郎は、板の手触りを確かめてから、深川銭座の焼印の具合をしっかりと見た。鑑札を見る目つきには、十五人の職人を束ねる棟梁ならではの鋭さがうかがえた。

「見るまでもねえとは思いやしたが、ことは銭カネの行き来でやすから」

「得心してもれえやしたかね」

「あたぼうでさあ。もっとも、賽蔵さんが銭座からじかに卸を受けてるひととは、思いもよりやせんでしたがね」

甚五郎が初めて笑った。

丸くて真っ黒な瞳からは、鑑札を確かめたときの鋭さが失せており、子犬のような愛らしさがあった。賽蔵の素性がはっきりしたことで、安堵の思いも笑い顔のなかに含まれているようだった。

甚五郎が大谷屋から買ってきた銭は、銀一匁六十文。賽蔵より三文も割高だが、両替商としては妥当な率である。

「七月一日から鉄の銭が出まわり始めやす」

すでにうわさを耳にしていたらしく、甚五郎は驚かなかった。

「鉄銭が通用するまでは、一匁六十三文てぇことで受けさせてもらいやす」

「そいつはありがてぇ」

甚五郎が心底から喜んだ。ますます子犬のような目になっていた。

「鉄銭に替わったら、一匁六十六文まで引き上げやす」

「ちょっと待ってくれ、賽蔵さん……」

六十六文と聞いて、甚五郎が身を乗り出してきた。

「大谷屋にくらべて、一匁で六文も違うとなりゃあ、職人のカミさん連中は飛び上がって喜ぶてえもんだ」

甚五郎はもう笑っておらず、目つきに鋭さが戻っていた。

「卸の賽蔵さんが口にしたことを、念押しするようですまねえが、六十六文てぇのは、まことのことでやしょうね」

賽蔵は口元をぎゅっと引き締めて、甚五郎に二度うなずき返した。

「賽蔵さんは、このあとなにかご用がおありでやすかい」

「いや、格別のことはありやせんが」

「だったら、あっしに半日ばかり付き合ってくだせえ」

「なにかありやすんで？」

問われた甚五郎は、賽蔵の真正面に座りなおした。

「神田佐久間町と、浅草吾妻橋たもとの並木町に、あっしの兄弟分がおりやしてね。連中も、手間賃の両替には往生してるんでさ」

そのふたりの棟梁にも、ぜひとも力を貸して欲しいと甚五郎が頼み込んだ。佐久間町も並木町も、手間賃の払いは浜町と同じ旬日だという。

職人の数は佐久間町が十四人で、およそ十五両。並木町は二十三人で、二十両の見当である。浜町と合わせれば、旬日ごとに五十五両の商いとなる。

賽蔵には願ってもない話だった。

しかし、同じ日に佐久間町と並木町まで銭を届けるのは、いささか難儀である。

賽蔵がそれを口にしたら、甚五郎が胸を叩いた。

「ここに届けてくださりゃあ、あとは兄弟んところのやっこが受け取りにきやすから」

浜町にすべてを持ち込めばいいと、甚五郎が請合った。

「それでよけりゃあ、なんの不都合もありやせん」

「何度も念押ししてすまねえが、兄弟んところも、鉄銭ができたあとは一匁六十六文てえことでいいんでやしょうね」

「もちろん、それで受けさせてもらいやす」

賽蔵がきっぱりと請合った。

「おいっ、やっこ」

甚五郎が小僧を呼びつけた。

廊下に音を立てて小僧が駆けてきた。

「ひとっ走り、表猿楽町の普請場まで行ってくれ」

小僧がこっくりとうなずいた。外出ができるのが嬉しいらしく、目が大きく見開かれている。

「今日はおれが出られねえから、くれぐれもお施主さんによろしく伝えてくれと、幸吉を見つけて言いつけてこい」

「分かりました」

すぐに駆け出そうとした小僧を、甚五郎が引きとめた。

「いまからの行き帰りだと、昼飯に差しかかるだろう。これで蕎麦でもたぐってきねぇ」

甚五郎がひとつかみの銭を渡した。ざっと二十文はありそうだった。両手で受け取った小僧は、それをしっかりと握り締めた。

「それじゃあ賽蔵さん……」

甚五郎が腰を上げた。

「かかあに言い置いてきやすんで、おもてで待っててくんなさい」

座敷を出る甚五郎の足が軽い。

土間に向かう賽蔵は、甚五郎よりもさらに軽やかな足取りだった。

十五

五月二十日の寄合には、賽蔵が卸す銭売り十一人が全員そろった。場所はいつも通り、大島町のこしきである。

ときは正午。十二人の昼飯は、おけいが調えるのが決まりごとだった。

相生橋（あいおいばし）の隆三（りゅうぞう）　三十七歳

日に二貫を商う銭売りで、佃島（つくだじま）の漁師が得意客。荒天で大川が暴れるときは、商いが細くなったりする。

蓬莱橋の時十　五十三歳
海辺新田界隈の農家、漁師が相手の銭売り。賽蔵配下で一番の年長者。日に二貫の商いだが、売りは堅い。
黒船橋の登六　三十三歳
登六の父親が由蔵と付き合いがあった、親子二代の辻売り。深川　蛤町の住人が相手で、多いときには五貫、ならして三貫を売る。
汐見橋の予吉　二十七歳
日本橋のお店勤めから、銭売りに転じた変わり者。物腰がやわらかくて、長屋の女房連中には人気がある。日に二貫五百文を商う。
平野橋の源一　四十二歳
木場の川並、仲仕などの荒っぽい客を相手に、日に三貫を売る。見かけはやさ男だが、腕っ節の強さは賽蔵と互角に近い。
江島橋の光太郎　三十七歳
洲崎弁天界隈の、仲居や板場がおもな得意客。料理人顔負けの庖丁遣いで、若い板場が慕っている。商いも日に三貫をさばく。
崎川橋の左右吉　三十五歳
源一と同じく木場を相手の商いだが、客は大鋸挽き職人が多い。商いは地味で、日に二貫を超えることは少ない。

永居橋（ながいばし）の隆助（りゅうすけ）　三十六歳

大和町の色町相手の銭売り。背丈が五尺八寸（約百七十四センチ）もあり、茶屋の女中たちに人気がある。日に三貫を商う。

鶴歩橋（かくほばし）の圭助（けいすけ）　四十六歳

冬木町の裏店相手の銭売り。身体が弱く、月に数日は商いを休む。銭売りにもむらがあり、ならすと日に一貫五百文程度。

亀久橋の潮（うしお）　三十五歳

圭助と同じく冬木町が相手だが、橋のたもとの辻売り。圭助が商いを休んだ日は、長屋から買いにくる。日に二貫の商いが堅い。

富岡橋の佐吉（さきち）　三十歳

深川一色町（いっしきちょう）の裏店が得意先。手先が器用で、長屋のこどもに手作りおもちゃを配ったりする。女房連中にも人気で、日に二貫を売る。

銭売り衆には橋の名がついていた。いずれも、商いの舞台が近い橋である。辻売りとともに、橋のたもとで商うことが多いことから、仲間内で互いに付け合った二つ名のようなものだった。

寄合に先立つ十九日の夜に、賽蔵は時十、予吉、源一、隆助の四人と個別に下打ち合わせを行っていた。

時十には、もしも寄合が揉めたときには、年長者として抑え役を頼む都合があった。予吉はお店勤めを知っており、筋道を立てて話をするのが得手である。算盤も達者だ。賽蔵は、五十貫の銭をとどこおりなくさばく趣向の思案を言いつけた。

源一と隆助は、ともに手堅く日に三貫を商う銭売りである。七月から日に五十貫まで量が増えたとき、どれだけ上乗せしてさばけるか、見込みを立てるように指図していた。

この日の寄合がとりわけ大事であることを聞いていたおけいは、朝から日本橋魚河岸に出向いた。求めたのは、形のそろった小鯛である。

上物の赤穂(あこう)の塩をたっぷり振りかけて、尾かしらつきの塩焼きを出した。

飯は昆布のダシ汁で炊き上げたものを、ひとくち大の握り飯にして、炭火で軽く炙(あぶ)った。これなら話をしながらでも食べやすいからだ。

あとはしじみの味噌汁に、母親譲りの糠漬である。

昼飯に鯛の塩焼きが出たことで、寄合の場は、はなから盛り上がった。

ひと通りの飯が進んだところで、賽蔵が立ち上がった。

「前々から何度もうわさになってた鉄銭だが、九月じゃなしに、七月一日から売ることになった」

場が一気に騒がしくなった。

銭売りのほとんどは、元文四年に鉄銭を売り出した当時を知らない。売りさばいたことがあるのは、登六の父親、時十、賽蔵ぐらいだ。

しかし元文の鉄銭売り出しで難儀をしたことは、多くの銭売りが耳にしている。場が騒がしくなったのは、鉄銭をあまり喜んではいなかったからだ。

賽蔵は売り出しが早くなったことに続けて、売りさばく量が六割増しになると付け加えた。

「そいつあ無茶だ。いまでも二貫を売るのが骨だてえのに、六割増しなんざ、とっても受けられねえ」

真っ先に口を尖らせたのは、鶴歩橋の圭助だった。佃島が商いの場の、隆三が圭助と目を交わしてうなずいていた。

「圭助さんのほかにも、五十貫をさばくのは無理だと思うのはいるかい」

圭助が最初に文句をいうだろうと踏んでいた賽蔵は、あとにだれが続くかが知りたかった。隆三はまだ圭助と目を交わしていたが、文句を口にはしなかった。

「ほかにいねえなら、話が終わるまでは口を閉じて聞いてくれ」

賽蔵が低い声で言い渡した。

いつもとは様子の違う賽蔵の物腰を見て、騒がしかった場がさっと鎮まった。圭助も口を閉じて、立ったままの賽蔵を見上げていた。

「圭助さんの言う通り、六割増しの銭を売りさばくのは楽じゃねえだろう。数にすれば日に五十貫だ、半端な取り組み方では、とってもさばき切れねえ」

言葉を切った賽蔵は、座の面々を見まわしてから、一枚ずつ紙を配った。賽蔵の手で、大きな筆文字が書かれていた。

「卸値は銀一匁八十文。売値は銀一匁六十六文。七月一日より売り出し」

書いてあるのは、これだけである。

しかし銭売り連中には、紙に書かれた数字だけで充分だった。

声にならないうめきが、こしきの土間に充ちた。顔つきが変わっていないのは、賽蔵から根回しをされていた時十、予吉、源一、隆助の四人だけである。

さばき切れないと文句をつけた圭助は、紙を両手に持って見入っていた。

「みんなも知っての通り、いまの銭相場は六十一、二文てえところだ。鉄銭が売り出されたあとも、この率が大きく変わるとは思えねえ……どうです、圭助さん」

名指しをされた圭助は、あいまいにうなずいただけだった。が、さきほどとは異なり、賽蔵の見立てに文句をつける気はなさそうだった。

「一匁六十六文で売り出しても、みんなの手元には十四文の儲けが残る。深川銭座が踏ん張ってくれるおかげで、客もおれたちも、いい思いができるてえ寸法だ」

六十六文で銭を売れば、深川の住民を根こそぎ客に取り込める……。

銭売りみんながそれを得心するまで、賽蔵はあとの口を閉じた。

何人かは算盤を取り出して、儲けの勘定を始めた。静まり返ったこしきの土間で、珠を弾く音がせわしなく響いた。

「どうでえ、得心できたかい」

だれもが大きくうなずいた。

商いが膨らみそうだと思えたらしく、どの顔もほころんでいる。

賽蔵が話の続きに戻ろうとしたとき、またもや圭助が口を開いた。

「六十六文なら、しばらくは一人勝ちできるだろうが、いつまでもじゃねえ。亀戸が追っかけてくるのは、目にめえてるぜ」

圭助に水をぶっかけられて、何人かが顔の笑いを引っ込めた。

「おれが言おうとしたことを、代わりに圭助さんが言ってくれたようなもんだ」

賽蔵は圭助を持ち上げた。

「銭座の中西さんは、半年過ぎたら、よそも六十六文で追っかけてくると見立てている。つまりは、七月から今年いっぱいのうちに、どんだけ多くの客を囲い込めるかが勝負てえことだ」

賽蔵は昨日の甚五郎との商いを話した。

六十六文という数がいかに強いか、五十五両の新たな商いが調ったことで、だれもがしっかり呑み込んだようだった。

「知恵を使って売り込めば、客は幾らでもいるようなもんだ。でえじなことは、ひとたび摑んだ客は、なにがあっても逃がさねえ工夫だろう」

賽蔵が予吉に目配せした。

立ち上がった予吉は、賽蔵とは別の紙を面々に配った。

紙には表が書かれていた。物差しをあてて引いた線は、力強くてまっすぐだ。お店者ならではの描き方だった。

「ここに書いてあるのは、銀と百文緡（ひゃくもんざし）との換算です。一匁六十六文なら、銀三匁で百九十八文です」

銭売りはだれもが暗算には長けている。

五十を過ぎた時十といえども、数字には滅法強い。

換算表を見ただけで、銭売り連中は予吉の思案を呑み込んでいた。

「これはおもしろい。なにより、百文緡を二本組で売るというのがいい」

光太郎が声を弾ませた。

「どうせなら予吉、緡の縄を別誂えにして、しゃれた拵え（こしら）にしようじゃねえか。色付きの緡ができたなら、洲崎のねえさんたちも大喜びするぜ」

「そいつはいただきです」

予吉が光太郎に笑いかけた。

賽蔵の顔も、光太郎の思いつきを受け入れていた。

「百文緡二本で十七文の得となりゃあ、客が勝手に触れ回ってくれるだろうよ」

圭助もすっかり夢中になっていた。

賽蔵は水売りの元締めに売り込むつもりでいることを、口には出さなかった。

その思案を持ち出すまでもなく、十一人の銭売りは、先の商いを思い描いて気を高ぶらせていたからだ。

十六

母親おみねのあとを継いで、おけいがこしきの台所にひとりで立ったのは、延享二（一七四五）年の五月。すでに二十年も昔のことになる。

おみねがこしきを切り盛りしていた当時から、店の提灯に明かりを入れるのは、暮れ六ツ（午後六時）の鐘と決まっていた。

それはいまでも変わっていない。

賽蔵たちが寄合を持った五月二十日も、永代寺から流れてくる六ツの鐘で、おけいはいつも通りに軒先に提灯を吊り下げた。

いつもと違っていたのは、口開けの客が六十年配の白髪の老人だったことだ。

「こしきというのは、ここでいいのかね」

提灯にはまだ明かりが入っておらず、店の屋号が読み取れなかった。

「うちで間違いありませんが、わざわざ来てくだすったんですか」

老人に見覚えのないおけいは、いぶかしげに問いかけた。

こしきの場所は、永代橋の大通りを南に三町（約三百三十メートル）ほど入った、大島橋のたもとである。昼間は大川端を行き交う車や荷馬車、仲仕衆などで賑わっているが、陽が落ちたあとは人気（ひとけ）が失せる。

そんな人通りのない場所におみねが店を構えたのは、土地代がただ同然に安かったからだ。

おみねは客あしらいの妙味と、手料理の美味さ、酒の吟味のよさで馴染み客を増やしていった。つまりは、おみねの魅力で繁盛した店だった。

あとを継いだおけいも、母親同様の切り盛りをした。そして馴染み客を増やした。

こしきが建っていた大島橋たもとは、ふりの客が気分で立ち寄るような場所ではない。馴染み客がその店に行きたくて、わざわざおとずれる場所なのだ。

口開けの客をおけいがいぶかしげに見たわけも、その老人が一見（いちげん）客だったがゆえである。

「わたしの古い馴染みと、ここで落ち合う段取りになっている。入ってもいいかね」

客の言葉遣いは、ひとに指図をしなれている男のものだった。

「どうぞお入りください。ただいまご用意させてもらいますから」

火の灯ったろうそくを手にしているおけいは、客を構うことができず、勝手に土間に入ってもらった。

急ぎ提灯に火を入れて戻ったときには、客は土間のなかほどに腰をおろしていた。座り方も、ひとの真ん中に座りなれているようだ。

「お燗でもつけましょうか」

台所に戻りながら、おけいが問いかけた。

「いや、酒はいい。番茶でいいから、熱々のを一杯もらいたい」

物静かながらも、思わず指図に従わせる口調である。おけいは初めて会ったこの老人の物言いに、なぜか聞き覚えがあった。

老人とは別の男のものだが、同じような物言いだった。

台所に入って、鉄瓶を七輪に載せたところで、いきなり思い出した。

「失礼ですが、お待ちになっているお相手は、汐見橋の英伍郎親方ではありませんか」

のれんの内側から、おけいが問いかけた。白髪の客は表情も変えずにうなずいた。

「だったら、お客様は平野町の甲乃助親分でいらっしゃるんじゃありませんか」

「わたしを知っているのかね」

老人の口調が変わり、知り合い相手のような、親しみが込められていた。

「母がまだ元気だったころ、英伍郎親方はよくここにおいでになりました」

「それはわたしも知っている。英伍郎から何度もさそわれたが、億劫で出てこなかった」

いままで来なかったことを、悔やむような言い方だった。

「平野町は、甲乃助という名の大きな親分がいるから、町が持っているって、母に何度も言っていました」

「だからあんたも覚えていてくれたのか」

こしきにきてから、老人が初めて笑顔を見せた。おけいが釣り込まれそうになったほどに、笑顔には邪気がなかった。

「ただいま湯を沸かしておりますが、なにかお召し上がりになりますか」

「英伍郎は、ここの話をするときにはサバが美味いと、それしか言わなかった。五月のいまでも、サバはあるかね」

「ございます。塩焼きと味噌煮ができますが、どちらをご用意しましょうか」

「どちらといわず、ふたつこしらえてくれ」

「かしこまりました」

おけいが弾んだ声をのれんの内側から返したとき、英伍郎が入ってきた。

「はやかったじゃないか」

「あんたが遅れただけだ。わたしは約束通り、六ツの鐘でここにきた」

甲乃助がぴしゃりと英伍郎を抑えつけた。

「まったく幾つになっても変わらない」

苦笑いしながら、英伍郎は腰をおろさずに台所をのぞきこんだ。

「おけい坊、久しぶりだなあ」

英伍郎がここにきたのは、延享三年のおみね一周忌法事以来である。ふたりはおよそ二十年ぶりの再会だった。

「親方はお変わりなくお元気で……」

「お変わりないどころか、身体の方々が傷み始めている。あんたはきれいになった」

英伍郎は正味でおけいを誉めた。

鉄瓶を手にしたおけいの頬が赤くなった。

「その茶は、甲乃助のか？」

「はい……親方はなにを？」

「おなじ葉でいいから、わたしにも熱いのを一杯いれてくれ」

それだけ言うと、英伍郎は甲乃助のわきに戻って腰をおろした。

一度おろした鉄瓶に水を注ぎ足したおけいは、もう一度七輪に載せた。

湯が沸き立つまでに、お茶請けの糠漬を取り出した。おけいが手にしているのは、ナスの糠漬である。

まだ五月だが、砂村の農家ではナス、きゅうり、インゲンなどを、季節に先駆けて早作りしていた。

早作りの農家では、生ごみを腐らせたものにムシロをかぶせて熱を出させた。その上に種蒔きをし、さらに土とムシロをかぶせて芽を出させるのだ。

芽が出たあとも、冷やさないように気を配って何度か植え替えをし、日なたで一刻ほど陽を浴びさせた。

育ち始めると、油障子でおおいをこしらえて、寒さを防ぐ。

こうして採れた早作りの野菜は、両国や向島の料亭が高値をいとわずに買い求めた。

おけいが取り出したナスは、今朝方、鯛を仕入れに行ったときに、魚河岸で手に入れたものだ。

賽蔵に食べさせようと思っていたが、二十年ぶりに会った英伍郎には、ぜひとも食べてもらいたかった。

朝に漬けたばかりのナスは、まだ漬かりかたが浅かった。庖丁を入れると、サクッと切れた。若いだけに、皮の紺色と身の白さとが互いに引き立てあっている。

手早く茶をいれたおけいは、ナスの色味が変わらないうちに英伍郎たちに出した。

「これは……ナスか？」

甲乃助が、ひと調子高い声で問いかけた。

英伍郎も目を見開いて糠漬を見ている。

ふたりの驚くさまを見て、おけいはナスを出してよかったと胸のうちで大満足した。

「色が変わらないうちに召し上がってください。おっつけ、サバもできますから」

台所に戻るおけいの下駄が、小気味よい音を立てた。

七輪の炭火の強さを加減して、おけいはサバを焼き始めた。おみねのころから、サバの塩焼きと味噌煮は、こしきの名物である。

不漁でよほどの高値でない限り、おけいはサバの仕入れをおこたらなかった。

五月のサバは痩せており、脂もあまりない。が、それでも炙られると炭火に脂をしたり落とし、強い煙を出す。

焼き方の気を抜くと、あっという間に焦げてしまう。サバの塩焼きに気を取られていたおけいは、新しい客が入ってきたことに気づかなかった。

客は三人の渡世人風体の男を引き連れた、佐賀町の岡田屋鉢衣文だった。

鉢衣文は佐賀町河岸を、こしきのある大島町まで延ばそうと動いている張本人である。

供の三人は鉢衣文の意を汲んで、土地を買い占めたり、立ち退きを迫ったりの荒事を引き受けている無宿の渡世人だった。

鉢衣文は、土間の真ん中に腰をおろしている甲乃助と英伍郎に、ちらりと横目を遣った。

英伍郎たちは知らぬ顔で、番茶を呑みながらナスの糠漬をやっている。

おけいはサバの塩焼きにかかりきりである。

いらっしゃいませの声がかからず、鉢衣文が焦れた。その顔色を見て、供のひとりが素早くのれんの前へと動いた。

「客がきてるのによ。出迎えにも出ねってのは、どんな了見してんだ」

渡世人が凄んだが、訛りがひどい。

甲乃助と英伍郎が、ナスを口にしながら目を見交わした。白髪の老人が、懸命に笑いをこらえていた。

十七

深川銭座が鉄銭鋳造を開始した、明和二年七月一日。江戸は梅雨明けを迎えた。

真夏の陽がわずかにかげりを見せ始めた、夕刻前の七ツ（午後四時）過ぎ。平野町の貸元甲乃助の宿を、深川大和町の英伍郎がおとずれた。

宿の前には仙台堀が流れているが、風が凪ぐ七ツ過ぎである。障子戸を開いていても、十二畳の客間には昼間の暑さが居座っていた。

しかし向かい合うふたりは、どちらもひたいに汗を浮かべてはいなかった。

甲乃助は黒の絽に、白無地の角帯を締めている。真夏だというのに絽の胸元は崩さず、しっかりと重ね合わされていた。

英伍郎は小さな茶色のひし形模様が染められた白薩摩に、こげ茶の献上帯である。

「あんたが請合った通り、あの男の知恵は大したもんだ」

甲乃助が一枚の引札（広告チラシ）を差し出した。

『銀三匁で百文緡二本。ここで買えば、蕎麦一杯の得』

引札には、湯気の立つどんぶりを手にした職人風の男が描かれていた。右手には、百文緡二本を手にしている。

梅雨が明けて夏の陽が差すいま、熱い蕎麦はうっとうしい。しかし赤い太文字で書かれた文字と、蕎麦を手にした男の絵とが釣り合っている。ひとりでも多くの人目を惹きたい引札は、充分に役目を果たしていた。

木版の刷り物を手にした鳶の英伍郎が、満足げな笑みを浮かべた。

「黒船橋のたもとは、銭を買う客が群れをなしているらしい。これを買うには、若いのが往生したと言っていた」

甲乃助が膝元に置いたのは、真新しい鉄銭の百文緡四本である。緡の縄は、それぞれ色味が違っていた。

英伍郎が、なかの一本を手に取った。そして銭の縁を撫でて、研ぎの具合を確かめた。

「深川の銭座はいい仕事をしている」

「その通りだな」

甲乃助がすかさず応じた。

「元文四年の銭は縁がざらついていたが、同じ鉄でも今度のは出来がいい」

「二十六年の間には、銭座の職人も腕を上げたということだろう」

英伍郎が昔を懐かしむような目を見せた。

元文四年の鉄銭売り出しには、英伍郎も力を貸した。いまのこしきを切り盛りしているおけいの母親、おみねに頼まれてのことである。当時の銭売りは賽蔵の養父、由蔵だった。

過ぐる二十六年の間に、由蔵もおみねも没した。そしてこしきは娘のおけいに、銭売りは賽蔵にと、それぞれ代替わりしている。

明和二年の鉄銭を手にした英伍郎は、縁を撫でつつ、過ぎた日を思い返しているようだった。

「どうした、そんな目をして」

甲乃助が怪訝（けげん）そうな声で問いかけた。

元文四年の鉄銭売り出しには、甲乃助もそれなりに手助けをした。が、由蔵にもおみねにも、甲乃助は会ったことがなかった。

「大したことじゃない」

英伍郎が百文緡を相手の膝元に返した。

「それより、あんたの話を聞かせてくれ」

甲乃助も英伍郎も、ともに六十九だ。

甲乃助は白髪あたまだし、英伍郎はすっかり禿げ上がっている。ふたりとも、顔にも手にも、年相応のしわとしみが見えた。

しかし代貸に賭場を任せてはいるものの、甲乃助はいまでも三十人の若い者を抱える貸元である。

息子に鳶宿を譲って隠居している英伍郎も、深川各町の肝煎衆（きもいりしゅう）からは、かしらの器量を頼りにされている。

ともに表だった動きは控えていたが、深川の動きは漏れなく耳に届いていた。

「佐賀町河岸を広げるのは、御上の旗振りだ。いまさら止め立てはできない」

甲乃助が言い切った。

「こしきをあの場所に残すには、それなりの工夫が入り用だろう」

「あんたは、岡田屋のやり口を止められないと言ってるのか」

禿頭のうしろを撫でながら、英伍郎が目の光を強めた。

「わたしが昔から使っている、讀賣堂の錦三を覚えているか」

甲乃助に問われて、隠居したかしらがうなずいた。まだ、右手が首筋のあたりをさわっていた。

「あれももう五十が近いが、耳も足も達者だ。佐賀町河岸の一件も、元は錦三が聞き込んできた。あいつの話は、ナスの花と同じだ」

「なんだ、それは」

甲乃助が口にした喩えが分からず、英伍郎が焦れた。

「あんたと一緒に、こしきで早作りのナスを食っただろうが」

「まだ呆けてはいない。念押しされなくても、はっきりと覚えている」

「あんたの短気は、歳を重ねて磨きがかかってきたようだな」

皮肉をいう甲乃助が、口元をゆるめた。見える歯はまだひとつも欠けてはいない。英伍郎はさらに焦れたらしく、両目の端が険しくなった。

「親の意見とナスビの花は、千にひとつも仇がないという。それをしゃれたまでだ、そんなに目元を尖らせなさんな」

甲乃助に笑いかけられて、英伍郎は渋々ながらも目つきを元に戻した。

傍目には七十手前の年寄りふたりが、他愛もない茶飲み話をしているように見える。しかしひとりは、いまだにあごをしゃくるだけで深川中の鳶が従う、赤筋半纏の元かしらである。

相方の白髪あたまの老人は、ひとの生き死にも、目配せひとつで決めてしまう。しかもことが起きれば、すぐさま大川の東側の貸元衆が集まってくる器量を持っているのだ。

声は穏やかだが、互いが交わしているのは相当に深い話だった。

「岡田屋は、北町奉行所の同心に伝手がある。いま強気で大島町の土地を買い漁っているのも、御上が本気で河岸の護岸作事を考えているからだ」

甲乃助は、渡世人とは思えない折り目正しい物言いをする。目から鋭さを引っ込めたときは、大店のあるじか、もしくは隠居で充分に通用しそうだった。

「もっとも奉行所の下っ端同心が耳にできる話は、たかが知れている。そんなものを後生大事にするぐらいの岡田屋が相手だ、思案さえ詰めれば、こしきを残すことはできるだろう」

「そうか。残せるか」

英伍郎が目を見開いた。そして口元をゆるめた。甲乃助の宿にきて、初めて顔を崩した。

「それは思案次第だ」

英伍郎の顔を見ながら、甲乃助が目元をぐっと引き締めている。隠居のような柔らかさが消えていた。

「下っ端とはいっても、奉行所の同心につながる男だ。半端な仕掛けでは、すぐにばれる。釣り上げるには備えもいるし、ひともいる」

「それで……賽蔵を呼んだのか」

問われた甲乃助が、目でそうだと答えた。

「ただし、その男を使うかどうかは、わたしの目で確かめてからだ。あんたが賽蔵という男の器量を請合っているのは分かるが、わたしにも流儀がある」

相手に口を挟ませない物言いは、いかにも貸元の貫禄だった。いまだに鳶をあごで使える英伍郎が、甲乃助の言い分を受け入れた。

甲乃助が小さな音でポンッと手を叩いた。向かい側に座った英伍郎にはもちろん聞こえたが、耳をすましていなければ聞き逃してしまいそうだ。

その音が鳴るなり、ふすまが開いた。

入ってきたのは、眉の薄いうりざね顔の男だった。男は英伍郎に軽く辞儀をしたあとで、甲乃助の前に座った。

「騙(かた)り屋の丁助(ちょうすけ)を呼んできてくれ」

「がってんでさ」

「出る前に、やっこに酒を言いつけろ」

「へいっ」

甲乃助の前から後ろに下がった男は、もう一度英伍郎に軽くあたまをさげてから部屋を出た。

幾らも間をおかずに酒肴が運ばれてきた。

「賽蔵がくるまでには、まだ半刻（一時間）ある」

甲乃助が先に徳利を差し出した。盃で受けた英伍郎は、ひと息で呑み干した。

「柳陰か？」

「あんたはこれが好きだろう」

「よく覚えていたな」

英伍郎が感心した声を出した。

焼酎を味醂で割り、井戸水で冷やした酒が柳陰である。口のなかがほてっている夏場は、英伍郎はこの酒を好んだ。

しかし甲乃助と柳陰を酌み交わしたのは、三十年前の享保二十（一七三五）年七月のことである。

この年の七月三日、江戸は昼過ぎから大雨になり、竜巻が生じた。大川に近い深川では、界隈の町内鳶と臥煙（火消し人足）、それに渡世人たちが町を守るために富岡八幡宮大鳥居下に集まった。

大川の西側で大暴れした竜巻は、幸いにも川を越えることはしなかった。雨と竜巻は八ツ（午後二時）過ぎには呆気なくやんだ。

なにごとも起こらずに安心した鳶や臥煙たちは、幾つかの群れに分かれて酒盛りを始めた。

大和町と平野町は、仙台堀を挟んでの隣町である。英伍郎はすでにかしらだったが、甲乃助はまだ代貸だった。互いに同い年だと分かり、英伍郎の宿で町が無事の祝い酒を酌み交わした。

そのとき、ただの一度だけ、英伍郎は柳陰を振舞った。柳陰だともいわず、徳利何本かを交わしただけである。

それを甲乃助は覚えていた。

「渡世人で伸していくには、ひとの目利きが欠かせない」

英伍郎の胸のうちの驚きを、甲乃助は読み取っていた。

「そうか……」

英伍郎は心底から感心しているようだ。

「あんたの流儀で賽蔵を目利きするという意味が、いま分かった」

感じ入った声を漏らしたとき、ふすまが開かれて男が入ってきた。

た。


「お呼びだそうで」

男は英伍郎と同じ禿頭だった。眉が太く、瞳も大きくて黒い。甲乃助にあいさつをする声は、艶のある低い声音だった。

「おまえに顔つなぎしておこう」

甲乃助は男を英伍郎と向き合わせた。

「騙り屋の丁助だ。よろしく付き合ってやってくれ」

「お初にお目にかかりやす」

甲乃助の仲立ちで、丁助があたまを下げた。

「なにかの座興か」

英伍郎は丁助ではなく、甲乃助を見ていた。

「座興とはどういうことだ」

甲乃助が気をわるくしたような目で、相手を見詰め返した。

「この男は、さっきあんたが使いに出した者だろう」

「…………」

「身なりも顔かたちも、声音までも変わっているが、黒目の様子は同じだ。騙り屋が、おれを騙りにかけようというのか」

丁助と甲乃助とが顔を見合わせた。

英伍郎に目を戻したときは、甲乃助の顔に英伍郎を称える目の光があった。

「大した眼力だ。丁助の変わり身を見破ったのは、あんただけだ」

誉める甲乃助のわきでは、丁助が悔しそうな顔で英伍郎を見ていた。

「火消しは目が命だ。できる男かどうかは、目で分かる。丁助さんの目は、あまり見かけないほどに強い。それで分かったまでだ」

誉められて喜んだものかどうかと、丁助が戸惑い顔を見せている。それをわき目に、甲乃助が徳利を差し出した。

英伍郎は、胸を張って盃で受けていた。

十八

鉄銭売り出しは上首尾に運んだ。

銭売り十一人衆のひとり、江島橋の光太郎の知恵を取り入れて、賽蔵は大きなのぼりを誂えた。

川風は凪だが、竹の芯が効いている。のぼりはしおれることなく、書かれた文字をはっきりと見せていた。

陽が西に移った七ツ（午後四時）を過ぎても、客足は一向に減らない。

「銀三匁で、百文緡二本」

「ここで買えば買うほど、得するよう」

朝から立ち通しの銭売りだが、売れ行きがよくてだれもが元気だった。

鉄銭売り出し初日を控えた昨夜、賽蔵たちは五十貫文もの百文緡をこしらえていた。一本に用いる銭が九十六文。都合、五百二十本の緡をこしらえることになる。

「毎日、こんだけの銭を売るてえのか」

鶴歩橋の圭助が仕上がり途中の百文緡の山を見て、ため息をついた。

日暮れてからの仕事をはかどらせるために、賽蔵はろうそくの明かりを奮発した。魚油を使う行灯（あんどん）では、暗くて臭い。

売り出しの縁起を思えば、ろうそくぐらいは何でもなかった。

緡に使う細縄も光太郎の思案を取り入れて、とりどりの色に染めた。黒光りする鉄銭と、それを縛る細縄とが、ろうそくの明かりを浴びて色味を競い合っていた。

「圭助さんの言う通りだ」

応じたのは亀久橋の潮だ。

「こんだけの銭をめえにち売るのは楽じゃねえ。肚くってかからねえと、銭に押し潰潮も圭助も、冬木町が商いの場である。梅雨の間の商いが細くなっていたことで、潮の物言いは重たい調子だった。

「なんでえ、圭助さんも潮もよう。売り出しめえだてえのに、しみったれた声を出して」

光太郎が赤い細縄を振り回した。

「洲崎のねえさん衆は、口開けめえには赤い蹴出し(けだし)を巻いて縁起を呼び込むてえんだ。渋い顔をしてねえで、これでも使いねえ」

振り回していた赤縄を、潮めがけて放り投げた。光太郎の威勢のよさで、座敷の気配が元気になった。

五ツ半（午後九時）を過ぎたころに、五百二十本の百文緡が仕上がった。

売り出しは黒船橋と決めている。

賽蔵の宿から黒船橋までは、四斗樽ふたつに納めて運ぶ段取りだ。樽の手配りを引き受けた予吉は、縁起を担いで灘(なだ)からの下り酒の樽を買い込んでいた。

酒の名は『福千寿』。蔵前の札差や日本橋大店のあるじが、名前に惹かれて好む酒だ。予吉は佐賀町の酒卸、稲取屋からじかに買い込んでいた。

充分に乾かされてはいるが、樽に染み込んだ酒の香りは残っている。安酒ではなく、灘の銘酒である。樽のふたを取ると、美味そうな香りが部屋に漂い出た。

「たまんねえな、こんなものをかがされちゃあ……」

仲間内で一番の酒好き、永居橋の隆助が鼻をひくひくさせた。仲間の何人かが、隆助を見てうなずいたとき宿の腰高障子戸の前にひとが立った。

「こんばんは……賽蔵さん、いますか」

おけいの声だった。

賽蔵が答えるよりも早く、黒船橋の登六が土間におりた。おけいは三人の小僧を引き連れていた。いずれも仲町の酒屋、紀藤屋(きとうや)の小僧である。

ひとりは一升入りの角樽(つのだる)を、両手にさげていた。残りのふたりは、おけいと同じような岡持(おかもち)を手にしている。

「おそくまでご苦労さまです」

土間に入ったおけいは、すぐさま岡持のふたを取った。

サバの塩焼きに味噌煮、ナスと瓜の漬物、それに二十個ほどの焼きおにぎりが入っていた。猪口に取り皿、酒を温めるチロリ、丸箸までおけいは運んできていた。

「こいつあ、ありがてえ。たったいま酒樽の香りをかいで、たまらねえって言ってたばかりでさ」

奥に座っていた隆助が立ち上がった。残る仲間もおけいのそばに寄ってきた。

ここに来るすぐ手前まで煮つけていたらしく、サバの味噌煮からは、香ばしい香りが立ち上っている。それをかいで、隆助が喉を鳴らした。

「ごくろうさん」

紀藤屋の半纏を着た小僧たちに、賽蔵は鉄銭を四枚ずつ手渡した。四文あれば、紀藤屋の並びの舟橋屋で、あずき餡がまぶされた団子がひと串買える。

三人の小僧は、暗い土間で目を輝かせた。

「あとはこっちでやる。けえっていいぜ」

賽蔵から言われた小僧たちは、四文を握ったまま、ぺこりとあたまを下げた。

仕上がった五百二十本の百文緡を樽に納めたあと、銭売りたちの酒盛りが始まった。

「うめえ……」

最初に塩焼きに箸をつけたのは、一番年下の予吉である。

「ばかやろう。食ってねえで、酌をしろ」

「あにい、すまねえ」

登六に叱られた予吉は、箸をおいてチロリを手にした。

酒が始まったところで、おけいは賽蔵に目配せした。賽蔵はおけいと一緒に宿から出た。

空には夏の星が散っている。

「星がきれいだから、明日の売り出しは大丈夫よね」

おけいが顔をほころばせた。

「なにかあったのか」

賽蔵に問われて、おけいが真顔に戻った。

「あした、甲乃助親分さんの宿をたずねるんでしょう？」

「日暮れめえに行くつもりだ」

「親分さんのご用って、どんなことなの？」

星空を見上げたときとは、おけいの声が違っていた。

「おれにも分からねえが……英伍郎さんもいるてえんだ。わるい話じゃねえだろう」

「……」

明日の売り出しにさわらぬように、おけいは言葉を呑み込んだ。

「おめえとおれとが、ガキの時分から世話になってる英伍郎さんが一緒てえんだ。案ずることはねえ」

「そうよね」

おけいの顔に笑いが戻った。

「きっといいお話だわよね」

賽蔵を見詰めるおけいの瞳が、暗がりのなかで潤んでいる。宿のなかから、予吉の笑い声が路地に流れてきた。

賽蔵は七ツ（午後四時）の鐘が鳴り終わったところで、黒船橋を離れた。向かう先は、平野町の甲乃助の宿である。

仲町の辻を東に折れた賽蔵は、永代寺門前仲町の大通りを歩いた。まだ七月に入ったばかりだというのに、何軒もの商家が軒先に八幡宮の奉納提灯を吊り下げている。

そうか。今年は本祭か……。

鉄銭をどう売りさばくかに気がいっていた賽蔵は、今年が富岡八幡宮の本祭なのを忘れていた。

祭は八月十五日の神輿渡御が売り物だ。

元文二（一七三七）年に、由蔵はおみねの仲立ちで英伍郎に引き合わされた。五十路に入った由蔵は、その年の八月十五日に初めて八幡宮の神輿を担いだ。

当時十五歳だった賽蔵は、八歳のおけいと一緒に、由蔵が担いだ神輿を追った。

「英伍郎てぇ男はいい」

神輿を担いだ夜、由蔵がめずらしく、ひとり気を高ぶらせていた。

「おめえがこのさき生きてくなかで、英伍郎さんから指図をされたら、なにも言わずに従いな。あの男なら、おめえをわるいようにはしねえ」

賽蔵は、養父の目を見詰めてきっぱりとうなずいた。

しかし賽蔵は、一度も英伍郎から指図をされないまま今日まできた。

平野町に来て欲しいと使いを遣したのは、英伍郎ではなく、貸元の甲乃助である。

五月二十日の夜、賽蔵はこしきで二十年ぶりに英伍郎と顔を合わせた。おけいも賽蔵も、英伍郎と話をしたのは、おみねの一周忌以来だった。

「おれの幼馴染みのような男だ」

酒を酌み交わしていた甲乃助を、英伍郎はこう言って賽蔵に顔つなぎした。

その夜は格別の話をするでもなく、賽蔵は年長者のふたりに酒を注いだ。

賽蔵は銭売り仲間と昼から続いた話し合いの流れで、この夜はこしきに顔を出すのが遅くなった。賽蔵が縄のれんをくぐったときには、岡田屋鉢衣文たちは帰ったあとだった。

英伍郎とも甲乃助とも、賽蔵はその夜からあとには会っていなかった。

ところが六月二十八日の夜遅く、甲乃助の若い者が宿をたずねてきた。

「折り入っての話があるから、賽蔵さんの都合を訊いてこいと申し付かっておりやす」

若い者は賽蔵と話しながらも、周りには油断のない目配りをしていた。

「親分のご都合は？」

「へい……賽蔵さんさえよけりゃあ、鉄銭売り出し初日の、七月一日の夕暮れどきでどうだろうと申しておりやす」

「分かりやした」

一日に顔を出すと答えながら、賽蔵は気を引き締めた。

七月一日が鉄銭売りの初日だとは、英伍郎にも甲乃助にも話していなかった。それなのに若い者は、七月一日が売り出し初日だと口にした。

昨夜のおけいが案じたのも、甲乃助の底知れないところを思ってのことだった。

平野町に向かう賽蔵は、気持ちのどこかに引っ掛かりがあり、足取りは軽くなかった。

しかし祭の奉納提灯を見て気が晴れた。

どんな成り行きになろうとも、英伍郎さんの指図に従おう……。

歩きながら、賽蔵は養父の言葉を思い出していた。

十九

「おけいさんところの土地を、岡田屋が買い取りたがっているのを、賽蔵さんは知ってなさるか」

出された麦湯で喉を湿し終わった賽蔵に、甲乃助が物静かな声で問いかけた。

「岡田屋さんの名代を名乗る者が、何度かおけいのところに顔を出したようでさ」

じかに向き合ったことのない賽蔵は、岡田屋さんと呼んだ。

「あんたと初めて顔を合わせた夜……」

「五月の二十日でやすが」

「あの夜、こしきには岡田屋鉢衣文が来ていた。おけいさんから聞かなかったか？」

「聞いておりやせんが」

賽蔵の答えを聞いて、英伍郎と甲乃助が満足そうに顔を見合わせた。

賽蔵には聞かせないほうがいいと、英伍郎がおけいに口止めをした。格別の思案があったわけではなかったが、先々を考えて英伍郎がそうした。

おけいは言いつけを守っていた。

口の堅さが分かり、英伍郎も甲乃助も満足したようだ。

「岡田屋は大島町の空き地を買い占めて、佐賀町河岸を延ばす算段をしている。買い漁りには、筋のわるい者も使っているようだ」

大川端でおけいと話をしようとしたとき、三人組が難癖をつけて襲いかかってきた。あれは鉢衣文の差し金だったと、いまの賽蔵は確信している。

ゆえに、聞かされても驚かなかった。

「ひとつ聞きたいが、あんたはこしきをどうしたいんだ」

「どうしたいかてえのは、店を残すかどうかてえことでやすか？」

「その通りだ」

甲乃助の目が強い光を帯びた。分厚い杉板をも、射抜きそうな眼光である。賽蔵は目を逸らさなかった。

「残せるように思案しやす」

短い言葉で言い切った。

「思案をするとは、どういうことだ」

向かい合わせに座っている甲乃助が、上体を動かした。

「岡田屋さんの後ろには、役人がついてるような気がしやす」

「なぜそんなことを思うんだ」

「銭売りの知恵でさ」

「あんたの言うことが、うまく呑みこめない。分かるように話してくれ」

甲乃助の目がさらに強く光り始めた。英伍郎は口を閉じたまま、ふたりのやり取りを見ていた。

「河岸を延ばすてえのは、御上に断わりもなしにはできやせん。とりわけこしきのある大島町のそばには、御船手組の組屋敷がありやす。したたかな商人が、御上の腹積もりも分からねえで買い漁るとは思えねえんでさ」

「それは分からなくもないが、銭売りの知恵とはつながらないだろう」

「深川の銭座は、御上の後ろ盾がねえとできやせん。深川には何人もの役人が出張ってきてやして、頃合いを見計らっては、ポロリとでえじなことを漏らすんでさ」

賽蔵がわずかに膝を前にずらした。

「ところが今度の鉄銭についちゃあ、亀戸の銭座に滅法な肩入れをしてやしてね。深川には、亀戸のあとからことの次第を聞かせてるんでさ。おかげでこっちは、亀戸に遅れねえように、四苦八苦してやす」

鉄銭への切り替え日を、公儀は当初は九月一日としていた。ところが金座が後押しする亀戸銭座の鉄銭鋳造首尾が、思いのほか段取りよく運んだ。それゆえ、一気に二カ月も前倒しして七月一日と改めた。

期日前倒しの通達を、役人は間際まで深川銭座には伝えてこなかった。

「七月一日から銭を売り出すことを、深川にはしばらく黙っていたということか」

「その通りでさ」

甲乃助の察しのよさに、賽蔵はあらためて舌を巻いた。

「佐賀町河岸を延ばすてえのは、作事の請負いは岡田屋さんがやれるでしょうが、延ばしてもいいてえのを決めるのは御上しかおりやせん」

甲乃助がうなずいた。

目つきが穏やかになっており、賽蔵の話を身体で受け止めていた。

「岡田屋さんが強気で買い漁ってる裏には、御上の話が聞こえているとしか思えやせん。

でけえとは言っても、岡田屋さんはただの町人でさ。てめえの思惑だけで、河岸を広げ河岸を広げようとは思わねえでしょう。

「だれか役人が耳打ちしたということか」

「あっしはそう睨んでやす」

言い終えてから、賽蔵は膝元の麦湯に口をつけた。

「あんたの言い分がその通りだとしたら、こしきを残すには岡田屋との掛け合いがいるだろう」

「その通りでやすが、まだ思案はできてねえんで」

「思案があれば、岡田屋に立ち向かう気でいるのかね」

賽蔵はきっぱりとうなずいた。

「おけいのおふくろさんに初めて食わせてもらった、サバの美味さが忘れられやせん」

「たしかにあれは美味い」

「あすこでこしきを続けてえとおけいが言うなら、あっしは知恵を絞って、岡田屋と遣り合いやす」

賽蔵が初めて岡田屋と呼び捨てにした。

「意気込みは分かるが、役人の後ろ盾の強さは、あんたも骨身に染みているだろうが」

「もちろんでさ」

「それでも遣り合う気か」

「とことんやりやす」

言い切る賽蔵の目に、迷いの色はなかった。が、さほどに気負っている様子でもない。

甲乃助の目つきが、またもや強くなっていた。その目で向かい側の賽蔵を見据えている。

背筋を張って、賽蔵は相手の目を受け止めた。英伍郎は相変わらず、黙ったままである。ふたりの間に割って入る気はなさそうだった。

夕風もなく、物売りの声も聞こえてこない。

静まり返った座敷で、甲乃助と賽蔵は目で切り結んでいるようだった。

淀の川瀬のみずぐるまああ……。

陽が沈み切る前に木場へと急いでいるらしく、川並の速い調子の舟歌が流れてきた。張り詰めた座敷には、不釣合いに陽気な歌声だった。

甲乃助が先に動いた。

例の調子で小さく手を叩くと、廊下に控えていたのか、すぐさま丁助が入ってきた。

「この男は、騙り屋を生業（なりわい）にしている丁助だ」

甲乃助が丁助を引き合わせた。丁助は黙ったまま、賽蔵に軽くあたまを下げた。

騙り屋という言葉を耳にしたことのない賽蔵の顔に、戸惑いの色が浮かんだ。

「あんたに知恵があることはよく分かったが、岡田屋と役人相手に仕掛けるには、真っ当な思案だけではむずかしい」

甲乃助が、もう一度手を叩いた。

すぐに箱膳ふたつが運ばれて、賽蔵と丁助の前に出された。膳には、色鮮やかなナスの糠漬と猪口とが載っていた。

「まずは一献受けてくれ」

甲乃助が差し出した徳利を、賽蔵は両手で受けた。甲乃助は丁助にも注いだ。

「この丁助には、あんたとは違う質(たち)の知恵がある。真正面から遣り合うだけでは、こしきを残すのは無理だ」

「おれもそう思う」

初めて開いた口で、英伍郎は甲乃助の言い分を支えた。賽蔵は黙ったまま、注がれた盃を干した。

「真っ正直に生きてきたおめえに、騙りの片棒を担がせるのは可哀そうにも思うが、おけい坊のためになることだ。甲乃助の話をしっかりと聞いてくれ」

英伍郎の口調が、火事場で火消しを仕切っていたころのものに戻っていた。

「がってんでさ」

迷いのない答えを英伍郎に返してから、賽蔵は座り直し、目を甲乃助に移した。

「丁助が思案したあらましは、すでにわたしは聞いている。段取り通りに運べば、こしきは残せるし、あんたの商いの役にも立つ」

甲乃助の目配せを受けて、丁助が一枚の絵図を取り出した。

「大きな紙に描きましたので、膳をわきにどけてもらえますか」

おだやかな物言いである。しかし丁助の低い声音には、ひとを得心させる強さがあった。英伍郎と賽蔵が、膝元の膳をどけた。

丁助が広げた紙は、三尺（約九十センチ）角はありそうな大きなものである。朱と墨の二色で、分かりやすい絵図が描かれていた。

「話に入る前に、賽蔵さんに確かめたいことがあります」

「なんでやしょう」

「明和五匁銀は、段取り通りに出回るんでしょうか」

「出回りやす」

賽蔵は、丁助に向かってしっかりとうなずいた。

五匁銀は、公儀が初めて鋳造する銀の計数貨幣である。金貨と銭は値打ちの定まった計数貨幣だが、銀は重さで値打ちが変わる秤量貨幣である。

公儀は鉄銭鋳造に先駆けて、去年暮れから五匁銀の試し造りを繰り返していた。鋳造は銀座の役割である。

この銀貨がうまく出回れば、いちいち秤に載せずに受け取れる。試し貨幣を見た銭座の中西は、仕上がりのよさを誉めていた。

通用開始は当初の予定から四日遅れて、九月五日と定められていた。

公儀御用達の占い師が、易断で定めた吉日である。まだふた月ほど先の話だが、五匁銀のうわさは江戸中で交わされていた。

「銀座が受け持ちというのも、間違いありませんか」

念押しする丁助の黒目が、一段と大きく見開かれている。

「その通りでさ。銀座はこの五匁銀で、なんとか実入りを増やそうと躍起になってやしてね。いまは朝から晩まで、しゃかりきになって造ってるてえ話でさ」

賽蔵は分かっている限りを、隠さずに聞かせた。

英伍郎が同席している安心感もあったが、甲乃助の器量の大きさを感じ取っていたからこそである。

「分かりました」

丁助は広げた絵図の仕組みを説き始めた。

話の途中で陽が落ちた。太い百目ろうそくが五本も運び込まれた。

丁助の話が終わったときには、ろうそくの長さが半分に減っていた。

二十

八月に入ると、深川は祭の備えで町が沸き返る。大店も小商人も、職人も奉公人も、祭への入れ込み具合は変わらない。

一日から祭当日の十五日までは、よほどのことがない限り、あるじは外出をしなかった。

それが分かっている商家の番頭や手代は、この時季に合わせて深川の得意先回りを行った。いきなり押しかけても、あるじはほとんど在宅であったからだ。

周旋屋大店の岡田屋は、大川から仲町側に一本通りを入った、百本桜の並木道の辻にある。季節になれば、店の土間にまで花びらが舞い込んだ。

八月の暑い盛りには、緑の葉が日差しをさえぎってくれる。四間間口の岡田屋は、日除け暖簾を垂らすこともなく、大川の川風を店の中に取り込んでいた。

八月三日の昼下がり。

一日のなかでもっとも暑いときに、ひとりの客が岡田屋をおとずれた。

「手前は、尾張町でご同業を営んでおります遠州屋の手代で、橋の助と申します。折り入ってのご相談がございますのですが、番頭様はいらっしゃいましょうか」

客は手代に扮した丁助である。

応対の小僧は、丁助を土間に待たせたまま番頭の都合を訊きに上がった。

尾張町の遠州屋は、表通りに十間間口の店を構える、まぎれもない周旋屋の大店である。あるじの遠州屋太吉は、年に数回、得意先を連れて甲乃助の賭場に遊びにきた。

その都度、甲乃助は座敷に招き、客ともども歓待した。

七月下旬の午後、甲乃助は丁助を伴って遠州屋をおとずれた。

「わけがあって、この丁助をおたくの手代ということにしたい。わたしの首にかけてこちらに迷惑を及ぼすことはしない。なんとか、話を呑み込んでもらいたい」

甲乃助当人が、あたまを下げて頼み込んだ。

「親分が言われることだ、迷惑うんぬんはいささかも案じたりはしないが……」

他言はしないから、ことの仔細を聞かせて欲しいと太吉は迫った。

周旋屋は、ひとの裏表を見抜く眼力のいる稼業だ。なかでも尾張町に店を構える遠州屋は、江戸でも一、二と称される大店である。

得意客を案内して賭場にこだわりなく出入りするほどに、太吉は人柄が練れていた。

仔細が知りたいといったのは、手代に化けさせるという甲乃助の思案に、よほど気持ちがそそられたのだろう。

甲乃助も太吉の気性はわきまえていた。

他言無用などと念押しもせず、丁助が考え出した仕掛けのあらましを話した。

「おもしろい」

聞き終わった太吉は大乗り気になった。

「下っ端役人ごときをありがたがる手合は、いまの仕掛けなら喉の奥まで呑み込むだろう。大いにやりなさい」

太吉は手代を騙ることを許したのみならず、五日の間、遠州屋で働いてはどうかと丁助に持ちかけた。

「仕事の場を踏んでおけば、あんたの物言いや立ち居振舞いにも、まことの度合いが高まるだろう」

願ってもない申し出をされて、丁助は畳にひたいをこすりつけて礼を言った。

「丁助さん、それはいけない」

太吉は丁助の振舞いを咎めた。

「うちらの稼業は、あまりひとにあたまを下げないものだ。腰とあたまが低すぎると、客は逆に不安がる」

口で礼を言うのは構わないが、頭(ず)は高くしたほうがいいと諭(さと)した。

太吉に言われたことを、丁助は肝に銘じた。もともとが呑み込みの早い男である。五日を過ぎたときには、番頭も舌を巻いたほどに周旋屋の手代になりきっていた。

うんざりするほど待たせてから、番頭が店先に出てきた。はなから相手の出方が読めていた丁助は、胸を反り返らせた番頭に向かって、下げ過ぎないぎりぎりの辞儀をした。

「遠州屋さんの手代さんとうかがったが」

「さようでございます。岡田屋様の番頭様でいらっしゃいましょうか」

「二番を務めている九造だが、折り入っての話というのはなんのことですかな」

横柄な口調で二番番頭が用向きを質した。

二番だ三番だと言えば聞こえはいいが、周旋屋の番頭は、頭取のほかは手代がしらと大差はない。頭取を引っ張り出すコツは、取次ぎに出てきた下っ端番頭に、奉公人の前で花を持たせてやることだ……。

遠州屋の頭取番頭から、丁助は知恵を授けられていた。

「九造様のお名前は、てまえどもの奉公人のだれもが存じあげております。お目にかかれましたてまえは、果報者でございます」

店中に聞こえる声で言ってのけた丁助は、上気したような目で九造を見た。

九造は、目一杯にむずかしい顔をこしらえようとした。が、口元がゆるんでいた。

丁助は九造に近寄り、声をひそめた。

「てまえどものお得意先でありますす銀座のさるお方が、佐賀町界隈で大きな土地を探しておいでです。本日はそのことでご相談にあがりましたのですが、お話は九造様にさせていただけばよろしゅうございますか」

聞かされた九造の顔色が変わった。

「銀座のお方が？」

「さようでございます」

「お役人ですか」

「仔細を申し上げますことにつきましては、立ち話ではいささか……」

「それはおっしゃる通りだ。どうぞおかけになってお待ちください」

大きな儲け話のにおいをかぎ取った九造は、急ぎ足で帳場に戻って行った。

周旋屋奉公には、それなりの場数を踏んでいるらしい。

九造は上客とおぼしき相手に茶を出すことを、小僧に言いつけるのを忘れなかった。

丁助に出された茶は、井戸水でよく冷やした麦湯だった。皿には厚く切った羊羹（ようかん）がふた切れ盛られている。

最上客へのもてなし方だった。

麦湯には口をつけたが、羊羹はそのままにしておいた。残しておけば小僧たちの口に入るし、小僧を味方につければ先々の仕事がやりやすくなる。

丁助が羊羹に手をつけないでいるのを、土間の隅にいる小僧が横目で見ていた。

九造は、さほどに間をおかずに戻ってきた。

「頭取が客間でお話をうかがうそうです」

「そうですか……さすがは九造様のお取次ぎです。てまえもその息遣いを、見習わせていただきます」

雪駄を脱ぎながらも、丁助は九造を持ち上げ続けた。

案内された客間は、中庭に面した十畳間である。床の間もこしらえられており、山水画の軸がかかっていた。

頭取番頭は、むずかしい顔で床の間を背にして座っていた。

「遠州屋手代の、橋の助と申します」

「頭取番頭の長三郎です」

長三郎は、歌舞伎役者の声色のように、もったいに満ちた物言いをした。丁助はもっともらしい顔をこしらえて、軽い辞儀をした。

「銀座の方の名代でうちに来られたとうかがったが、聞き違えてはおりませんな」

「聞き違えなどとは、滅相もないことです。九造様がお取次ぎされた通りでございます」

「なんでも土地を探しておられるそうだが、どのあたりで、いかほどの大きさの物を探しておいでか」

「横に長い物を欲しがっておられますが、広さはおよそ一万坪ほどでございます」

丁助が口にした大きさを聞いて、九造の眉が大きく動いた。長三郎が平然としていたのは、さすがに頭取の器量と言えた。

「いささか大きいようだが、なにに使われるつもりですかな」

「それを申し上げるのは、いささかはばかられますもので……」

話が本決まりになるまで、周旋屋が買い物の用途を明かさないのは、この稼業の常道である。丁助が口を濁しても、頭取も九造も気をわるくした様子は見せなかった。

「しかし遠州屋さん、一万坪の空き地は佐賀町にはありませんぞ」

「もとより存じております。銀座の方が申されますには、立退き料は糸目をつけずに払われるとのことです」

「それはまた、随分と大きく出られたものだ。失礼だが、費えの腹積もりは定まっているんでしょうな」

丁助は、答える前に生唾を呑み込んだ。

「銀座の方の都合でお願いすることですから、ひと坪あたり十両の立退き料を考えておいでです」

相手に金高が伝わるように、丁助はひと坪十両を、ひとことずつ区切って口にした。

頭取も九造もせわしなく暗算をしたようだ。坪あたり十両なら、一万坪だと十万両である。しかもこれは立退き料だけだ。

佐賀町の土地は、坪あたり一分が相場である。一万坪なら二千五百両になる。

周旋屋の口銭は、売買金高の五分が決まりだ。もちろん立退き料にも、五分の口銭が支払われる。

商いの総額が十万二千五百両。その五分なら、五千百二十五両の大金である。

先に暗算を終えたらしく、九造の目がふわふわとして定まらなくなっていた。

「それなりに大きな商いのようだが、それだけの費えを、銀座のお方というひとは本当に調えられますのか」

「遠州屋の暖簾にかけて、間違いはございません」

丁助は迷いのない言葉で請合った。

「そうまで言われるのなら、せめてお名前だけでもうかがいたいものですな」

長三郎が詰め寄った。聞かなければ、話を先には進めないと、両目の強さが語っていた。

「てまえには、お名前を明かしていいとのお許しがいただけておりません」

「しかし遠州屋さん、それではうちも……」

長三郎が語気を強めているとき、丁助は羽織のたもとから包みを取り出した。

百匁銀の常是包みである。それを丁助は膝元に置いた。

長三郎の目が見開かれた。丁助がかけた謎を、頭取番頭はひと目で解いたのだ。

「あるじの都合をうかがって参ります。暫時、この場でお待ちください」

九造を伴って、頭取番頭が客間を出た。

障子戸がきちんと閉じられていない。その隙間が、長三郎の気の高ぶりを示していた。

二十一

佐賀町の蔵で働く人足・仲仕の仕出しから、馬車・はしけ・車の仕込みまでの一切を請負う岡田屋は、年の商いが二万両を超えると言われている。

当主は鉢衣文襲名が慣わしで、現当主は四代目、四十七歳である。古参番頭の長三郎は、先代に取り立てられて頭取に就いた。歳は鉢衣文よりも三歳年長である。

口に出しては言わないが、長三郎はことあるごとに、先代といまの鉢衣文とを見比べていた。

鉢衣文もそれを知っている。

分かっているがゆえに、先代にはできなかった作事請負いに突っ込んでいた。

佐賀町河岸を大島町の先にまで延ばせば、桟橋を何基も新設できる。凄まじい勢いで江戸の町が膨らんでいるいまは、荷揚げ桟橋の新設が何にもまして求められていた。

さりとて公儀が作事費用を負うわけではない。費えはすべて請負い業者の負担である。しかし桟橋ができると、荷揚げのたびに着岸料を徴収することができた。廻漕問屋は株組合を作っているが、桟橋には組合も株もない。

ここに鉢衣文は目をつけた。

土地を入手して作事請負いを申し出れば、公儀作事奉行の裁可がおりる……。

北町奉行所定町廻同心から耳打ちされた鉢衣文は、一も二もなく話に食らいついた。急ぐべきは、土地の入手である。

成果の欲しい鉢衣文は、無宿者や渡世人崩れを使って、土地を売れと迫っていた。しかしことは思惑通りに捗らない。

なかでも要の場所に建つこしきは、どう凄んでも話に乗ってこなかった。ときが過ぎるにつれて、雇い入れた渡世人たちが勝手な振舞いを始めた。鉢衣文の知らないところで、他の周旋屋に話を漏らす者まで出てきたのだ。

口止めするにはカネがかかる。それも焼け火箸を水に突っ込んだときのように、一気に消え去るカネである。

土地の手当てに、鉢衣文は五千両を備えていた。相場より高く買い入れたとしても、大川端沿いの土地なら坪二朱もあれば充分と踏んでいた。

入り用の土地は、大川の土手伝いに散らばっている、地権者の定かな四千坪である。

ひと坪二朱で買い求めたとして、四千坪で五百両だ。倍の一分まで払っても、千両あれば足りる。

土手は吹きさらしで、ひとが暮らす場所ではない。しかも野分や大雨になれば、川水に襲いかかられるのだ。

地主にしてみれば、坪二朱の値がつけば御の字だった。

それらの次第を細かく胸算用して、五千両を用意した。

しかしことは思惑通りには運ばず、すでに千両近いカネが消えていた。

護岸作事の勘定は、長三郎に口出しさせず、鉢衣文がおのれの手で出し入れした。千両も目減りして内心では大きく焦っているが、意地でも長三郎には困った顔は見せられない。

ひとり深いため息をついていたとき、遠州屋から旨味に富んだ話が持ち込まれた。

鉢衣文は、同業者の手代を奥の客間に迎え入れた。いままでになかったことである。

「話のほどは長三郎からうかがいました。おもしろそうな案件ですな」

鉢衣文が、遠州屋の手代に茶を勧めた。

駿河の老舗からじかに送らせている煎茶である。ひと口つけてから、鉢衣文はあらためて手代を見た。

眉はきりりと細く、月代（さかやき）にも手入れが行き届いていた。夏場の道を尾張町から歩いてきたにもかかわらず、お仕着せの襟元には鏝のあとが残っている。

身なりを気遣う者が少ないのが、周旋屋稼業である。礼儀正しい居住まいで茶に口をつけている手代に、鉢衣文は好ましい感じを抱いた。

客の素性をおのれの口からは明かそうとせず、謎解きを迫った掛け合いぶりも、鉢衣文の好むところだった。

「長三郎があたしの前でひとりごとを呟いていたんだが、なんでも包みにかかわるひとが土地を探しておいでらしい。そんな見当でよろしいか」

鉢衣文に問いかけられて、橋の助は湯呑みを膝元に戻した。

「てまえの口からは申し上げられませんが、出がけにお得意様から、包みをお預かりしたのは間違いございません」

「そうですか……差し支えなければ、あたしにもそれを見せてくださらんか」

「それでよろしければ、なんの造作もございません」

橋の助は、ふたたび羽織のたもとから銀の常是包みを取り出した。

鉢衣文は、包みに穴があくかと思うほどに強い目で見詰めていた。

銀座を差配する役人は、代々が大黒常是を襲名した。

常是初代は和泉国堺の町人、湯浅作兵衛である。湯浅は堺の南鐐座において、諸国から灰吹銀を買い集め、銅を加えたものに極印を打つという、銀吹きを家業としていた。

徳川家康は、慶長三（一五九八）年に常是を伏見に呼び寄せると、大黒姓を許して銀吹役・銀改役の特権を与えた。そして慶長六年には伏見に銀座を造らせた。

江戸京橋に銀座が移されたのは、慶長十七（一六一二）年のことである。銀座においては常是一族が銀改役の御用を務め、常是は世襲とされた。

銀座は勘定奉行支配である。

銀鋳造の材料は、幕府からあずかった銀（公儀灰吹銀）と、銀座がみずから調達した銀（買灰吹銀）のふたつだ。そして公儀灰吹銀相当の貨幣は幕府に納め、銀座が調達した銀は自家で売りさばいた。

銀座運営の差配役が、大黒常是である。

幕府に納める銀の包封は、常是のみに許された特権だった。

橋の助が見せた包みは、まさにこの常是包みだった。余計なことを言わずとも、土地の買主が銀座差配であることが、鉢衣文には伝わっていた。

「そのお方なら、立退き料を存分に払うことができるでしょうな」

鉢衣文が舌で唇を濡らした。

橋の助は、神妙な顔でうなずいただけである。

「九月から新しい銀貨ができるそうだが、このたびの土地も、それにかかわりがあるんでしょう」

「申しわけありませんが、てまえにはそれを答えることはできません」

「そうでしょうとも」

鉢衣文と長三郎が得心顔でうなずいた。が、ふっとなにかに思い当たったらしく、長三郎が顔つきをあらためた。

「橋の助さんはさきほど、細長い土地が欲しいと言われたような覚えがあるが」

「横に長い物をと申し上げました」

銀の鋳造は、横一列の流れ仕事である。

長三郎がそれをあるじに耳打ちした。鉢衣文が大きく何度もうなずいた。そして小声で頭取番頭に指図を与えた。

「遠州屋さんのお話は、お話としてしっかりうかがいました」

「話はうかがいましたが、この場であなただけのお話を鵜呑みにすることはできません」

長三郎の顔つきが引き締まっていた。

「ごもっともです」

橋の助の答え方は、どこまでも神妙だった。

「話はお急ぎですか？」

「それはもう……明日にでもと、先様は申されております」

「ならば明日、てまえが遠州屋さんをおたずねしましょう。そこで遠州屋さんの頭取さんを交えて、話を煮詰めるということでどうでしょうか」

「てまえには異存はございませんが……」

　橋の助が言いよどんだ。

「なにか不都合なことでも？」

　長三郎ではなく、鉢衣文が目を尖らせて問いかけた。

「この案件は、あるじと手前とで運んでおります。岡田屋さんがお見えになるのであれば、頭取ではなく、あるじがお目にかかるかと存じます。それでよろしゅうございますか」

「それなら、よろしいもなにも……」

　顔を明るくして長三郎が話しているのに、わきから鉢衣文が抑えつけた。

「遠州屋さんがみずから出てこられるなら、うちもそれなりの形で応じなければ釣り合わない」

　鉢衣文が長三郎をきつい目で睨んだ。

「祭が近くて外出は手控えているところだが、ほかでもない用向きだ。明日はあたしがうかがいましょう。同じ稼業を営みながら、あたしはまだ遠州屋さんにお会いしたことがない。ごあいさつにもいい折りだ」

鉢衣文みずからが出向くと知って、橋の助が顔をほころばせた。

せっかくの手柄話を横取りされて、長三郎は渋い顔で天井板を睨んでいた。

二十二

「鉢衣文を引っ張り出したとは、さすがは丁助だ。まずは喉をうるおしてくれ」

茅場町（かやばちょう）のうなぎ屋二階座敷で、甲乃助と丁助とが酒を酌み交わしていた。

「明日の一幕はわたしも見たい」

甲乃助の目が輝いている。おもちゃを欲しがるこどものような、邪気のない目だった。

「親分がなにかの役回りでその場にいられるように、遠州屋さんと掛け合ってみませんか」

「それはいい思案だ。ほら、もっと呑め」

上機嫌の甲乃助が徳利を差し出しているところに、遠州屋太吉が仲居の案内もなしにあらわれた。

大店のあるじとは思えない、浴衣（ゆかた）の着流しである。念の入ったことに、髷まで職人風に結い直していた。

「どうされたんだ、そのなりは」

物には動じない甲乃助だが、声の調子が高くなっていた。

「丁助さんを見ていて、だれかに化けるのが楽しそうに思えたものでね」

尾張町からここまで、太吉は歩いてきたという。着なれない木綿の浴衣が、汗まみれになっていた。

「あたしのなりを見たここの仲居は、あいにくお座敷はふさがっていますと言いおった。生まれて初めて、ひとから断わりを言われたが、なかなかにおもしろいものだ」

太吉は皮肉ではなく、断わられたことを心底から楽しんでいるようだった。

太吉が座ってしばらくたってから、女中が膳を運んできた。

「ご酒は召し上がるかね」

言葉も身なりも山出しである。しかし仲居とは異なり、浴衣姿の太吉を、甲乃助たちと同じに扱った。

「柳陰があれば出してくれ」

太吉の注文を聞いて、女中が顔を曇らせた。

「うちはうなぎも酒も、安くねえだ。柳陰は一合三十二文もするがよう、お客さん、お足はでえじょうぶだか？」

「心配かね」

「そりゃあしんぺぇするって。お連れさんに見栄はってねえで、もちっと安い酒がいいんでないかい」

女中は本気で案じていた。

太吉は気持ちよさそうな笑顔を向けた。

「ねえさんの言う通りにしておこう。冷やでいいから、江戸の酒にしてくれ」

「いい了見だな」

「うなぎも手ごろなやつを、ねえさんに見つくろってもらおう」

「そう言われたら、おらも張りきるだよ。酒一合にうなぎの中串一本で、三十文でどうだね。板場に内緒で、お新香もひと皿持ってくっから」

太吉が受け入れたことで、女中は顔をほころばせて階段を降りて行った。

「身なりを変えただけで、これほどひとの扱いが違ってしまうとは驚いた」

膳に載っている湯呑みの番茶を、太吉は美味そうに呑み干した。

「それで……ことは首尾よく運んだのかね」

「おかげさまで、思いのほか旨く運びました」

入れ込みではないが、隣の座敷とはふすま一枚の仕切りである。ことのあらましを、丁助は手際よく、小声で聞かせた。

鉢衣文当人が尾張町に来ると知って、太吉が甲乃助を見た。喜ぶと思いきや、目に戸惑いの色が浮かんでいる。

「どうなされた、遠州屋さん。あるじが出向いてくるのは段取り違いだが、岡田屋が尾張町に来るのは、織り込みずみのはずだ」

「勘違いしないでもらいたいが、わたしは岡田屋がうちに来るのを、どうこう言いたいわけではない」

太吉が湯呑みを手にしたが、中身はすでに呑み干されている。それを見て、丁助がおのれの盃を太吉に差し出した。

太吉はこだわりなく受け取り、甲乃助から酒を受けた。

「身なりを変えて化けるのは楽しいが、岡田屋の当主を相手に、うちの座敷で騙り話を進める度胸は、わたしにはない」

干した盃を丁助に返したあと、太吉は甲乃助と向き合った。

「大事な締めくくりを、素人がぶち壊しては面目ない。すまないが甲乃助さん、明日はあんたがわたしに成りすましてくれないか」

頼みながらも卑屈さが微塵もないのは、さすがに尾張町の大店あるじの物言いだった。

「こちらから頼みたいと思っていたことだ。遠州屋さんがそれでよければ、わたしにはなんの異存もない」

太吉の顔から戸惑いが消えた。丁助がまた盃を差し出そうとしたとき、女中が音を立てて階段を上ってきた。

運んできた盆には、一合徳利と、どんぶりに山盛りになった新香が載っていた。

「うなぎが焼けるまでには、まだまだひまがかかっからよう。これでつないでくれや」

酒と新香を太吉の膳に載せた女中は、気ぜわしげに立ち上がった。

「ねえさん、ちょっと待ってくれ」

太吉も立ち上がり、浴衣の帯に挟んでいた紙入れを取り出した。そして半紙にくるんだ祝儀を女中の手に握らせた。

「わずかだが、あたしの気持ちだ。遠慮なしに受け取ってくれ」

「そんな気い使うことねって」

片手で盆を持った女中は、本気で祝儀を断わった。

「頼むから受け取ってくれ。この通りだ」

太吉も本気で女中に頼み込んだ。

「そんなに言うなら、ありがたくもらっとくけんどよう。お客さん、ここの勘定でえじょうぶかね？」

「大丈夫だ。足りなければ、連れが払ってくれるだろう」

女中が祝儀を受け取って、太吉は座った。

階段をどすどす降りる足音が、途中で止まった。

「ひぇえ……一両だがね」

女中の悲鳴を耳にして、太吉と甲乃助が笑顔を見交わしていた。

二十三

八月四日は朝から雲が厚かった。それでもなんとか持ちこたえて昼を過ぎた。陽が差さず、風もない九ツ半（午後一時）に、一挺の宿駕籠が遠州屋の店先に着けられた。

屋根がこしらえられている宝泉寺駕籠である。

長柄から肩を外した前棒が、駕籠の戸を開いた。なかから五ツ紋の羽織姿の岡田屋鉢衣文が出てきた。

前もって聞かされていた小僧が、店先で出迎えた。鉢衣文には、頭取番頭の長三郎が付き従っていた。

佐賀町から尾張町まで歩きである。が、幸いにも雲が厚かったことで、長三郎に汗は浮いていなかった。

「橋の助さああん……」

小僧が甲高い声で、店先から呼びかけた。間をおかず、丁助が顔を出した。

「お暑いさなかに、ご足労いただきまして」

土間におりた丁助があたまを下げた。

「あんたが本当にこちらの手代さんだったんで、あたしは心底から喜んでいる」

鉢衣文があけすけなことを口にした。長三郎は、言葉に詰まったような顔で、あるじのわきに立っていた。

「どうぞお上がりください」

丁助は奥ではなく、店先から鉢衣文と長三郎を招き上げた。鉢衣文は気をわるくした様子も見せず、丁助のあとから座敷に上がった。

佐賀町の岡田屋の名は、尾張町でも通っている。そこのあるじのおとずれを受けて、座敷の手代は立ち上がって辞儀をした。

鉢衣文は胸を張って座敷を抜けた。

敷地三百坪の遠州屋は、店と奥との境目に庭を構えていた。建物は跳ね上げ式の渡り廊下で結ばれている。

鉢衣文の姿を見た小僧が、上がっていた渡り板を平らにしようとした。板は厚さ三寸(約九センチ)の、檜の一枚板である。小僧ひとりでは持ち切れず、庭にいた下男が手を貸した。

庭の植木には、陽が差していなくても打ち水がされている。どんよりと重たい空だが、季節は八月。雲を突き破って陽の光は届いており、木々の葉の緑を際立たせていた。

客間は畳が青々とした二十畳間である。

甲乃助は雪舟の軸を背にして座っていた。この日の朝方、甲乃助は髪結いを呼んで白髪を染めた。

元々が大店のあるじでも通る、上品な顔立ちである。白髪を染めたことで、見た目には十歳は若返っていた。

鉢衣文が座敷に入ると、甲乃助は立ち上がって客を迎え入れた。

用意された座布団は、厚さ五寸（約十五センチ）の絹布である。巧（うま）く座らないと、身体が後ろに倒れそうになる。

鉢衣文は座りなれていたが、長三郎には難儀そうだった。

「ようこそお越しくださった。遠州屋太吉です。よろしくお見知りおきを」

「深川佐賀町の岡田屋鉢衣文です」

あいさつを交わしながらも、互いにあたまを下げないように気遣っているようだった。

「うちの商いを任せている、頭取番頭の長三郎です。首尾よく運べば、こちらの橋の助さんと、煮詰めをさせてもらいましょう」

名指しをされた長三郎と丁助とが、互いにあたまを下げ合った。

ひと通りのあいさつが終わったのを見計らって、茶菓が出された。

湯呑みは伊万里の窯元で別誂えさせた、家紋入りである。湯呑みの内側は純白で、上煎茶のうす緑色を浮かび上がらせていた。

菓子は、分厚く切った虎屋の羊羹がふた切れだ。周旋屋の仲間内では、菓子は羊羹が最上とされている。それゆえの、分厚いふた切れだった。

鉢衣文が茶を呑み終わったところで、甲乃助が話の端緒を開いた。

「土地の手当ては、なんとかなりますかな」

「さあて……」

鉢衣文が腕組みをした。答えることをせず、甲乃助の後ろに掛けられた雪舟の軸に見入っていた。

「先様が急いでおられることは、橋の助からお聞きいただいたと思うが」

「うかがいました」

軸から目を戻した鉢衣文は、腕組みを解(ほど)いて甲乃助を見た。

「一万坪となると、右から左というわけにはいきません。ご承知かと思うが、佐賀町には大して空き地がありませんからなあ」

鉢衣文のあごが、わずかに突き出されている。その振舞いを見て、甲乃助が脇息(きょうそく)に寄りかかった。あたかも、好きなことを言っていろと突き放したかのようだ。

甲乃助の胸のうちを察したのか、鉢衣文の頬のあたりがぴくぴくと引きつりを見せた。

あるじの様子に慌てた長三郎が、空の咳払いを二発放った。

「いま一度、遠州屋さんの口からお聞きしたいが、坪あたり十両の立退き料を払われるというのは、まことでしょうな」

「無論です」

甲乃助の答え方には愛想がなかった。鉢衣文はそれには構わず、さらに問いを続けた。

土地を探しているのは、銀座にかかわりのある者。

土地の買値は坪あたり一分で、一万坪。

そして立退き料として、ひと坪十両を支払う。

同じことを二度念押しされたところで、甲乃助が目の光を強くして鉢衣文を見詰めた。

「カネの話を案ずることはない」

思いもかけない甲乃助の強い語調を耳にして、長三郎がびくっと背筋を震わせた。

「相手は、銀座の常是だ。入り用とあれば、際限なしに造るはずだ」

甲乃助は常是が買主だと言い切った。

「いつまでもカネだカネだと言ってないで、土地があるのかないのかを、しっかりと聞かせてもらいたい」

荒っぽい渡世人が震え上がるという声で、甲乃助が詰め寄った。

「ひと坪十両の立退き料がもらえると分かれば、売ってもいいという者も出るはずだ」

鉢衣文の語気も強くなっていた。

「そうは言っても、きのうの今日の話で、そんなに都合よく空き地が見つかるはずはない。遠州屋さんに、そんな物言いをされるのは心外ですな」

鉢衣文の両目の端が引きつっていた。

「どうにも、岡田屋さんの言われることが呑み込めないんだが」

「どこが呑み込めないんですか」

鉢衣文が上体を前に乗り出した。

「佐賀町から大島町にかけての大川端は、見たところ土手になってるだけで、ひとが暮らしているとは思えない」

「なんですと？」

「銀座が欲しがっているのは、大川端の土手伝いの土地だ。そこを丸ごと買い取って、常是さんは幾つも桟橋を造る腹積もりだ」

鉢衣文の両目が飛び出しそうになっている。あるじのわきに座った長三郎は、座布団から転がり落ちそうだった。

「岡田屋さんならご存知だろうが、大島町にこしきという名の小料理屋がある」

「あったらどうしたというんだ」

答える鉢衣文の物言いは、もはや喧嘩腰に近くなっていた。

「あの店の女あるじに、常是さんは懸想(けそう)している。土手を買い占めて桟橋を造ったあとは、その女に任せるとのことだ」

「ばかなことを」

目一杯に気を高ぶらせた鉢衣文が、言葉を吐き捨てた。

「わたしの話が、岡田屋さんの気に障りましたかなあ」

甲乃助は、打って変わって、のんびりした口調になっている。いきり立つ鉢衣文を、からかっているかのようだった。

「このたびの話は、なかったことにしてもらおう」

いきなり鉢衣文が立ち上がった。

「どうなされたというんだ」

甲乃助が、戸惑い顔をこしらえていた。

「わたしの物言いが気に障ったのなら、ご容赦いただきたいが……どうしてそこまでいきり立っておられるのか、わけが分からない。おい、橋の助」

「はい」

丁助がこわばった声で返事をした。

「おまえはなにか、岡田屋さんに粗相をしでかしたのか」

甲乃助が本気で叱りつけている。丁助はうつむいたまま、肩を震わせていた。

「なにが気に障ったということではないが、あたしは銀座のやり口が気に入らない」

「それはまた、どういうわけですかなあ」

「どうにもこうにも、とにかくあたしは銀座が気に入らない。水に流すと言ったのは、虫の好かない相手を手伝う気にはなれないということだ」

鉢衣文は、甲乃助が常是当人であるかのように睨みつけていた。

「一向にわけが分からないが……席を蹴って帰られるということは、岡田屋さんとはここまでということだが」

「もとより、それで結構だ」

鉢衣文は長三郎に向き直った。

「なにをぼんやり突っ立っている。とっとと支度をしろ」

頭取を怒鳴りつけた鉢衣文は、後ろも見ずに座敷から出た。

店につながる渡り廊下が、また跳ね上げられている。あたりを見回したが、下男も小僧もいなかった。

「ええい、いまいましいっ」

大声で毒づいた鉢衣文は、地べたに飛び降りた。間がわるいことに、降りた場所がぬかるみになっていた。

足袋に泥がまとわりついた。

「くそっ。ひとを小ばかにしおって」

汚れた足袋のまま、鉢衣文は店の座敷に上がり込んだ。血相の変わった鉢衣文を見て、手代たちが身体を引いた。

「履物はどこだ」

凄まじい剣幕の鉢衣文を見た小僧は、敷石に雪駄を載せると土間の隅に逃げた。

宝泉寺駕籠が店先で待っていた。

「お帰りでやしょうか」

駕籠舁きに問われても、鉢衣文は目を吊り上げたまま返事をしなかった。

持ちこたえ切れなくなった空が、大粒の雨をこぼし始めた。

最初のひと粒が、鉢衣文の髷に当たって砕け散った。

二十四

明和二（一七六五）年九月五日。

初めての計数銀貨、『明和五匁銀』の通用が始まった。

深川銭座の座敷で、中西と賽蔵が膝を突き合わせるようにして向き合っていた。

膝元には数枚の五匁銀が置かれている。

「いよいよ始まった」

「御上はどこまで本気で、これを通用させる気でやしょうかねえ」

賽蔵が一枚の銀貨を手に取った。

「重さはしっかり五匁ありやすし、中身の銀も、元文の丁銀とおんなじぐれえに詰まってるてえ話でやしょう?」

「四割六分の品位だ。元文丁銀と同じというのは間違ってはいない」

中西も賽蔵と同じように一枚つまんでいた。

「あっしら銭売りから言わせてもらやあ、秤に載せる手間が省けるだけ、この銀貨はありがてえんで」

「だとすれば、銭と同じように、世の中に受け入れてもらえるかもしれない」

「銀座の踏ん張り次第てえことでやしょうねえ」

五匁銀を手にしたまま、賽蔵は縁側に出た。空は高く、真っ青に晴れ渡っている。手のひらに載せた銀貨が、陽を浴びて鈍い光を放っている。賽蔵は、五匁銀がうまく通用してくれと念じていた。

改鋳で、江戸町民は何度も痛い目に遭ってきた。金や銀の品位が下がった貨幣を、公儀は腕力で通用させようと図った。品位を落とした分だけ、公儀はその差益をふところに入れた。

値打ちの下がった金貨・銀貨が出回ったことで、物の値段が吊り上がった。

元禄の改鋳以来、町民は新しい貨幣を信じようとはしなくなった。

しかし五匁銀はわけが違うと、賽蔵は思っている。品位も落ちていない。なにより、一枚で五匁だと御上が裏打ちしている。秤いらずの銀は初めてだった。

馴染むまでには、それなりのときがいると賽蔵は思う。その片方で、銀座には恩義を感じていた。丁助の騙りが功を奏して、こしきは大島町に残せることになった。

その騙りの元が銀座だった。


鉢衣文が遠州屋から猛（たけ）り狂って佐賀町に戻ってきた翌日の、八月五日。

前日来の雨は、五日の午後になっても降り続いていた。その雨をついて、紋付はかまの礼装に身を固めた鉢衣文が、ひとりでこしきをたずねてきた。

「折り入っての頼みがあって、うかがったんだが……」

土地を売れと凄んだ非礼を詫びてから、鉢衣文は用件を切り出した。

「遠からず、この一帯には幾つもの船着場ができるだろう。かなうことなら、あたしは自分の手でそれを成し遂げたい。ここに護岸作事をほどこすのは、突き詰めれば深川のためだ。なんとかそのことを分かって欲しい」

河岸造りをやるのは算盤ずくではないと、鉢衣文は切々と訴えた。

「こしきがこの場所で商いを続けられることは、あたしの命にかけて請合う。作事を進める間だけ、佐賀町桜並木の空き店に、商いの場を移してもらえないか」

したたかな商人が算盤を忘れるはずがない。

おけいは、最初はそう思った。

しかし聞いているうちに、鉢衣文の言い分は、まんざら嘘ではないと思えてきた。儲けに貪欲な商人だろうが、深川の町を思っていることも、おけいには感じることができた。

船着場ができれば、多くのひとが働き始める。そうなれば、こしきの客も増える。おみねがひとりで守ってきた店を、潰さずに守って行ける……。

鉢衣文は、もうこしきの土地を売ってもらわなくてもいいと言い切った。同じ場所で店が続けられるように、岡田屋が手立てを講じるという。

おけいはひと晩だけ、考えさせて欲しいと伝えた。そしてその夜、賽蔵の思案を聞いた。

「岡田屋がやろうてえのと同じことを、銀座常是が考えてるてえのが、甲乃助さんたちの騙りの元だ。銀座が手出しをするめえに、一日でも早く御上の許しをもらいてえ岡田屋は、おめえとの戦を引っ込めてえのさ」

「なぜ岡田屋さんは、こしきにこだわるのかしら」

「この場所が、河岸造りの要だからよ。佐賀町から河岸を延ばしてくるなかで、ひとが住んでるのは、ここと、漁師宿が一軒だけだ。おめえが首を縦に振りゃあ、漁師もいやとは言わねえさ」

岡田屋としっかりした約定書を交わせば、こしきが残せると賽蔵は請合った。

「甲乃助さんが言うには、どのみちここには船着場ができるてえんだ」

「岡田屋さんも、そんなことを言ってたわ」

「銀座が相手だと分かったいまは、岡田屋はどんなことでも呑み込んで、おめえとの話をまとめようとする。銭儲けだけで作事を狙ってくる余所者(よそもの)にひっかき回されるよりは、地元の岡田屋に任せるほうが、まだしもてえとこだろうぜ」

「わたしはここでこしきが続けられれば、ほかにはなにも……」

いらないと言いかけた口を、おけいは閉じた。賽蔵を見詰める目が、なぜ途中で口を閉じたのかを訴えかけていた。

賽蔵が手のひらに載せている五匁銀を、鉢衣文は目の仇にしていた。

銀座が護岸作事を狙っていると、本気で思い込んでいる鉢衣文は、銀座を儲けさせる五匁銀を世の中から潰すと息巻いている。

「五匁銀など遣わなくても、ほかにも幾らでも銀はある。普段遣いは、銭で充分にことが足りるだろう」

鉢衣文は、奉公人に五匁銀を遣うことを固く禁じた。その代わりに、新しく造られた鉄銭を遣えと指図している。

「亀戸の銭座は、金座が後ろ盾になっている。なにがあっても、銭は深川で買うように」

銀座が憎い鉢衣文は、金座も嫌っている。

岡田屋の商いは、年に二万両を超える。その一割を銭に遣うとしても、二千両だ。なにがあっても深川の銭売りから買えという岡田屋は、年に八千貫文の客である。仇だと思っていた相手が、いまは極上の客になろうとしている。

手のひらに載せた五匁銀が、賽蔵にはまぶしく思えて仕方がなかった。

二十五

明和三(一七六六)年二月四日の節分明けから、大島町の護岸作事が始まった。作事の請け人は岡田屋鉢衣文である。

元禄十一(一六九八)年の永代橋架橋を境に、佐賀町河岸が急ぎ足で膨らみ始めた。渡し舟だけの行き来だった両岸が橋で結ばれて、ひとと物の往来が桁違いに増えたからだ。

橋の仕上がりで、大川東側の深川に職人や小商人などの町人が他所（よそ）から移ってきた。ひとが増えると、物の売り買いも増える。

「ひとがいっぱいの江戸だら、よそよりも高く売れるべさ」

「ちげね。出すだら江戸だ」

他国からひとが流れ込む江戸を目指して、米、雑穀、醬油、味噌、酒などの産物が廻漕された。その多くは、水運の便にすぐれた大川東岸の佐賀町に運ばれた。

永代橋東詰から始まる佐賀町河岸は、仙台堀と大川とが交わる上之橋たもとまで廻漕問屋の蔵が並んでいる。大小取り混ぜて、佐賀町には百を超える蔵があった。が、明和三年のいまでは、たとえ二百あったとしても、増え続ける物産に蔵が追いつかなかった。

「佐賀町河岸を大島町まで延ばしますことを、なにとぞご承諾くださりますように」

明和五匁銀の通用が始まって間もなくの明和二年の九月十日から、岡田屋鉢衣文は佐賀町肝煎五人組を同道して、奉行所に日参した。甲乃助の仕組んだ騙（かた）りを、鉢衣文は信じ切っていた。

公儀が銀座を督励して鋳造した五匁銀は、出だしから躓（つまず）いた。当てにしていた本両替たちが、買取を渋ったからである。目論みが外れて考え込んでいた公儀にとって、鉢衣文からの願い出は渡りに船の好事だった。

河岸が延びれば蔵が増える。

蔵が増えれば廻漕問屋からの冥加金(みょうがきん)上納が増える。

しかも護岸作事の費え一切は、請け人が負うとの願い出である。岡田屋の請願は、四カ月の吟味という例のない速さで決裁された。

土手の多くは、公儀が埋め立てた御用地である。請願書に添付された作事絵図には、護岸予定地の詳細が描かれていた。

三千坪の御用地賃貸料は、一年につき十坪銀五匁と定められた。三千坪を借りて、年間二十五両という破格の安値である。しかも奉行所は同心ひとりを立ち退き差配に任じ、鉢衣文に代わって地主への指図までさせた。

あらかじめ話を聞かされていたおけいは、近くの空き地に仮店を構えた。杉を用いた平屋だが、普請の費えは鉢衣文が負った。

こしきの仮店が仕上がったのが、明和三年一月十七日。店のへっついに火が入ったその日は鉢衣文が借り切り、岡田屋出入りの人夫たちにサバ料理と酒とを振舞った。

「護岸作事は二月四日から始める。一年近くはかかるだろうが、その間はこの連中がひいきにさせてもらうだろう」

奉行所の後押しを得た鉢衣文は、作事中のこしき出入りを上機嫌で請合った。

「なんだか顔色が冴えないみたいだけど」

護岸作事を見ていたおけいが、わきに立つ賽蔵の顔をのぞき込んだ。

「なにか気がかりでもあるの？」

「いいや、なにもねえ」

「そんなことないでしょう」

こども時分から、すでに三十年の付き合いである。おけいは賽蔵の顔色を見ただけで、相手の胸のうちを読み取ることができるようだ。

そのことは賽蔵当人が一番わかっている。おけいを促し、作事場の大石に並んで腰をおろした。

「御上から五匁銀を売りさばけと、きついお達しがあったらしい」

「深川の銭座にってこと？」

賽蔵は渋い顔でうなずいた。

「銀座が躍起になって本両替の尻を叩いているらしいが、どこも嫌がって言うことをきかねえらしい」

「だって……あれを通用させるのは、銀座の役割でしょう」

「あたりめえだ」

「それが、どうして銭座に持ち込まれてきたの」

「おれたち銭売りの腕を、貸して欲しいてえことだ。評判が奉行所にまで届いたらしいと、中西さんから聞かされた」

足元に転がっていた小石を手にした賽蔵は、大島橋たもとの黒江川に投げた。川面に群れていた都鳥が、羽音を立てて飛び立った。

二月四日の八ツ半（午後三時）どきである。今日から立春だが、空にはまだ冬の名残が残っている。雲はないものの、空の青さは一月同様に深い。

西空に移った陽が、大川の川面を照り返らせている。キラキラ輝く光は、冬が居座ったままの空とは異なり、春が近いことを告げていた。

「それで賽蔵さんはどうするの？」

「売るほかはねえ」

短く言葉を吐き捨てた賽蔵が、もう一度小石を投げた。投げ方に力が足りず、石は堀まで届かなかった。

「ばかやろう。なにしやがんでえ」

大島橋のたもとから、怒鳴り声が聞こえてきた。賽蔵とおけいが、慌てて橋に駆け寄った。

「おめえか、石を投げたのは」

綿入れを着た漁師が目を尖らせていた。

「すまねえ。わるぎがあってやったわけじゃねえが、どっかにぶつかりやしたかい」

四つ手網を手にしたままの漁師に、賽蔵があたまを下げた。橋の陰に隠れて、賽蔵たちが座っていた場所からは、船も網も見えていなかった。

「わるぎがねえのは、あたりめえだろうがよ。見ねえ、この網を」

漁師が抱えた四つ手網の真ん中に、賽蔵の投げた小石が嵌（はま）っていた。

「おれっちは、将軍様に献上する白魚を獲る漁師だ。これはそのでえじな網なんでえ」

おけいが、息を呑んだような顔になった。

「そちらさんは、佃島の漁師さんで？」

「将軍家に献上する白魚が獲れるのは、おれっちばかりだ。決まりきったことをきくんじゃねえ」

漁師があごを突き出した。

十一月一日から二月晦日までの四月（よつき）、大川には産卵期を迎えた白魚がさかのぼってくる。それを獲って毎日江戸城に献上するのが、佃島の漁師である。

「あっしは深川で銭売り稼業をやっておりやす、賽蔵と申しやす」

漁師に向かって、賽蔵はあらためてあたまを下げた。

「でえじな網を傷めちまったなら、詫びのしようもありやせん」

賽蔵が詫びている間に、おけいは仮店へと駆けて行った。戻ってきたときには、大きを受け取っ四つ手網をな五合徳利を手にしていた。

「こんなものでお詫びになるとも思えませんが、なにとぞ納めてください」

おけいが差し出したのは、灘からの下り酒『龍野桜』の五合徳利である。四つ手網を手にした漁師が、船頭にあごをしゃくった。櫓から手を放して、船頭が徳利を受け取った。

こしきの客が呑むのは江戸の地酒である。龍野桜は、岡田屋鉢衣文の好みだ。去年の九月下旬から、鉢衣文は足繁くこしきに顔を出していた。

灘の酒は、鉢衣文とその連れが注文した。店に来るたびに連れの顔ぶれは違ったが、それでも五、六人はいつも一緒だ。龍野桜のこもかぶりが、月に三樽はカラになった。大喜びしたこしき出入りの酒屋は、蔵元からの配り物の五合徳利五本をおけいに届けた。いま漁師に差し出したのは、そのなかのひとつである。

徳利に書かれた『灘銘酒　龍野桜』の文字を見て、漁師がわずかに顔つきをやわらげた。

「仕舞い舟が出るめえに、島へ詫びに顔を出させてもらいやす。網の様子は、そんときに聞かせてくだせえ」

賽蔵と一緒に、おけいもあたまを下げた。

「おめえさんの詫びは受け取った」

漁師の声音が普通の調子に戻っていた。

「だがよう賽蔵さん、日暮れが近くなったら島の漁師は白魚獲りで出払っちまうんだ」

「あっ、うっかりそいつを忘れてやした」

賽蔵が日焼けした顔を赤らめた。

白魚漁は夜である。天気さえよければいまの時季は、舳先（へさき）でかがり火を焚く漁船が、佃島周辺の夜の大川を埋め尽くした。

「おれは繋造（しげぞう）だ。渡し舟の船着場の右隣が宿だから、初めてでもすぐに分かるだろうよ」

「繋造さんでやすね」

漁師が小さくうなずいた。

「明日の四ツ（午前十時）てえことで、繋造さんの都合はいかがでやしょう」

「四ツなら朝飯を食い終わったころだ。おれは構わねえぜ」

「でしたら、鐘が鳴ったところで、霊岸島（れいがんじま）の渡し舟に乗りやすから」

「待ってるぜ」

網を抱えたまま、繋造が船頭に目配せした。五合徳利を船板に置いた船頭が、ゆっくりとした動きで櫓を漕ぎ始めた。年季の入った船頭の櫓さばきで、漁船が川面を滑り始めた。

賽蔵とおけいは、船が大川の流れに入るまでその場を動かずに見送った。

陽が大きく西に傾き始めていた。

相変わらず大川は照り返っているが、川面の輝き方が弱くなっている。立春とはいえ、陽は急ぎ足で沈もうとしていた。

将軍家に献上する白魚獲りの網に、賽蔵は小石を投げつけた。おけいの気働きに助けられて、漁師は怒りの矛先を収めてくれた。が、網の傷み具合は分かっていない。

賽蔵の両肩が落ち気味になっている。漁船を見送る顔の色も、思案に暮れて沈んでいた。

わきに並んで立つおけいの色白顔が、沈み行く陽を浴びてあかね色に染まっていた。

二十六

気持ちよく晴れた二月五日の四ツ前に、賽蔵は霊岸島の船着場にいた。佃島への渡し舟に乗るためだ。

舟はすでに横付けされており、手代風の若い者と年配の番頭らしき風体の男が船頭を待っていた。桟橋の杭に舫(もや)われた舟には、船頭が乗っていない。日に何度も渡し舟を操る船頭は、舟を出すまでは小屋で茶を呑んで休んでいた。

そろそろ頃合いだと思った賽蔵は、半纏の前を合わせて舟に乗った。手に提げているのは、門前仲町伊勢屋の薄皮まんじゅうである。力仕事の漁師連中は、酒もやるが甘いものにも目がないと、おけいから聞かされての手土産だった。

舟の客は賽蔵とふたりのお店者(たなもの)だけで、船着場に新しい客があらわれる気配もなかった。

「それじゃあ佃島のあらましを、もう一度おさらえしておこう」

「かしこまりました」

賽蔵のほかには相客がないことで、番頭と手代は遠慮のない声でやり取りを始めた。賽蔵は船端に寄りかかり、目を閉じた。が、しっかりと聞き耳を立てていた。

賽蔵の商いには佃島は含まれていない。ゆえに島のことはほとんど知らなかった。番頭と手代のやり取りで佃島のあらましが呑み込めるのは、賽蔵には大助かりだった。

「佃島の漁師の先祖が、権現様(ごんげんさま)に呼び寄せられたということは呑み込めたんだろうね」

「はい。番頭さんにうかがいましたことは、こちらに書き留めてございます」

風呂敷包みから、手代が一冊の帳面を取り出した。心覚えらしく、それを何枚かめくったところで手を止めた。

「いまから百五十四年前の、慶長十七（一六一二）年七月に、権現様が摂津(せっつ)の漁師ら三十三人を江戸に呼び寄せられましたのが、佃島の祖先でございます」

「どうして権現様は、摂津の漁師を江戸に呼び寄せたりしたんだ」

「へっ……」

「なんだ与ノ助、その返事は」

たったひとりの相客は、舟に寄りかかって目を閉じている。番頭は賽蔵を気にも留めずに手代を叱った。

「肝心なことを覚えてなければ、島の肝煎衆から相手にしてもらえないだろうが」

「申しわけございません」

「もう一度話すから、しっかり書き留めておきなさい」

手代は大慌てで矢立を取り出した。その様子を見定めてから、番頭が話し始めた。

「天正年間というから、いまから二百年も昔のことで、権現様がまだ遠州浜松のお殿様だったころの話だ」

手代は筆を走らせながらも、律儀に何度もうなずいた。

「京へ上られた権現様は、摂津国まで足を延ばされて、住吉神社に参詣されようとした。ところが折り悪しく神崎川が増水しており、渡し舟が出なくなっていた。そのとき、近在の佃村の漁師たちが漁船を出して、権現様ご一行をお渡ししたとのことだ」

「思い出しました」

手代が筆を止めて番頭を見た。

「その在所の村にちなんで、佃島と名づけられたのでございますよね」

番頭が重々しげな顔をこしらえてうなずいた。

「江戸に招き寄せたあとも、権現様は幾つも格別の計らいを、佃島の漁師衆に示している。いまの時季の白魚を佃島の漁師に限って獲らせたり、御城に毎日納めさせたりしているのも、すべて権現様が定められたことだ」

「そのことでございますが……」

「どうした」

「白魚を御城に納める連中は」

「なんだ、その物言いは」

番頭がまた声を厳しくした。

「うちの大事なお得意様を、連中などと無礼な呼び方をするんじゃない」

「口が滑りました」

手代が首をすくめた。

「その漁師衆が白魚を御城に納めるときには、大名行列を横切ってもよいといううわさは、まことでございますか」

「もちろん、まことだ」

番頭はおのれのことのように、胸を反り返らせた。

「佃島漁師だけに許された紫色の半纏を着た者は、横切り御免で白魚を納めに御城に行くことができる。魚が生きているうちに納められるようにとの、権現様のお取り計らいだ」

「まことに大したものでございます……」

手代が感心しているさなかに、深川から四ツを告げる鐘の音が流れてきた。最初に捨て鐘が三つ鳴り、それに続けて時の鐘が打たれる。

船頭は最後の捨て鐘が鳴っているときに舫いを解いた。

賽蔵は目を閉じたまま、佃島に向かった。番頭と手代は、舟が動き出したあとは口を閉じ合わせていた。

一月下旬から晴れの日が続いており、大川は穏やかに流れている。船頭は巧みな櫓さばきで潮に乗って舟を走らせたあとは、潮目を横切って佃島に着けた。

昨日繁造が口にした通り、漁師の宿はすぐに分かった。腰高障子戸の外から呼びかけると、すぐさま戸が開かれた。

「どうぞ、おはいんなさい」

女房が土間に招き入れた。宿は四間間口で、裏店とはまるで違う造りである。土間だけで十坪の広さがあった。屋根には明かり取りの窓がこしらえられており、陽が差し込む土間は隅まで明るかった。

土間の壁には、幾つもの網が吊り下げられている。網の隣には雨具が掛けられていた。

賽蔵は土間の様子を見回していたが、土間の隅に重ねられた盤台で目が留まった。漁師の宿にはまるで似合わない、黒漆塗りの見事な盤台である。賽蔵はそこに近寄った。

明かり取りから降り注ぐ陽を浴びて、漆が艶々と輝いている。盤台の脇腹には、金色で葵の御紋が描かれていた。

「てえした盤台だろうがよ」

見とれている賽蔵に、顔を出した繁造が声を投げかけた。

「これに白魚を泳がせて、御城に納められるんですかい」

「そうともさ」

土間におりた繁造が寄ってきた。

「島には、葵の御紋が描かれた盤台が三十ある。それを毎日、御城まで届けるてえのがおれっちの仕事だ」

「今日の納めは、もう終わったんで？」

まんじゅうの包みを持ち替えながら、賽蔵が問いかけた。

「手早く納めねえと、魚が傷んじまうからよう。道三堀を舟でへえって、毎朝六ツ（午前六時）に、呉服橋のたもとで御城のお役人に渡すのよ」

「そうでやしたか。あっしはてっきり、陸を走ってくもんだと思ってやした」

「大名行列を横切るてえうわさか?」

繁造が笑い顔をこしらえた。

「そうじゃねえんで?」

渡し舟で番頭から聞かされた話を、賽蔵は鵜呑みにしていた。

「おれっちのじさまのころは、霊岸島から走ったてえんだが、それだと魚があらかた駄目になっちまう」

体長が三寸(約九センチ)もない白魚である。盤台で揺られたら、ほとんどが腹を上向きにして駄目になった。

「いまは生簀(いけす)で泳がしながら、呉服橋まで運んでるのよ。うわさは昔のことを言ってるだけだが、島の威勢につながるてえんで好きに言わせてる」

繁造は先に立って、賽蔵を座敷に招き上げた。

「不始末の詫びで来やしたのに、ていねいに扱ってもらって」

あらためて詫びてから、賽蔵は手土産を差し出した。

「なんでえ、これは」

「仲町の伊勢屋で買ってきた、薄皮まんじゅうでやす」

「こいつあ、ありがてえ。おい、おっかあ」

女房は、厚手の湯呑みに茶を入れて奥から出てきた。

「賽蔵さんが、薄皮まんじゅうを土産にくれたぜ」

「おまいさんの好物じゃないか。お持たせでわるいけど、さっそくいただこうよ」

女房は包みを開き、繁造と賽蔵に一個ずつ手づかみで渡した。気取りのない、いかにも漁師の女房らしい振舞いである。

気が楽になった賽蔵は、まんじゅうを手にしたままで網の様子をたずねた。

「しんぺぇいらねえ。石が丸かったから、嵌っただけで網は傷めちゃあいねぇ」

「そうでやしたか」

賽蔵が安堵の吐息を漏らした。そのさまがおかしかったらしく、繁造と女房が笑顔を見交わした。

「二度とガキみてえな真似はしやせん。勘弁してくだせえ」

「分かった。しっかり呑み込んだぜ」

見た目は賽蔵より年下だが、なにしろ御上御用達の漁師である。繁造の物言いは堂に入（い）っていた。

まんじゅうを食べ終えた賽蔵の湯呑みに、女房が茶を注ぎ足したとき、繁造が座り直した。

「賽蔵さんの生業（なりわい）は、銭売りだと聞かされたような気がするんだが」

「その通りでやすが、それがなにか」

「銭売りさん、銀は扱ったりしねえのか」

立ち上がった繁造が、神棚の下の小箪笥から四枚の五匁銀を取り出してきた。

「銀てえのはこれなんだが」

繁造は、四枚すべてを賽蔵に手渡した。

「もしも賽蔵さんがこれを扱ってるてえなら、島の連中に売ってもらいてえんだ」

繁造が売って欲しいという銀は、銭座が公儀から押し付けられた明和五匁銀である。

市中で人気がない銀貨を欲しがるわけが分からず、賽蔵は戸惑った。

「やっぱり銭売りさんには無理か」

「いや、そうじゃねえんで」

四枚の銀貨を相手に戻してから、賽蔵も座り直した。

「繁造さんが欲しいてえなら、何匁でも持ってきやす」

「できるのかよ」

問われた賽蔵は、しっかりとうなずいた。

「だったら賽蔵さん、こうして出会ったのもなにかの縁だ。島の漁師の分を、そっくり賽蔵さんから買わせてもらうぜ」

繁造のわきで、女房もそれがいいねと亭主の言い分を支えた。

「ありがてえ話でやすが、この五匁銀は正直なところ人気がねえんでさ」

「もちろん知ってるぜ」

「それなのになぜ、これを？」

「さばけなくて、御上が困ってるてえからよ」

繁造はこともなげに言い切った。

佃島の漁師は、白魚獲りの独占を公儀から許されていた。その代わりに、獲りたての白魚を毎日将軍家に献上した。

城に納めたあとの余りは、両国や浜町、向島などの料亭に売りさばいた。それを料亭は途方もない高値で客に供した。

「将軍様と同じ魚が食べられるとは……」

大店のあるじや、札差、材木商などの大尽は、競い合って白魚を口にした。

白魚漁は、佃島漁師のみに許された特権である。料亭に売りさばいたカネは、島の漁師四十人で山分けにした。その水揚げが、十一月から二月までで、ひとり七十両。漁師四十人だと、二千八百両もの大金となった。

繁造は、水揚げすべてを五匁銀に両替するというのだ。

「おれっちらは、御上のおかげで美味い飯が食えているのよ。その御上が、銀が売れねえで困ってるてえんだ。島の漁師が先に立って買うのは、あたりめえの恩返しさ」

繁造が晴れやかな顔で話を閉じた。

詫びにきたはずの賽蔵は、御礼の気持ちをこめて畳にひたいを押しつけた。

二十七

日本橋駿河町の三井両替店は、江戸でも一、二と言われる両替商の老舗である。幕府公金を取り扱う本両替で、銭売り稼業の賽蔵とは商いの仕組み、店の格ともに大きく違った。

江戸で駿河町と言えば、だれもが思い描くのは呉服の大店、越後屋(えちごや)である。間口三十間(約五十四メートル)の店構えは、日本橋大通りのなかでも際立って大きい。それでいながら、職人の女房でも買い物ができる気安さがあった。

「うちのがゆんべ、お施主さんからご祝儀をいただいたもんだからさあ。思い切って、駿河町に行ってみようかと思ってるのよ」

「そりゃあ豪気(ごうぎ)じゃないか。あたしもあやかりたいよ」

裏店の井戸端で女房連中が口にするほどに、駿河町の越後屋は町人の間で名が通っていた。

三井両替店は、その越後屋に並んで建てられている。が、間口は七間半(約十三・五メートル)とさほどに大きくはない。しかも客の入り口はわずか一間(約一・八メートル）幅である。

越後屋も三井両替店も、商いを興したのは三井高利だ。高利は呉服販売においては、金持ちだけではなく、長屋の住人でも来店できるように細かな気配りをした。

しかし両替店は、呉服屋とは正反対のあり方を軸として創業した。町人相手ではなく、公儀と幕臣、諸大名などの、武家を主たる顧客と考えて商いを始めた。

数少ない町人の客は、大店や豪商に限った。両替商は、客が大口でも小口でも掛かる手間はほとんど変わらないと見抜いた、高利ならではの運営といえよう。

付き合う客の数が限られているがゆえに、店の入り口は思いきって小さく構えた。三井の商い相手のほとんどは、客が店に来るのではなく、手代が得意先をおとずれた。

三井両替店当主は、代々が次郎右衛門を襲名する。これは、公儀から認められた御用名前である。

明和三年二月十日の朝。

七代目次郎右衛門は、庭に咲いた満開の紅梅を見詰めていた。

店とは別に構えられた住居は、南向きの玄関が造られている。店と奥との玄関が別なのは、三井が幕府公金を扱う格式に基づいてのことである。

次郎右衛門が眺めているのは、四畳敷きの玄関を入った先の中庭の梅である。次郎右衛門の居室は、中庭に面した十畳間だ。家格にくらべれば狭い部屋に思えるが、天井板にまで檜が用いられていた。

五ツ（午前八時）の朝餉のあと、半刻（一時間）は庭を見て過ごすのが次郎右衛門の慣わしである。あるじの手が鳴るまでは、前日の商い始末を伝える元締も顔を出さなかった。

次郎右衛門の膝元には、『丸に井げた三文字』の家紋が描かれた、瀬戸焼の湯呑みが置かれている。出されてからときが過ぎており、湯呑みの湯気は失せていた。

空の薄雲がはずれて、やわらかな日差しが紅梅を照らし出した。大店が立ち並ぶ日本橋大通りだが、まだ低い陽が中庭に差し込む造りとなっていた。

本両替という稼業柄、建物の外見は重々しくて地味な拵えである。しかし細部の造作には、費えを惜しんでいない。晴れてさえいれば、二月の五ツ過ぎでも中庭に陽が届いた。

湯呑みに口をつけた次郎右衛門の眉間に、つかの間しわが寄った。茶が冷めていたからだ。取り立ててぜいたくをしない次郎右衛門だが、茶だけは奢った。

三井の京店からは毎月の決済書類とともに、宇治茶が専用の茶箱で届けられる。その茶を、次郎右衛門専従のお茶番がいれるというこだわりようだった。

しかしこの朝は、冷めた茶を呑み干した。庭の梅を見続ける瞳が定まってはいない。それほどに、次郎右衛門の物思いは深かった。

わずかな風が、中庭から座敷に向かって流れてきた。風は紅梅の香りに満ちている。そのほのかな香りをかいで、次郎右衛門が物思いを閉じた。

軽く叩いた手の音が、庭を渡って店の勘定場に届いた。あるじの手が鳴るのを聞くために、勘定場の戸は真冬でも開け放たれている。

「元締……」

三井には支配人（番頭）が三人いる。戸口近くに座っているひとりが、元締の利左衛門に呼びかけた。

「鳴ったのか？」

支配人がうなずきで答えた。

利左衛門は分厚い勘定帳五冊を風呂敷に包み、しっかりと結わえて小脇に抱えた。

「いってらっしゃいませ」

三人の支配人が声を揃えた。だれもが、気を張り詰めた顔で元締を見た。支配人たちの顔がいつもより引き締まっているのは、今日が二月十日だからである。

元締と次郎右衛門とは、年に一度、二月十日に褒美銀の割歩を決める。割歩とは、組頭以上の役付き奉公人に分配される、割増給金（賞与）だ。

三井両替店では一年の利益の一割を、役付き奉公人への割歩と定めていた。その割歩額を幾らにするかが、これから定まるのだ。

勘定場を出た元締が奥の玄関に入ったのを見届けた支配人のひとりが、ふうっと大きな息を吐いた。

「そんなに割歩の額を気遣っていると、元締が戻ってくるまで持ちませんよ」

支配人のなかでもっとも年若い清太郎が、吐息をついた丘三郎に笑いかけた。

「おまえはまだ四十前でひとり者だから、そんなことが言えるんだ」

軽口を叩かれた丘三郎が、きつい目で清太郎を睨みつけた。

「厄年を過ぎて女房こどもを養っていたら、今年も割歩がひとつでも上がりますようにと、神棚に手を合わせることになる」

「丘三郎の言う通りだ」

勘定場の隅から、しわがれた声がした。今年五十七歳になった支配人がしらの宗右衛門が、白髪あたまに手をあてていた。

「うちの役付き奉公人が、どこの本両替よりも多く汗を流すのは、今日の楽しみがあるからだ。たとえ軽口だとしても、割歩を茶化すようなことは言うんじゃない」

「申しわけございません」

清太郎がふたりにあたまを下げた。

割歩は、役職ごとに与えられる『歩数』に応じて分配される。元締は四十五、支配人がしらは二十七、丘三郎は二十一で清太郎は十六である。

去年は歩数一につき、銀六百匁の割歩が支払われた。元締の利左衛門は、二十七貫の割歩である。三井は公儀が定めた金一両銀六十匁の相場で換算して、金貨を手渡した。元締には、四百五十両という大金が支払われた。江戸広しといえども、これほどの高給を手にできる奉公人は皆無である。

役付き奉公人たちは、互いの歩数を知っている。七代目次郎右衛門が、あえてそれを奉公人たちに示したからだ。

もっとも低い手代がしらの歩数は四だ。元締まで勤め上げれば、十倍の割歩が手にできると知ってからは、手代たちの働き振りが一段と活発になった。

店の儲けが大きくなれば、割歩も増える。支配人がしらが口にした、どの本両替よりも奉公人が汗を流しているというのは、まことを言い当てていた。

儲けを多く出す手段として、元締の利左衛門は明確な指図を部下に下した。

「たとえ貸付利息が安くなったとしても、お断わりを食らうことのないお得意先を厳しく選ぶように」

これが第一の指図である。

お断わりとは、貸付先の武家が居直ることを指す。利払いが元金を超えると、お断わりの挙に出る武家が少なくなかった。

相手の約束不履行を奉行所に訴え出ても、カネの貸し借りは互いに談判しろと言われて門前払いにされる。それゆえに貸付先の吟味は、本両替の命綱の一本だった。

「利の薄い両替は、極力差し控えること」

利左衛門は、貸付先の吟味よりも厳しい口調で、これを厳命した。そして真っ先に槍玉にあがったのが、明和五匁銀だった。

公儀が銀座を督励して鋳造した銀貨は、それまでの秤量貨幣ではなく、金貨や銭貨同様の、一枚の値打ちが定まった計数貨幣である。

しかも重さは間違いなく五匁あり、銀の品位も四割六分で、通用中の元文丁銀や豆板銀と変わらない。

「市中においてはその都度の秤が不要となり、通用には便利至極であろう」

公儀も銀座も、胸を張って本両替の当主に銀貨を示した。見せられたのは、公金を扱う十二人の本両替である。もちろん三井次郎右衛門もそのひとりだった。

あるじが持ち帰った五匁銀をひと目見るなり、利左衛門は両目を曇らせた。銀座との両替率を聞かされると、利左衛門はあるじに向かって膝を詰めた。

「これの両替におきましては、幾重もの目配りが入り用かと存じます」

婉曲ながらも、五匁銀の両替は請合うべきではないとあるじに進言した。

わけのひとつは、銀座の卸値が他の銀に比べて高いことだった。

丁銀、豆板銀は、銀座が封印した常是包みを、相場の九割で本両替に卸した。ところが明和五匁銀は秤の手間がいらないということで、卸値は九割五分とされた。従来の儲けの半分である。

三井が明和元（一七六四）年九月から翌二年八月までの一年で両替した銀は、小判に直してほぼ十万両だった。儲けは一割で一万両。江戸の数ある大店でも、これだけの儲けが出せる店は数少ない。

明和五匁銀の扱いを増やせば増やすほど、儲けは大きく目減りする。それゆえに、利左衛門は両目を曇らせたのだ。

それともうひとつ、町人が遣うにしては一枚五匁の銀は額が大き過ぎた。ひと粒一匁の小粒でも、銭に直せば六十文を上下する額だ。その五倍となっては、普段遣いにはきわめて不便である。

このふたつを理由にして、利左衛門は五匁銀の扱いを極力少なくするようにと指図した。

当主の次郎右衛門は、元締の指図を得心したわけではないものの、留め立てはしなかった。

「銀座は毎日のように、五匁銀の扱いを増やせとせっついてきていますが……」

「だからこそ、今朝の元締が旦那様にどこまで踏ん張れるかに、今年と来年の割歩の行方がかかっているんだ」

「どうして今年にかかわりがあるんですか」

清太郎が真顔で問いかけた。

「万にひとつも五匁銀の取り扱いを増やすとなれば、目減りする儲けへの備えとして、今年の割歩の一部を回すに決まっている」

丘三郎がまた大きな吐息を漏らした。

それを見ても、清太郎は口を閉じたままだった。

二十八

次郎右衛門と利左衛門との話し合いは、庭に咲く紅梅の香りのように、おだやかな調子で始まった。

「大名貸しの利益が二万七千三百両。商家からの預かり手数料が九千七百両。為替や両替の収益が一万六千三百両。締めて五万三千三百両が儲けでございます」

百両未満の端数は切り捨てた数字を、利左衛門が読み上げた。

昨年一年の儲けよりも、三千両近く実入りが増えている。およその額を摑んでいた次郎右衛門は、鷹揚（おうよう）にうなずいて利左衛門の手腕を称えた。

「手代衆に、より一層の励む気力をみなぎらせますためにも、今年の割歩は歩数一につき、銀六百六十匁とさせていただきたく、お願い申し上げます」

昨年よりも一割高い歩数である。増収分を勘案すれば、一割の割増は妥当な額だった。

「そのようにしなさい」

次郎右衛門は元締の申し出を認めた。

よほどのことがない限り、あるじは元締（頭取番頭）の思案を呑むのが作法である。三井でもその慣習は活かされてきた。

そうは言うものの、あるじの決裁をもらうのは元締に課せられた責務である。次郎右衛門があっさり呑んだことで安堵したのか、利左衛門が小さな吐息をこぼした。

それをきっかけとするかのように、次郎右衛門が座り直した。

「割歩はおまえの言い分通りでよいが、今年は支払い方を変えるぞ」

次郎右衛門の顔つきが引き締まっている。いきなり言われた利左衛門は、うまく言葉が見つからないのか、返答せずにあるじの目を見詰めた。

「五匁銀だが」

「………」

無言のまま、利左衛門はあるじの次の言葉を待った。

「いかほどの枚数が、うちの蔵に納まっているんだ」

「五匁銀でございますか？」

元締があるじの言葉をなぞった。次郎右衛門がもっとも嫌う振舞いである。険しい目で見詰められて、あるじよりも年長の利左衛門がうろたえた。

「おまえの手元の帳面に、詳しい数が記されているだろうが」

いつにない厳しい物言いをされて、元締は慌てて帳面を開いた。数字をたどる指先の動きが鈍い。

「わざわざ帳面を見ずとも、およその数を摑んでいるだろう」

あるじの焦れた声で、利左衛門が帳面を見ていた顔を上げた。

「およそでございますが、四、五千枚かと存じます」

「四千と五千とでは、千枚も開きがある。およそと言っても、数のぶれが大き過ぎるだろう」

「申しわけございません。いま少しお待ちください」

利左衛門は帳面を何枚かめくり、五匁銀の数を見つけ出した。

「四千四百三十七枚でございます」

「ただの四千四百三十七枚ということか」

次郎右衛門の声の調子は、満開の梅がしぼんでしまいそうなほどに冷たかった。

「お言葉を返すようでございますが」

「返さなくてもいい」

次郎右衛門は、元締の言いわけをぴしゃりと抑えつけた。

「たとえ五千枚あったとしても、たかだか四百二十両にも満たない額だ」

本両替の七代目は、算盤なしの暗算で銀貨と金貨の換算をした。

五匁銀が五千枚として二十五貫である。六十匁を一両で換算すれば、およそ四百十七両だ。次郎右衛門と同じように暗算をした利左衛門が、あるじの弾いた額にうなずいた。

「四百二十両なら、おまえが手にする割歩よりも少ない額だ。そうだろうが」

歩数四十五の利左衛門が今年手にする割歩は、銀で二十九貫七百匁になる。次郎右衛門の言う通り、蔵に納められた五匁銀の額を大きく上回っていた。

「旦那様のご暗算通りでございます」

元締の返答を聞いてから、次郎右衛門が手をパン、パンとふたつ叩いた。すぐさま顔を出した女中は、あるじの膝元の湯呑みを盆に載せて立ち上がった。

「元締にも持ってきなさい」

「かしこまりました」

盆を手にしたまま答えた女中は、座敷の外からふすまを閉じた。中庭に面した障子戸は開かれたままである。流れ込んできた風は、行き場をなくして座敷にとどまった。

ふすまが閉じられた座敷に、梅の香りが漂っている。香りは春のものだが、あるじが存念を抱えた座敷は冷え冷えとしていた。

次郎右衛門は茶が運ばれてくるまで、固く唇を閉じ合わせていた。向かい側に座った利左衛門は尻が落ち着かず、帳面をぱらぱらとめくり続けた。

運ばれてきた茶にひと口つけた次郎右衛門は、利左衛門にも勧めた。

十歳のとき小僧で奉公を始めてから、利左衛門は今年で四十七年の勤めになる。元締に取り立ててくれたのは、九年前に御用名前を拝命した現当主の七代目だ。

九年仕えてきたなかで、利左衛門は初めてあるじ専用の茶を口にした。その余りの美味さに、思わず「うまい」と漏らした。

「それはなによりだ」

元締の正直な誉め言葉を聞いた次郎右衛門が、険しかった顔つきをゆるめた。ふたりは黙ったまま、湯呑みの茶を呑み干した。

「ゆうべ町年寄の奈良屋様からお呼び出しがあったのは、おまえも知っているだろう」

「もちろん存じております」

「お呼び出しの用向きは、五匁銀の取り扱いについてのお話だった」

茶を呑んだ次郎右衛門は、物言いがいつも通りの穏やかなものに変わっていた。

「奈良屋様は深川銭座から聞かされたという話に、深く感心をしておられた」

「銭座でございますか」

問い返す利左衛門の口調には、銭座を見下した調子がはっきりと出ていた。次郎右衛門の顔つきが、またもや険しくなった。

「おまえは銭座だと見下しているが、それは大きな了見違いだ」

叱られた利左衛門が、湯呑みを膝元に戻して背筋を張った。

次郎右衛門は元締をひと睨みしたあとで、奈良屋から聞かされた佃島漁師の一件を話した。

おれっちらは、御上のおかげで美味い飯が食えているのよ。その御上が、銀が売れねえで困ってるてぇんだ。島の漁師が先に立って買うのは、あたりめえの恩返しさ……。

繁造が言った言葉を、次郎右衛門は二度繰り返した。

「佃島の漁師ではないが、御上のおかげで美味い飯が食べられるのは、うちも同じだ。さらに言うなら、儲けは桁違いにうちのほうが大きい」

次郎右衛門が話すことを、利左衛門は両手を膝に載せて聞いていた。

二月十日の夜五ツ（午後八時）。楓川（もみじがわ）に架かった海賊橋のたもとに、三井両替店の役付き奉公人十七人が勢揃いしていた。あるじと元締が来るのを待っているのだ。

橋の下の船着場には、三井自前の屋根船が横付けされていた。立春はとうに過ぎているが、夜はまだ底冷えがきつい。十七人はそれぞれ綿入れを羽織っているものの、寒さに身体を震わせていた。

　あらわれた次郎右衛門と利左衛門も、あわせに綿入れを羽織っただけである。あるじの足元を照らす提灯は、利左衛門が持っていた。

　船着場に集まった十七人の手代や支配人は、利左衛門からなにも聞かされていない。あるじとともにあらわれた元締に、奉公人たちが物問いたげな目を向けた。

　元締は口を閉じたまま、あるじについて屋根船に乗った。

「おまえたちも乗りなさい」

　立っているだけで、足元から冷えが伝わってくる二月の夜である。船のなかから元締に言われて、十七人が急いで乗った。

　屋根船は、障子戸を開いたままで船着場を離れた。二月の夜に障子戸を開け放ったまま、屋根船を出す酔狂者はいない。奉公人たちはなにが起きるか分からず、戸惑い顔を見交わしていた。

　八丁堀に入ると、両岸の明かりが失せた。奉行所役人の組屋敷が連なる河岸は、商家とは違って外に漏れる明かりがない。堀が暗くなり、寒さが一段と募った。

　あるじも元締も、ひとことも口をきかない。奉公人たちは私語を交わすこともできず、綿入れの前を閉じて押し黙っていた。

　霊岸島を過ぎると、眺めがいきなり変わった。

大川が、かがり火で埋まっていた。

永代橋から佃島までの間に、漁船が二十杯近く集まっている。どの船も舳先のかがり火が燃え盛っていた。新しい薪が投げ込まれると、火の粉が空に向かって飛び散った。船が寄り集まっているあたりでは、かがり火の炎が闇を赤く切り裂いている。

手代たちは寒さを忘れて、夜の漁に見とれていた。

いきなり、強い風が川面を吹き渡った。かがり火の炎が大きく揺れている。屋根船に吹き込んでくる風は、木枯らしのように冷えきっている。

凍えをはらんだ風を頬に受けて、手代が綿入れを強く閉じ合わせた。

「あれが佃島の漁師衆の白魚獲りだ」

次郎右衛門の声が、寒さで震え気味だ。それでも、障子戸を閉めようとはしなかった。

「あのひとたちは、夜通し寒風を浴びせられながらも漁を続けている。夜の大川の水がどれほど凍えているか……」

次郎右衛門は支配人の清太郎に、川に手を入れろと言いつけた。清太郎は船端から大川に右手を突っ込んだ。うっと声を詰まらせて、すぐさま手を引き抜いた。

「みんなも同じようにして、川水の凍えを肌身で覚えなさい」

あるじに言いつけられた奉公人たちは、代わる代わるに手を大川に浸けた。冷たさに驚いた声が、屋根船に溢れ返った。

全員が大川に手を浸したことを見定めてから、次郎右衛門は障子戸を閉じさせた。真っ赤に炭火が熾きた火鉢三つを、船頭が座敷に運び込んできた。

「あの漁師衆は、身体を張って獲った白魚を毎朝六ツ（午前六時）に御城に納めるそうだ」

火鉢で手をあぶりながら、次郎右衛門が面々の顔を順に見た。奉公人のだれもが、あるじの目を見詰めた。

「余った白魚は料亭に納めるそうだが、その水揚げが二千八百両にもなるらしい」

水揚げ高を聞かされた奉公人がどよめいた。

「そのカネすべてを、漁師衆はおまえたちが忌み嫌っている五匁銀に両替するということだ。なぜだか分かる者はいるか」

問われても答える奉公人はいなかった。

次郎右衛門は、利左衛門に話したと同じことを奉公人に聞かせた。深い吐息が奉公人たちからこぼれ出た。

「うちだけが気張ったところで、五匁銀がうまく通用するとは、とても思えない。評判がわるいままであれば、遠からず通用が止まるかもしれない」

次郎右衛門が火鉢から手を離した。

奉公人が背筋を伸ばした。

「たとえ行く末が分からずとも、うちは御上のカネで儲けを生み出す稼業だ。漁師衆の言い分ではないが、ご恩返しのためにも、みずからが先に立って五匁銀を遣うことだ。よろしいか」

「かしこまりました」

力のこもった奉公人たちの返事が、障子戸を突き抜けて大川の川面を駆け渡った。

二十九

二月十一日は朝から雲が厚かった。午後に入っても鈍色(にびいろ)の空は明るくならず、そのまどんよりとした日暮れを迎えた。

すでに上旬を過ぎたというのに、寒の戻りが厳しい。陽が落ちたあとに降り始めた雨は、氷雨になった。

こしきは六ツ半(午後七時)に、早々と提灯を引っ込めた。日暮れてから氷雨が降り出したことで、護岸作事の人夫たちがさっさと佐賀町の飯場(はんば)に帰ったからだ。

しかし、もっと大きなわけがあった。

昼間たずねてきた客のことで、賽蔵とゆっくり話をしたかったのだ。

「こしきのおけい様は、こちらでございましょうか」

人夫たちが昼飯を食べ終わってから、半刻が過ぎた八ツ（午後二時）前に、紋付姿のお店者がこしきをたずねてきた。

「おけいはわたしですが……」

戸口に立った、店には似合わない客を見て、おけいはいぶかしげな声で返事をした。

「てまえは日本橋駿河町の、三井両替店の支配人を務めております、清太郎と申します」

たずねてきた客は、三井の家紋が描かれた角樽（つのだる）を手に提げていた。

まだ八ツ前なのに空は重たくて、わずかに吹いている風は肌を刺すほどに凍えている。

なぜ三井の支配人がこしきをたずねてきたのかに合点がいかぬまま、おけいは土間に迎え入れた。立ち話では、支配人が気の毒に思えたからだ。

空いている腰掛けを勧めてから、おけいは流し場に入った。幸いにも、へっついにはまだ火が残っていた。焚きつけを投げ込み、炎が立ったところで薪をくべた。

燃え盛る火のなかに、炭を入れて火熾しをした。赤くなった炭火を七輪に移すと、支配人の足元に運んだ。

「今日みたいな日には、炭火がごちそうでしょうから」

「お心遣い、まことにおそれいります」

恐縮しながらも、清太郎は七輪に手をかざした。釜の湯が沸くと、おけいは焙じ茶を支配人に出した。

「三井さんが、なぜわたしどもに？」

支配人が茶をすすり終えてから、おけいが静かな口調で問いかけた。湯呑みを樽の卓に戻した清太郎は、おけいの正面に向き直った。

「こちらさまには、銭売りの賽蔵さんがお見えになるとうかがいましたものですから」

こしきに行けば賽蔵につなぎがつくと指図したのは、当主の次郎右衛門である。

奈良屋から銭座の話を聞かされた折りに、次郎右衛門は賽蔵のあらましも耳にしていた。が、こしきとのかかわりまでは、奈良屋は話していない。

この朝早く出入りの目明しを呼んだ次郎右衛門は、賽蔵の居場所を探り当てるように頼んだ。言いつけられた目明しは、深川の地廻りにたっぷり小遣いを与えて、賽蔵の立ち回り先を聞き出した。

「大島橋たもとにあるこしきという名の小料理屋に行けば、賽蔵さんにつなぎがつけられます。店はおけいさんというひとが、ひとりで切り盛りしているそうです」

次郎右衛門から二両の足代を貰った目明しは、ていねいな口調で聞き込んだ話を伝えた。次郎右衛門は聞き取った話を半紙に書き、それを示して清太郎に指図を下した。

賽蔵の名を聞かされて、おけいは顔色を曇らせた。賽蔵が三井とかかわりを持つなど、考えられなかったからだ。それよりなにより、なぜ三井がこしきに賽蔵が出入りしていると知っているのかが分からない。

支配人がどんな用向きなのかを話すまでは、口を閉じたままでいようと決めた。

「あるじから言付かったものをお届けにあがったまでで、他意あってのことではございません」

おけいの胸のうちを読み取ったのか、支配人はせわしない口調で一気に話し始めた。

「てまえどものあるじは、銭売りの賽蔵さんが五匁銀を熱心に売りさばいておられますことに、深く感じ入っております」

持参した角樽には、次郎右衛門がぜひとも賽蔵に賞味して欲しいと支配人に言付けた、灘の下り酒五升の切手が入っていた。

「てまえどもは御上のおカネを扱う本両替でありながらも、五匁銀を通用させる仕事を怠っておりました。その心得違いのほどを、賽蔵さんにお示しいただいたと、あるじは申しております」

それだけ伝えると、清太郎は家紋入りの角樽を置いてこしきから出て行った。

よほどの用がない限り、賽蔵は五ツ（午後八時）前にはこしきに顔を出す。それは分かっていたが、おけいはかならず寄って欲しいと記した書置きを、賽蔵の宿に届けた。

氷雨を番傘でよけながら、賽蔵は五ツ前に顔を出した。傘が小さすぎるのか、雨脚が強いのか、賽蔵が着た半纏のたもとがぐっしょりと濡れている。

手を貸して半纏を脱がせたおけいは、奥の座敷から綿入れを持ってきた。それを賽蔵に着せかける仕種は、まるで女房のようである。

袖の具合を直そうとして伸ばした賽蔵の手と、着替えを手伝うおけいの手とが重なりあった。賽蔵は手をどけず、おけいの手のひらのぬくもりを味わっているようだった。

おけいが先に手をはずした。

「いま熱いのをつけますから」

照れ隠しなのか、おけいが早口だ。賽蔵がふっと目元を崩した。

「おめえの書置きには、駿河町の三井がどうとか書いてあったが、なんのことでぇ」

「お燗をつけたら、ゆっくり話します」

流し場から答えるおけいの声は、いつもの調子に戻っていた。

三十

話を聞き終えた賽蔵は、わきにいるおけいを忘れて、三井次郎右衛門を思い描いた。

店構えはさほどに大きくはないが、三井両替店といえば、銭売り稼業の者には雲のはるか上の存在に等しい。そこの当主から、賽蔵は灘酒五升の切手をもらった。

三井のために、賽蔵が格別な働きをしたわけではない。それどころか、当主には会ったこともないし、店に入ったことすらないのだ。

大店の、それも本両替のあるじは、得意先へといえども軽々しく物を贈ったりはしない。ましてや本両替から見れば、吹けば飛ぶ存在でしかない銭売り相手である。当主が名乗って灘酒の切手を贈るなどは、よほどに肝を据えなければありえないことだ。

次郎右衛門が指している「心得違い」とは、五匁銀を敬遠する本両替の振舞いである。それは賽蔵にもすぐに呑み込めた。

分からないのは「心得違いのほどを、賽蔵さんに示していただいた」という次郎右衛門の言葉である。賽蔵は三井両替店のだれとも、五匁銀の掛け合いをやった覚えはない。店に行ったこともない賽蔵に、そんな掛け合いができるはずもなかった。

ただひとつ思い当たる節は、佃島漁師の小判を五匁銀に両替したことだ。しかしこれは、繁造たち漁師のこころざしが高かったのであり、賽蔵が両替を働きかけたわけではない。

漁師の行いで目が覚めたというのであれば、賽蔵に角樽を届けてくるのは筋違いだ。

なんだっておれに……。

それに合点がいかず、思案を巡らせた。

会ったこともない三井次郎右衛門を思い描くなかで、賽蔵は銭座で聞かされた本両替の話を思い出した。

「元禄三（一六九〇）年に、町奉行が江戸の両替商を呼び出したのが、本両替の興りだ」

こう前置きした上で、銭座の中西は何度も同じ話を賽蔵に聞かせていた。

元禄三年の六月に、江戸本両替町と駿河町に店を構えた両替商すべてが、町年寄奈良屋市右衛門方に呼び集められた。

「このたび大坂御金蔵の金銀御為替御用を、江戸両替商に申しつくることと相成った。御用請負いを望む者は、然るべく名乗り出るように」

奈良屋の呼びかけに応じたのは、駿河町の三井次郎右衛門、本両替町の大坂屋六右衛門など、十二名であった。

為替御用とは、公儀大坂金蔵のカネを江戸に送金する仕組みのことである。この基礎を築いたのは、三井両替店初代の三井高利だ。

高利は公儀への献策を高く評価されて、次郎右衛門という御用名前を拝命した。あとを継いだ次郎右衛門が為替御用に名乗り出たのは、しごく当然のことだった。

三井次郎右衛門と越後屋八郎兵衛が差配役となり、公儀との為替取組次第がまとめられた。

大坂御金蔵から渡される銀が五百貫までならば、受領後九十日限りにおいて、江戸御金蔵に上納する。

銀五百貫の担保として、家質、金八千四百両相当の家屋敷を差し出す。もしも御為替金上納が遅れたときには、家質召し上げの上、いかなる処罰を下されても異存はない。

三井次郎右衛門は、この約定書を差し入れて、為替御用を請負った。

銀五百貫は、およそ八千三百両余りとなる。家質八千四百両は、為替金に見合った額だった。

この為替御用の請負いが、公金扱いの事始である。このとき名乗り出た十二軒の両替商は、以来、幕府公金を取り扱う本両替と称されることになった。

なかでも三井は、為替の仕組みを考え出したことで、他の本両替からも一目置かれる存在となった。

「三井は、すべてにおいて目配りに抜かりがない。敵に回したら叩き潰されるが、筋目正しい商いをする者には、規模の大小を問わずに敬いのこころを抱いて接してくれる。筋を通して付き合えば、これほど心強い相手はいない」

中西は、いつもこの言葉で締めくくった。

筋目正しい商いをする者、か。

この言葉に行き当たった賽蔵は、なぜ次郎右衛門が角樽を遣したかが、分かったような気がした。

公儀から押し付けられて、半ばいやいや五匁銀の売りさばきを始めた。人気のない銀貨よりも、毎日五十貫文鋳造される、鉄銭売りに専念したかったからだ。

思いがけないことで知り合った佃島の漁師から、賽蔵は御上への恩義ということを教えられた。銭売りで世渡りができているのも、本を正せば公儀が認めてくれたがゆえである。

佃島の漁師以上に、賽蔵は御上に恩義があると思い知った。

それをわきまえてから、まだ十日にもならない。が、いまの賽蔵は、鉄銭と五匁銀の両方を懸命に売りさばいていた。

賽蔵が思案しているのは、水売り元締めへの売り込みをどうするか、だった。日銭の商いが桁違いに大きい水売りなら、鉄銭でも五匁銀でも、売り込める額は途方もなく大きくなる。

どんな伝手と思案とで、売り込みに行けばいいか。このことに、知恵を巡らせ続けた。

鉄銭と五匁銀。いまの賽蔵は、このふたつを切り離しては考えられなくなっていた。

銭売り仲間は別である。

連中には、五匁銀のことはわきに置いて、ひたすら鉄銭を売りさばくようにと指図していた。五匁銀の売れ行きを案ずるのは、おのれひとりで充分だと賽蔵は断じた。

三井さんのような、本寸法の両替商に誉めてもれえたんだ……。

それを思い返すと、つい頬のあたりがゆるんでくる。灘酒五升の切手も賽蔵には嬉しい。

どこの酒屋に持ち込もうかとあれこれ考えて、目の端をゆるめていたとき。

おけいが燗酒を盆に載せて寄ってきた。

「三井の支配人さんが角樽を届けにくるなんて、ほんとうに賽蔵さんは凄腕なのね」

酌をしたあと、おけいが腰掛けを賽蔵のすぐわきまで寄せた。髷を結ったびんつけ油の香りが、賽蔵には心地よかった。油の香りに重ねて、おけいからけだもののメスが発するような、強い匂いが漂い出ている。

いままで気づかなかった匂いをかいで、賽蔵が盃を卓に戻した。

「わたし、賽蔵さんが……」

これだけ言ったおけいは、あとの言葉の代わりに、賽蔵の肩に頬を載せた。鼻のすぐそばで、おけいの髷が香っている。少し顔を動かしさえすれば、おけいの濡れた唇におのれの唇が重ねられそうだった。

いつになくおけいの振舞いが大胆なのは、三井の支配人が心底から賽蔵を敬っていたからだろう。昔から想いを寄せてきた男が、天下の三井から大事に思われているのだ。秘めた想いに火が点いたのも無理はなかった。

「おれはおめえを好いている。おめえのことを想うと、寝られねえこともある」

おけいの頬を肩に載せさせたまま、賽蔵は土間に向かって想いを口にした。おけいが一段と強く、肩に頬を押しつけた。

「あと四月（よつき）、待っててくんねえ」

募る想いを抑えつけた賽蔵の声には、男の意地が充ちていた。声の調子に驚いて、おけいが身体を起こして賽蔵の目を見た。

「鉄銭売りと五匁銀の売りさばきが上首尾に運ぶようにと、今朝方、断ちものをして八幡様に願掛けした」

「断ちものって、なにを断ったの？」

「おれの命よりでえじなものさ」

賽蔵は相変わらず、おけいを見ようとはしなかった。おけいには、賽蔵がなにを断ったのかが、はっきりと伝わってきた。手を伸ばして、節くれだった男の手に触れた。

「願いがかなったら、おめえと夜明かしをさせてくれ」

「嬉しい」

おけいは両手で賽蔵の手を包み込んだ。

「今日てえ今日は……」

賽蔵の物言いが変わっている。おけいが両手を引っ込めた。

「日本橋の大店がどういう了見を持っているか、いやんなるぐれえに思い知らされた。半端なあるじじゃあ、感心したからてえんで、辻の銭売りに角樽を届けさせたりはしねえ」

「そうかもしれないわね」

「情けねえが仲町界隈にゃあ、三井さんみてえな目利きのできる商家のあるじはいねえ。駿河町と渡り合える器量の大きなひとは、鳶と貸元ぐれえだ」

賽蔵は、英伍郎と甲乃助を引き合いに出していた。

「あら、そんなことはないわよ」

めずらしくおけいが逆らった。

「だれかいるてえのか」

「お米問屋の野島屋さん」

おけいが自信たっぷりの調子で、野島屋の名を口にした。賽蔵が顔を曇らせた。

「そんな顔しないでくださいな」

「おめえだって、おれと野島屋の旦那の一件は知ってるだろうがよ」

「知ってますけど、それは賽蔵さんの思い違いです」

「どこがどう、思い違いだと言うんでぇ」

賽蔵の物言いは、つい今しがたおけいへの想いを口にしたときとは、別人のようだった。

「あのあと、野島屋さんの番頭さんがここに立ち寄ってくれたんです」

「おめえ、そんなことは言わなかったぜ」

「固く口止めされていましたから」

立ち寄った番頭は、昼飯のサバをぺろりと平らげた。ほかに客がいないことを見定めてから、野島屋当主が番頭に語った言葉をおけいに話した。野島屋は、おけいと賽蔵のなれそめも、すべて耳にしていた。

「いまどき、カネに転ばない男はめずらしい。心根がいやしくないからこそ、できることだ。目に曇りのないあの男なら、どんな大仕事でもやり遂げるだろう」

サバがあんまり美味かったものだから、つい口が軽くなったと言い添えて、番頭は野島屋が話したあらましをおけいに伝えた。

「賽蔵さんの器量を見抜けるひとは、きっとそのひとが目利きだからでしょう」

おけいが同意を求めて、賽蔵のたもとを軽く引っ張った。賽蔵を前にしたおけいには、こどもじみた素振りが残っていた。

賽蔵はおけいに取り合わなかった。

野島屋の話を聞かされて、考え続けてきた水売り元締めへの売り込み算段の、目星がついたからである。

「おけい、ありがとよ」

徳利の酒を手酌で注いだ賽蔵が、おけいに礼を伝えた。おけいにはわけが分からず、もう一度たもとを引っ張ろうとして手を伸ばした。

三十一

賽蔵は水売りのことで、幾つか思い違いをしていた。なかでも一番大きな勘違いは、水船の汲み場だった。

十年ほど前に、賽蔵は冷や水売りの親爺と付き合いがあった。夏場、椀に注いだ冷や水に白玉と砂糖を混ぜて売るのが冷や水売りである。

冷や水だけなら一杯四文、白玉三個を入れると六文だ。富岡八幡宮参道の木陰で商う親爺に、賽蔵は銭を卸した。深川には何人も冷や水売りが立っていたが、賽蔵は親爺の水が好みだった。

「とっつあんの冷や水は、どこで汲んでくるんでえ」

「水道橋さ」

「水道橋からここまで、とっつあんが担いで売りに来るてえのか」

見た目は六十年配の親爺である。水道橋から深川までは、近道を歩いても一里半（約んでいた。

「担ぎ通すのは骨だからよ。水船のわきに乗っけてもらうのさ」

このときのやり取りがあたまに残っていた賽蔵は、水船の汲み場も水道橋だと思い込んでいた。

さらにもうひとつ、宿に水を売りにくる宣吉の言ったことも、賽蔵の勘違いを後押しした。

「あっしが仕える芳太郎親方は、水船を三十杯も持ってやしてね。水道橋でも図抜けた元締めでさあ」

宣吉は、元締めが水道橋にいると言ったまでだった。冷や水売りの言ったことを覚えていた賽蔵は、汲み場が水道橋だと思い込んだ。

おけいが軽く口にした野島屋の名は、思案に詰まっていた賽蔵に、ひとすじの光明をもたらした。

二月十二日、十三日の二日とも氷雨が降り続いた。夏場の雨なら降っていても客が寄ってきたが、氷雨のなかの銭売りは商売にならない。

得意先への銭納めを手早く済ませた賽蔵は、十三日の四ツ（午前十時）過ぎから水道橋まで出向いた。水汲み場所を、おのれの目で確かめたかったからだ。

神田川に降る冷たい雨が、川面に無数の丸い紋を描いている。その川沿いを歩いてみたが、どこにも水船は見えなかった。

「ちょいとおせえてもらいてえんだが」

半纏の前を閉じ合わせて歩く職人髷の男を、賽蔵は呼び止めた。

「寒くてしゃあねえから、用があるなら手早く訊いつくれ」

「さっきから水汲み場を探して歩いてんだが、どこにも見当たらねえ」

「なんでえ、水汲み場てえのは」

風に流された氷雨が、半纏の脇腹を濡らしている。男の声は無愛想そのものだった。

「あっしは深川のもんだが、毎日水船が飲み水を売りにくるのよ」

「とっつあんは、その水の汲み場をここで探してるてえのかよ」

年若い男は、賽蔵をとっつあんと呼んだ。厄年を過ぎた賽蔵だが、ひとからとっつあん呼ばわりされた覚えはない。込み上げる腹立ちを抑えつけて、男にうなずいた。

「そいつあ、とんだお門違いだ」

男は雨の中で、江戸城の方角を指差した。

「水汲み場は、道三堀に架かる銭瓶橋のたもとだぜ」

「ほんとうかよ、それは」

水道橋だと思い込んでいた賽蔵は、とっつあん呼ばわりされた腹立ちもあり、男の言い分を素直には呑み込めなかった。

「なんでえ、てめえ。ひとにものを訊いときながら、ほんとうかよはねえだろう」

「気に障ったなら勘弁してくんねえ」

賽蔵は気のこもっていない、口先だけの詫びを言った。それで男がさらにいきり立った。

「こんなくそ寒いなかで呼び止めた上に、おれにあやをつけようてえのか」

「そんな気はさらさらねえ」

賽蔵はぞんざいな口調で言い返した。

「気にいらねえじじいだぜ」

男は番傘をその場に投げ捨てて、賽蔵に殴りかかった。が、それは素人が力任せに繰り出したこぶしだった。

賽蔵は右手に番傘を持ったまま、軽く体をかわした。男がぬかるみのなかで、から足を踏んだ。

「てめえ……」

怒りで目を尖らせた男は、もう一度同じこぶしを突き出した。賽蔵は左手ひとつで、男の手首を摑んだ。そして指先に力を込めた。

「いててて……」

うめき声を漏らして、男の腰が砕けた。

間近で見ると、まだ二十歳そこその若者だった。腹立ち紛れに年甲斐もないことをしたと思った賽蔵は、左手の力をわずかにゆるめた。

「おれの口の利き方がわるかった。勘弁してくんねえ」

男の耳元で、正味の詫びを口にしてから手を離した。

「なんてえじじいだ」

傘を拾った男は、賽蔵を見ようともせずに歩き去った。

こどもいじめをしちまった……。

胸のうちでおのれに毒づいてから、賽蔵はその場を離れようとした。ふっと足元を見たら、細縞の紙入れが落ちていた。

いま歩き去った男が落としたものだ。追いかけようとしたが、男は早く賽蔵から離れたかったらしく、すでに姿が見えなかった。

氷雨が降り続いており、神田川沿いの道には人影がなかった。番所に届けたときの手がかりが入っていないかと、賽蔵は氷雨のなかで紙入れの中身をあらためた。

小粒がふた粒に文銭が十枚、それに印形と、三枚の五匁銀が入っていた。黄楊を用いた立派な印形で、源太郎と彫られている。

小粒と五匁銀を合わせれば、およそ一貫百文である。二十歳ぐらいの男が持つ紙入れにしては、カネも印形も歳とは釣り合っていない。

さりとて紙入れは、ひとから盗んだ物とは思えなかった。銭売り稼業で数知れずの紙入れを見ている賽蔵には、いま拾ったものは若造の持ち物だと確信できた。落としたことに気づいて戻ってくる男と、どこかで行き会うかも知れねえ。

そう判じた賽蔵は、紙入れを仕舞って道三堀に向かった。若造から教わった通り、銭瓶橋のたもとには、何杯もの水船が集まっていた。水汲み場は銭瓶橋と、反対岸に架けられた一石橋たもとの二カ所に設けられていた。

賽蔵は水汲み風景を初めて見た。

水船が汲んでいるのは、江戸市中を流れてきた水道の余り水である。銭瓶橋の樋から
こぼれ落ちている水は、神田上水の余水だ。

十一日の日暮れどきからの雨は、いまだに降り続いている。神田上水が増水しているらしく、樋から出る余水には勢いがあった。雨でもさほどに濁っていないのは、神田上水を役人が見張っているからだ。

水船は、ひっきりなしに道三堀に入ってきた。船頭は器用な棹さばきで、樋の下に水槽を回した。賽蔵は寒さを忘れて、初めて見る水汲みに見とれた。

「そんなにおもしれえかよ」

水汲みの順番待ちをしている船頭が、石垣の上に立つ賽蔵に話しかけてきた。

「ずいぶんでけえ水槽でやすが、どんだけへえるんで？」

「ちいせえ船で五十荷（約二千二百五十リットル）、あっちのでけえ船なら七十荷（約三千百五十リットル）は積めるぜ」

答える船頭は、寒さのせいで声がくぐもっていた。

この水槽の大きさも、賽蔵は思い違いをしていた。見た目の見当で、百荷は積めると思っていたのだ。

氷雨のなかを水道橋まで歩いたことで、賽蔵は元締めに売り込む思案の、肝心なことを誤らずに済んだ。深川に戻る足取りは、雨歩きとは思えないほどに軽い。

紙入れのことは、すっかり忘れていた。

三十二

二月十五日の夜五ツ（午後八時）に、賽蔵と、主だった銭売り五人がこしきに集まった。

銭売りは相生橋の隆三、蓬萊橋の時十、平野橋の源一、江島橋の光太郎、それに富岡橋の佐吉である。

「雨続きだったが、ようやく晴れた。まずは一杯やってくれ」

賽蔵が最初に徳利を差し出した相手は、最年長の時十である。海辺新田の農家がおもな客先の時十は、この数日は銭を背負って雨のあぜ道を歩いていた。

「とっつあんには氷雨がこたえただろう」

「そんなこたあねえ。おめえと幾らも歳は違わねえだろうが」

五十四歳の時十が、愛想のない答え方をした。もともと口数の少ない時十だが、このときの物言いには棘があった。

賽蔵もそれを感じたが、構わずに徳利を次の銭売りに差し出した。

五人は賽蔵が呼び集めていた。いずれも銭の売りさばきで、賽蔵が頼みにしている男ばかりである。

中西から相談を持ちかけられて以来、賽蔵は五匁銀の売りさばきにかかりきりになっている。集まった五人は、数日続いた雨のなかでも、着実に銭を売り続けた。そのねぎらいで、賽蔵が酒を振舞うことにしたのだ。

「佃島の漁師さんたちは、てえした器量ぞろいだ。そうだろう、隆三？」

佃島は隆三の得意先である。賽蔵が徳利を差し出しているとき、おけいがサバの塩焼きを運んできた。

「そろそろ寒サバもおしまいだけど、今日のは脂ののりがいいから。河岸でいっぱい仕入れておいたから、遠慮せずにお代わりをしてくださいね」

「お代わりって……おけいさん、今日は売れ残ったのかい？」

五人の中で一番年若い佐吉が問いかけた。

「ばかやろう。おけいさんに、なんてえことを言いやがるんでえ」

平野橋の源一が佐吉をたしなめた。

「おれっちが集まるてえんで、わざわざ取り置いてくれたに決まってるじゃねえか」

「そうか」

佐吉があたまをかいた。

「おけいさん、勘弁してくんねえ」

「いいんですよ、そんなこと」

おけいが笑顔を残して引っ込んだ。

いつもなら、こんなやり取りがあれば銭売りたちは大いに盛り上がった。ところがこの夜は佐吉を含めた五人ともが、あとの話もせず、黙々とサバの塩焼きに箸をつけた。

「なんでえ、みんな。酒が足りねえか」

場が湿っているのを気にした賽蔵は、おけいに燗酒を急ぐようにと言いつけた。

「酒が足りねえわけじゃねえ」

箸をおいた時十が、賽蔵に目を向けた。

「こうして呼び集めてもれえたのは、おれたちにも好都合だ。あんたに言いてえことを、だれもが肚に抱えているからよ」

時十が渋い声音で言い放った。それなりの心積もりをしていた賽蔵は、格別に驚いた様子もみせなかった。

「時季外れの氷雨が上がったばかりだ。構わねえから、思ってることを言ってくれ」

賽蔵も箸をおいた。

焼き上がった代わりのサバを、おけいが運んできた。場の気配を察したらしく、おけいは皿を卓に載せると、口を閉じたまま賄い場に戻った。

「口開けはだれでえ？」

賽蔵は五人を見回した。仲間から目顔でうながされて、佐吉が賽蔵に向き直った。

「賽蔵さんの仕切りに、格別の文句があるてえわけじゃねえんでやすが……」

「そうじゃねえだろうがよ」

佐吉の言葉を隆三が抑えつけた。

「おれはまどろっこしいことが苦手だ。はっきり言わせてもらいやすぜ」

「好きにやってくれ」

賽蔵が佐吉から隆三に目を移した。

「かしらはこんところ、銭売りにまるっきり身がへえってねえ。へえってねえどころか、五匁銀を売りまくってて、おれたちの銭売りの足を引っ張ってやすぜ」

手酌で盃を満たした隆三は、強い調子で酒を呷(あお)った。

「佃島の漁師連中は、やたらとかしらを持ち上げるんだ。評判のいいのはおれにも嬉しいことだが、連中は銭を買わねえで、五匁銀を売れ売れと言うばかりだ」

話しているうちに気が高ぶったらしく、隆三が目の端を吊り上げた。

「おれは銭売りだ、銀は持ってねえてえ言うほかはねえ。ところが連中は、賽蔵さんはそんなことは言わねえよと口を揃える始末だ。おかげでこの何日かは、日に一貫文も売れやしねえ。連中は銭を買う一分金を、かしらが行くまで仕舞い込んでやがるんでさ」

一気に吐き出した隆三が、ふたたび手酌で盃を満たした。

賽蔵は残り四人の言い分を聞こうとして、口を開かなかった。

「あっしは隆三とは逆で、五匁銀をじゃらじゃら出されて往生してやす」

隆三と同い年の光太郎が、首から下げていた巾着を外した。紐をゆるめると、数枚の五匁銀を取り出した。

「洲崎で遊ぶ連中は、なにかてえと五匁銀を払いに遣うらしいんでさ。手元に残しておくのがいやそうだと、茶屋の姐さんたちがそう言ってやす」

光太郎は一枚の五匁銀をつまんで、賽蔵のほうに突き出した。

「よその銭売り連中は五匁で三百十文でやすが、あっしらは鉄銭を売らなきゃで、三百三十文でさ」

時十を含めた銭売り四人が、光太郎の言い分に大きくうなずいた。

「てめえらの儲けを削ってまで鉄銭を売ってるてえのに、洲崎で受け取るのは、先行きの分からねえ五匁銀ばかりでさ。できりゃあ断わりてえんだが、かしらが先に立って売り歩いてる銀を、邪険にすることもできねえ」

光太郎が五匁銀をつまんだまま、賽蔵に向かって身を乗り出した。

「てえげえのところで五匁銀をやめてもらわねえと、鉄銭を売るあっしらの口が干上がっちまうんでさ」

「どういうことでえ」

賽蔵が口を開いた。努めて穏やかに言ったつもりだったが、苛立ちがはっきりとあらわれていた。

「どういうことでえはねえだろう」

年長の時十が、光太郎の続きを引き取った。

「おれたちは、銭を売っておまんまを食ってるんだ。銭と引き換えに客から五匁銀ばかり受け取ってたんじゃあ、危なくてやってられねえてえことよ」

「時十さんもおめえたちも、そんなに五匁銀がいやだてえのか」

賽蔵が銭売りたちを見回した。両目が光っており、あたかも五人を睨めつけているようだ。隆三は負けずに強い目で睨み返していた。

尖った気配を取り成すように、年下の佐吉が作り笑いを浮かべて賽蔵を見た。

「受け取るには、額が大き過ぎるんでさ。それをみんなが案じてるんで……」

佐吉が気まずそうな顔で、残り四人の思いを代弁した。

銭売りが両替で受け取るのは、ほとんどが一匁の小粒銀である。これは何十年もの間みんなに遣われており、しっかりと値打ちが定まっていた。

しかもひと粒が一匁ゆえ、つり銭がいらない。小粒銀三粒で、百文緡(ひゃくもんざし)三本が佐吉たちの銭売り相場なのだ。

五匁銀を出されると、三百三十文という半端な銭を売ることになる。

「三本でいいから」

客に言われると、百文緡三本に、三十二文のつり銭が入り用なのだ。

賽蔵配下の銭売り十一人は、胸のうちでは五匁銀を嫌っていた。これまでも公儀は何度も改鋳やら新貨の鋳造を繰り返してきた。そして、その都度、貨幣の品位を落とした。

値打ちが下がった金貨や銀貨は、商家が嫌い、受け取りを拒んだ。が、小判や一分金などの高額貨幣は、町場の暮らしで遣うことはまれだ。それゆえ銭売りの客には、大して影を落とすこともなかった。

このたびは五匁銀である。御上にせっつかれた大店の商人たちは、渋々ながらもそれなりの額を通用させた。

それが巡り巡って、職人たちの手間賃支払いなどにあてられた。裏店の暮らしは、四文、八文の買い物がほとんどだ。五匁銀は一枚で三百三十文にも相当する。これをそのまま支払いに回せるのは、店賃ぐらいだ。

遣いにくい高額の銀貨であることに加えて、町民たちは値打ちが下がった貨幣だと思い込んでいた。

銀座が鋳造した明和五匁銀は、計数貨幣でありながらも、量目は五匁そのものである。いわば一匁の小粒五粒と同じなのだが、新貨にこりごりしている町民は、銀座の言い分を本気にしなかった。

よそから受け取るなり、銭売りに差し出して銭に取り替えた。銭売りも手元に留め置くことをせず、さっさと深川銭座の仕入れに用いた。

銭座請け人中西の手元には、膨大な数の明和五匁銀が市中から戻ってきた。

賽蔵が幾ら売りさばいても、一向に五匁銀が減らない。減らないどころか、賽蔵配下の銭売りが先を競って銭座に持ち込んでいる。

「もう少し、おまえの下の連中が五匁銀を大事に扱えないものか」

賽蔵は中西から叱責を受けていた。

そんな思いを抱えて五人を呼び集めたら、年長者の時十が音頭を取る形で五匁銀を責め立てた……。

「年上の時十さんが先に立って煽ったんじゃあ、話がまとまるわけがねえ」

我慢が切れた賽蔵が、時十の振舞いに文句をつけた。

「なんでえ、それは。あんたの物言いは、開き直りに聞こえるぜ」

「そんな気はさらさらねえ」

賽蔵が五人を順に見た。

「おれたちは御上と深川銭座のおかげで、飯が食えてるんだ。おめえたちの言い分は分からなくもねえが、銭座の中西さんが往生しているいまは、文句を引っ込めて助けるのが務めじゃねえのか」

賽蔵は佃島が持ち場の隆三に目を合わせた。

「島の漁師さんたちは、御上のおかげで白魚獲りができてるてえんで、蓄えのあらかたを五匁銀に両替してなさる。そいつあ、おめえがだれよりも分かってるだろうが」

「知ってますぜ」

隆三が即座に応じた。

「聞いちゃあいやすが、あちらさんてえのは漁師とは言っても何十両、何百両の稼ぎがあるお大尽でさ。おれたちとは稼ぎが違い過ぎやすぜ」

いつもは賽蔵の指図をすぐさま受け入れる隆三だが、いまは目を剝いて歯向かっていた。

「あっしらがたとえやりたくても、手元に五匁銀を蓄えておけるような身分じゃねえ。一文、二文の口銭でおまんま食う身でさ。かしらがどう言われようが、先行きの分からねえ銀を抱えることはできねえ」

気を高ぶらせた隆三が、腰掛けから立ち上がった。

「なんでえ、途中でけえるのか」

座ったままの賽蔵が、隆三をきつい目で睨んだ。

「おめえがその調子なら、おれもけえらせてもらうぜ」

時十が立ち上がり、隆三のわきに並んだ。源一と光太郎がそれに続いた。

佐吉は賽蔵から目を逸らして、一番最後に立ち上がった。

「そう出るなら仕方がねえ」

賽蔵は顔の前で右手を振った。

出て行けと言われた五人は、サバの塩焼きを食べ残したまま、土間から離れた。

賽蔵は目を怒らせたまま、顔の前で両手を組み合わせていた。

三十三

「お疲れ様でした」

だれもいない土間に、おけいが燗酒を運んできた。

「わたしも一杯いただいていいかしら」

むずかしい顔のままの賽蔵に、おけいが笑顔で話しかけた。

「好きにしてくれ」

「なによ、賽蔵さん。お酌ぐらいしてちょうだい」

「おれがそんな気分じゃねえのは、おめえも分かってるだろうがよ」

いつになく、賽蔵は尖った物言いでおけいに応じた。おけいはそんな賽蔵には取り合わず、笑顔を崩さなかった。

「あんないいひとたちがいてくれて、賽蔵さんは幸せ者ね」

おけいが手酌で盃を満たした。

「ひとの苦労も知らねえで勝手なことを言う連中の、どこがいいひとなんでぇ」

賽蔵が本気でおけいに毒づいた。

「ひとの気を知らないのは、お互いさまだと思うけど」

「なんでぇ、おけい。今日は妙に連中の肩を持つじゃねえか」

「だってその通りだもの。時十さんたちが苦労しているのを、賽蔵さんは知らないでしょう?」

「とっつあんが苦労だと?」

「そうよ。時十さんが氷雨の中を、重たい鉄銭を担いで歩く後ろ姿を、わたしは見ましたから」

おけいは言葉の調子を変えず、賽蔵の目を見た。

「鉄銭が重てえのは、いまに始まったことじゃねえ。だれもがやってることじゃねえか」

「わたしに食ってかからないで」

おけいが初めて口調をきつくした。賽蔵は口にしかけた言葉を呑み込んだ。

「まだ歳というほどでもないけど、時十さんがぬかるみのあぜ道を歩くのは、楽ではないと思います」

賽蔵の口を抑えてから、おけいは時十を見かけた日の次第を話し始めた。

おけいは日本橋まで、毎日買い出しに出かけている。

晴れても降っても、護岸作事を急ぐ岡田屋鉢衣文は、人夫や職人の尻を叩いて働かせた。その代わりに、昼飯と仕事仕舞いのあとの酒には、銭を惜しまずに振舞った。

賄いはすべておけいが引き受けていた。そのために、買い出しは天気にかかわりなく欠かせなかった。

賽蔵が水汲み場を探して水道橋に出向いた、二月十三日。その同じ日に、おけいは魚河岸から帰ったあと、五ツ半（午前九時）過ぎに雨のなかを海辺新田まで出向いた。

ここの農家が作るだいこんは、辛味の按配に優れていた。おけいが塩を利かせたサバ焼きに添えるだいこんおろしには、どこの品よりも適している。

ちょうど買い置きを切らしていたことで、おけいは店を開ける前に農家まで足を運んだ。

こしきから農家までは、大横川伝いに往き帰り半里（約二キロ）の道のりだ。だいこんを提げて帰ることを思い、おけいは傘ではなしに蓑笠の雨具で店を出た。

二月中旬だというのに、雨は冷たい。大川から吹く風にも、凍えがたっぷり残っていた。むき出しの手をこすり合わせながらあぜ道に差しかかったとき、半町（約五十五メートル）ほど先を歩く時十の後ろ姿が目に入った。

時十も蓑笠を着ていた。背中が大きく膨らんでいるのは、背負子（しょいこ）にのせた銭函（ぜにばこ）を背負っているからだ。

背を曲げて、足元を一歩ずつ確かめながら歩いている。おけいは近寄ろうとして足を速めた。が、何歩も歩かぬうちに足取りを元に戻した。

後ろ姿からは、ひとの助けを拒む強い気配が漂い出ていた。時十はどんなときでも、二貫文（約七・五キロ）の銭を担ぐと賽蔵に聞かされたことを、おけいは思い出した。背負った重さこそが銭売りの矜持……。

氷雨のなかを一歩ずつ踏みしめて歩く時十は、後ろ姿でそれを示していた。

おけいは足を速めることもできず、時十から半町の隔たりを保って歩いた。あぜ道の両側は、枯れた切り株の残った田んぼである。凍えそうな雨を浴びながら、ひとりの農夫が稲を刈った切り株を引き抜いていた。

「雨んなかで、精が出ることだ」

時十が農夫に声をかけた。

「その声は時十さんかい？」

「なんだ、おとめさんか」

農夫に見えたのは、女だった。

ふたりの邪魔をしないように、おけいは足を止めてあぜ道の端に立った。

「どんなわけがあるかは知らねえがよう。なにもこんな冷てぇ雨んなかで、切り株をひとりで引っこ抜くこともねえだろうが」

「そうもいかないんだよ」

おとめが腰を伸ばして時十に近寄った。

「うちじゃあ二月十三日に古い根株を抜くのが、先祖代々からの決め事だからさ」

「だとしても、おとめさんがひとりでやるこたあねえ。亭主はどうしたよ」

「間のわるいことに、ゆんべから風邪で寝込んじまってさ。こんところの雨で冷え込んだのが、身体にさわったらしいのよ」

おとめがしゃべると、口の前が白く濁った。それほどに雨が凍えていた。

「しゃあねえ。おれも手伝うぜ」

時十は藁沓履きのまま、田んぼに入った。まだ水が引き込まれていないが、雨で土がゆるくなっている。おとめが止めたが、時十は構わずに入った。

「いつもおれから銭を買ってくれるんだ。こんなときこそ手伝わねえと、大きな顔ができねえてえもんだ」

時十は銭函を背負ったまま、切り株を抜き始めた。

「ほんとうによしとくれよ」

おとめが時十に近寄った。

「時十さんの気持ちは、充分にもらったから」

「だってまだ、半分も終わってねえだろうが」

「十三日に、田んぼに入りさえすりゃあいいんだよ。あとは天気のよい日に出直すから」

おとめは時十の手を引いて田んぼから出た。

「ほんとうに律儀なひとだねえ」

泥まみれになった時十の藁沓を見て、おとめが感じ入ったという声を出した。

「そんなに気を使わなくたって、新田の農家はどこも時十さんからしか、お足は買わないんだから」

「分かってるさ」

時十が藁沓の泥を手で払いのけた。

「分かっちゃあいるが、そうかと言って難儀しているおとめさんに、知らぬ顔もできねえ。銭売りはひとの役に立つのが本分だてぇのは、うちのかしらの口ぐせだからよ」

「へええ……いいおかしらだねえ」

氷雨に打たれながら、おけいはふたりのやり取りを聞いた。凍えていた手の先が、ほんのりとぬくもったような気になった……。


「時十さんはみんなの手前、きついことを言ったんでしょうけど、賽蔵さんをすごく大事に思ってるわ」

おけいが徳利を差し出した。賽蔵の顔つきが穏やかになっていた。

「賽蔵さんは五匁銀の売りさばきで大変でしょうけど、時十さんたちも賽蔵さんには全部を言えない苦労をしていると思います」

おけいが親身のまなざしで賽蔵の目をのぞき込んだ。

「いきがかりの口争いで、あのひとたちは帰ったんでしょう？」

「そうだ」

「お話の途中で帰ったからといって、わるく言ったりしたら八幡様の罰（ばち）が当たるわよ」

おどけた口調で、おけいは話を締めくくった。賽蔵は黙ったまま、注がれた酒を呑み干した。

「すまねえが、サバを五枚焼いてくれ」

「いいけど、どうするの？」

「決まってるじゃねえか。とっつあんたちに届けるのさ。どうせ時十さんの宿に集まって、ぶつくさ、おれのわるくちをこぼしてるにちげえねえ」

賽蔵の物言いは乱暴だったが、顔にはきまりわるそうな笑いが浮かんでいた。

「いいわね。わたしも一緒に連れてって」

立ち上がったおけいの顔が、明るくはずんでいた。

三十四

二月十五日に始まった晴天は、十七日も続いた。それまでの氷雨が嘘だったかのように、陽気は日ごとに暖かくなった。

昨十六日夜、賽蔵は銭売り十一人全員と、したたかに呑んだ。互いに抱え持っていたわだかまりが解けて、酒盛りは町木戸が閉じる四ツ（午後十時）ぎりぎりまで続いた。

その酒が残っていた賽蔵は、いつもより遅く、五ツ（午前八時）過ぎに目覚めた。

身体はまだ眠りを欲しがっていたが、腹の調子がゆるく、便意を催して目が覚めた。

立ち上がると、下腹のあたりがゴロゴロと鳴っていた。土間に降りた賽蔵は、水がめにひしゃくを突っ込み、ひしゃくからじかに水を飲み干した。

うめえ。

酔い覚めの水、千両という。一杯では喉の渇きがおさまらず、立て続けに二杯を飲んだ。

それでなんとか渇きはおさまったが、腹の調子がさらにゆるくなった。下帯の結び目をゆるめてから、賽蔵は井戸端のかわやに向かった。

五ツ過ぎの長屋は、いつもなら女房連中が井戸端で洗濯を始めている時刻である。ところがこの朝は、何人もの職人がまだ仕事には出ておらず、かわやの前に列をなしていた。

「はやく代わってくんねえ」

かわやの前に並んだ男たちが、口々にせっついた。

「めえったぜ……」

尻を押さえた男が、情けなさそうな声を出した。賽蔵がかわやの列に加わったときには、おとなの男ばかりが四人、先に並んでいた。

だれもが便意をこらえきれない顔である。賽蔵の腹も、いやな音を立ててせっついていた。

三軒長屋が四棟並ぶ徳右衛門店には、井戸がふたつと、かわやが五つある。こらえるのがつらくなった賽蔵は、ほかの場所へ向かった。

行ってみると、そこには女房連中が顔をしかめて並んでいた。

なにが起きたんでぇ……。

賽蔵は胸のうちで愚痴ってから、差配の徳右衛門の宿に向かった。木戸のとっつきにある徳右衛門の宿だけは、狭い庭の隅にかわやが構えられている。我慢がきかなくなっている賽蔵は、差配の宿へと急いだ。

「すまねえが差配さん、かわやを使わせてくんなせえ」

「いいとも。今朝はばかに、うちのはばかりが人気だよ」

いぶかしげな顔の徳右衛門が、賽蔵を招き上げた。用足しをして人心地ついたあと、賽蔵はあらためて差配に礼を言った。

「長屋の連中が、朝から腹を下しているようだが……おまいさんもそうかい？」

「寝起きの水を一杯やるめえから、妙に腹がゆるかったんでさ。差配さんは、なんともねえんで？」

「あたしもばあさんも、通じはあるが、いつも通りだ。なにか妙な物でも、口にしたんじゃないのかい」

「あっしは、宿ではほとんど煮炊きはしやせん。今朝もまだ、なにも食ってねえんで」

答える途中で、ふたたび便意が襲ってきた。

「すまねえ、もう一度……」

賽蔵がかわやに飛び込んだ。


四ツの鐘が鳴る直前に、賽蔵は黒船橋に差し掛かった。この日の天気がよければ銭売り十一人が顔を揃えて、鉄銭大売り出しをすると昨夜の酒盛りで決めた。

このところ五匁銀の売りさばきに躍起になっていた賽蔵も、顔を出して一緒に景気づけをする段取りだった。

橋の欄干には『深川銭座』ののぼりが縛り付けられている。鉄銭を初めて売り出した、去年にこしらえたのぼりだ。大横川の風を受けてはためいているところに、ひたいに脂汗を浮かべた賽蔵が顔を出した。

「どうしやした、かしら。顔色がよくありやせんぜ」

寄ってきた隆三が、賽蔵の様子を案じた。

「おめえたちは、腹の具合はなんともねえのか」

「べつにどうてえことはありやせん。かしらの様子がよくねえのは、腹の調子がいけねえんで？」

「どうにもゆるくてしゃあねえんだ」

腹のあたりに手を当てて、賽蔵がつらそうな声で答えた。

「おめえ、顔色が真っ青だぜ」

賽蔵の様子を見て、時十がしわの寄った顔を曇らせた。

「無理をしてねえで、宿にけえって休んでくだせえ。ここはあっしらが、しっかり引き受けやすから」

「そうしたほうがいい。おめえの顔色は尋常じゃねえ」

賽蔵が着ている唐桟の袖を引いて、時十が徳右衛門店に帰そうとした。

「ここから一番近いのは、佐吉だな」

賽蔵に名指しをされて、百文緡をこしらえていた佐吉が近寄ってきた。佐吉の宿は蛤町の裏店である。

「この川沿いを行けば、すぐ宿でさ」

「すまねえが、おめえんところで休ませてくれ」

「そいつあ構いやせんが、かしらの宿もすぐでやしょうに」

「うちじゃあ、駄目だ」

長屋の連中があらかた腹をこわして、かわやが使えないと佐吉に聞かせた。

「なにかありやしたんで？」

銭売り連中が、賽蔵の周りに集まってきた。

「わけが分からねえんだ。朝起きたら、腹がゆるくてよう」

「それでかしらは、おれたちに腹の具合を訊かれたんで」

賽蔵が苦しそうな顔でうなずいた。

「おれたちはなんともねえぜ」

時十が銭売りを見回した。だれもが大きくうなずいた。

「長屋中が腹を下しているてえのは、食あたりてえことですかい？」

「そんな見当だろう」

光太郎が、しかつめ顔でつぶやいた。

「光太郎の言い分に逆らうが、そいつあ、妙な話だぜ」

「なにか違うことを言いやしたか」

光太郎は、得心できないという物言いで時十に問いかけた。

「食あたりてえのは、貝だとか魚だとか、同じ物を食った連中が、いっぺんにかかる病だ。そうだな？」

「その通りでさ」

「かしらは宿では、ほとんど煮炊きはしねえ。ゆんべも飯は、おれたちと一緒に食ってるんだ。そのおれたちがなんともねえてえことは、呑み屋で食った物じゃねえだろう」

「だからおれは、長屋の物だとそう言ってるんでさ」

「分からねえやつだな、おめえも」

脂汗を浮かべている賽蔵のわきで、光太郎に向かって時十が声を荒らげた。

「かしらは長屋では物を食ってねえてえんだ。それなのに、なんだって食あたりにかかっちまうんでぇ」

「そういうことか……時十さんの言う通りでさ」

光太郎が得心した。

「話はその辺で仕舞いにしてくれ」

賽蔵の腹が、またもや激しく暴れ出していた。

「あっしが一緒に行きやす。長屋の連中はかしらの顔を知りやせんから」

「そうしてやってくれ」

時十に指図された佐吉は、賽蔵と連れ立って黒船橋を離れた。

「あとで熊の胆を持ってくからよう」

後ろ姿に、時十が声を投げた。

銭売り連中が佐吉の宿に顔を出したのは、陽が傾き始めた七ツ（午後四時）である。

賽蔵は眠るでもなく、乾いた顔で土間に腰をおろしていた。

「どうでえ、様子は？」

「すまねえとっつあん、世話をかけて。どうやら腹は、按配がよくなってるようだ」

「そいつあ何よりだ。食あたりの頓服を持ってきた」

時十が手渡したのは、真っ黒な熊の胆の丸薬である。隆三が水がめから湯呑み一杯の水を汲んで、賽蔵に差し出した。

「にげえからよ。たっぷりの水と一緒に飲むほうがいいぜ」

腹下しが続いている賽蔵は、身体から水気が抜けている。隆三が汲み入れた水を、熊の胆とともにひと息で飲み干した。

「源一と隆助とが、徳右衛門店の様子を見に行ったんだ」

「そいつはすまねえ。とんだ手間をかけちまったぜ」

「水くせえことを言うんじゃねえ」

源一たちの代わりに、時十が賽蔵の口を抑えた。

「それでどうだった、長屋は。もうおさまってたかい？」

「そうとも言えやせん」

賽蔵に問われて、隆助が見てきた様子を話し始めた。

「かしらは長屋中の連中だと言いやしたが、腹を下しているのは十二軒のうち、かしらを含めて七軒でやした」

「そんなことまで聞き込んできたのか」

「いつもはぼんやりしてやすが、いざとなりゃあ、あっしも源一あにいも仕事には抜かりがねえんでさ」

隆助の軽口を聞いて、つらそうな顔をしていた賽蔵も目元をゆるめた。

「時十とっつあんが言ってた通り、食あたりだとすると、どうにも辻褄が合わねえんでさ」

源一と隆助は、腹をこわしている六軒をそれぞれたずねて、十六日になにを食べたかを聞き取った。

夕食に食べたものはどの家もまちまちで、ひとつとして重なり合う品がなかった。

「喉が渇いてしゃあねえ。すまねえが、もう一杯汲んでくんねえ」

話の途中で、賽蔵が水を欲しがった。からの湯呑みを受け取った隆三が、なみなみと水を注いで差し出した。

「話の腰を折っちまったが、身体から水が抜けちまったらしい。どうにも喉が渇いてしゃあねえんだ」

賽蔵が、またもやひと息で飲み干した。

「うめえ水だ。おめえはだれから水を買ってるんでえ」

「芳蔵てえ水売りでやすが」

「うちにくる宣吉のもうめえが、この水もなかなかのもんだ」

「そいつあ、かしらの喉が渇いてるからでやしょう。芳蔵さんは年食ってるもんだから、なにかてえと水売りを休むんでさ」

佐吉が口を尖らせた。

深川の住人には、水売りは暮らしの命綱も同然である。売り方にむらがあると、客はたちまち水に困った。

「あっ……水がわるいんでさ」

光太郎が大声を出した。賽蔵を含めた十一人が、光太郎に目を向けた。

「かしらんところに売りに来ている水に、いけねえものが混じってたんでさ。だから物も食わねえかしらが、あたっちまったんだ」

「それも妙だぜ」

またもや時十が異を唱えた。

「長屋中がおんなじ水を飲んでるてえのに、なんだってあたるのとあたらねえのが出るんでえ」

「生水を飲んだんでしょう」

今度は光太郎が引かなかった。

「かしらは湯冷ましじゃあなしに、生水を飲んでやせんか」

「飲んでる……」

賽蔵がすぐさま答えた。

酒盛りから帰った賽蔵は、寝る前にひしゃく三杯の水を飲んだ。今朝の寝起きでも、同じ水を飲んでいた。

「きっと生水にあたったんでさ」

光太郎が口にした見当に、時十も得心したようだった。

三十五

光太郎の見当は図星だった。

十八日の夕刻、水売りの宣吉がしょげ返った顔つきで賽蔵の宿をおとずれた。この日の賽蔵は、身体が本調子ではなく、一日外出をせずに宿にこもっていた。

「とんだ不始末をしでかしやした」

入ってくるなり、宣吉は土間に土下座をした。

「ばかなことをするんじゃねえ」

賽蔵の声音は厳しかった。

「男が土下座をするのは、生きるか死ぬかの瀬戸際のときぐれえだ。簡単にそんなことをするのを、身体に覚えさせてどうするてえんだ」

宣吉を立ち上がらせたあと、土間に張り出した板の間の縁に腰をおろさせた。

「うちの若いのが水がいけねえと言ってたが、やはりおめえだったのか」

「申しわけありやせん」

宣吉の声が消え入りそうだった。

「おい、宣吉」

賽蔵の低い声で、宣吉が背筋を張った。

「大雨だろうが野分が吹こうが、おめえは長屋の連中に命を張って水を届けている。そいつあ、だれもが承知をしていることだ。そんな情けねえ声を出すんじゃねえ」

「へい」

賽蔵から目を逸らさずに、宣吉がきっぱりと答えた。

「それで、なにがいけなかったんでえ」

「幾日か雨が続いておりやしたとき、うっかり水船にふたをし忘れちまったんでさ」

話し方を賽蔵からきつくたしなめられた宣吉は、しっかりした物言いで顚末を話し始めた。

宣吉の水船は、一度に七十荷（約三千百五十リットル）が運べる大型船である。この船を深川各町の船着場に舫ったあと、一荷入りの水桶に汲み入れて売り歩く。長屋の客は、どの家も一荷入りの水がめを土間に置いてある。七十荷の水を売り切るには、七十軒の客を回って歩くのだ。

天秤棒で担ぐ水桶は、前後で十二貫（約四十五キロ）もの重さがある。船と客との間を、宣吉は雨に打たれながら一杯の船で七十往復もした。

宣吉の得意先は、深川界隈で百軒もあった。それゆえ、深川から道三堀の水汲み場まで、日に二往復するのだ。

船は自前だが、船頭は元締めの芳太郎が回してくれる。船を操る苦労はないものの、重たい水桶を担ぐのは、若い宣吉でも骨の折れる仕事だ。

氷雨が続いていたときも、宣吉は水売りを休まなかった。が、雨に打たれ続けたことで、十四日の仕事仕舞いのあとの、水船掃除が雑になった。くたびれ果てていた宣吉は、船の水槽にふたをかぶせ忘れた。

十五日は朝から晴れた。が、前の夜に降った雨が、水槽の底にたまっていた。

「これじゃあ、水が汲めねえぜ」

船頭からきつい小言を食った宣吉は、大慌てで水を掻い出した。が、急ぎ仕事となってしまい、雨水が水槽の底に残っていた。

道三堀の水汲み場に出向くのが遅れると、順番待ちが大変である。しかも宣吉の水槽は、他の船より二十荷分も大きい。

先を急ぐ船頭は、渋々ながらも船を出した。雨水を底に残したまま、宣吉は十五、十六日の二日間、水を売り歩いた。

水道橋の元締め芳太郎は、宣吉が雨水を残したまま水を汲み入れたことを、十六日の夜に船頭の口から耳にした。

芳太郎はすぐさま宣吉を、水道橋の宿に呼びつけた。

「なんてえことをしやがる」

芳太郎は、平手で思いっきり宣吉を叩いた。

「おめえの船は、雨水がすっかり乾くまで使ってはならねえ」

十七日から宣吉は、自前の船ではなく、元締め差し回しの水船で商いをしていた。

長屋の客が使う水の量は、所帯の人数で異なる。親子四人の家で、おおむね二日に一荷である。徳右衛門店で腹をこわした七軒の客は、いずれも宣吉が十五、十六の二日で売った水を使っていた。

光太郎が見立てた通り、生水のまま飲んでいなければ、雨混じりの水でも平気だった。水に混じっていたわるいものは、それほど強くはなく、煮立ててさえいれば片付いた。

賽蔵を含めて、四十三軒の客が生水のままを飲んでしまい、ひどい腹痛を生じていた。

「すまねえことをしやした。詫びて済むことじゃありやせんが、どうか勘弁してくだせえ」

宣吉が板の間に両手をついて詫びた。

「おめえの詫びは聞いたぜ」

賽蔵が宣吉の顔を上げさせた。

「それで客の容態はどうなんでえ。ひでえことにはならなかったか」

「幸いにも、一日腹を下しただけでおさまったようです。賽蔵さんはどうでやすか」

「まだ本調子じゃねえが、腹はもうなんともねえ。しんぺえいらねえぜ」

「そうですか……」

安堵したらしく、宣吉が大きな息を吐き出した。

「それで……銭売りの賽蔵さんに、折り入っての頼みがありやすんで」

宣吉の物言いが変わり、賽蔵を真正面から見詰めていた。

「なんでえ。遠慮はいらねえから、頼みてえのを言ってみねえ」

「今度のことでは、水道橋の元締めにこっぴどく叱られやした」

「そりゃあそうだろうよ。ひとの口にへえるものを商ってるんだ。たとえ元締めに、ぶん殴られてもしゃあねえさ」

十一人の配下を抱える賽蔵には、不始末をおかした宣吉を叱る芳太郎の気持ちを、察することができた。

「それで頼みてえのはなんでえ」

「賽蔵さんが売っている、色つきの百文緡でやすが……」

宣吉の得意先百軒すべてに、百文緡三本を詫びに配れと、芳太郎が指図していた。

「ゼニで片付く話じゃありやせんが、元締めからは、まず形で詫びを伝えろと言われやしたんで」

どうせ配るなら、宣吉の客の賽蔵から百文緡を仕入れろというのが、芳太郎の思案だった。

「百文緡を三百本てえことになりやすが、引き受けていただけやすか」

多額の銭を仕入れるというのに、宣吉が深くあたまを下げた。

「つらを上げてくれ」

賽蔵は板の間に出て宣吉の肩に手を置いた。

「おめえの詫びは受け入れたんだ。それと銭の売り買いは別じゃねえか。おめえにあたまを下げられるのは、筋違いてえもんだ」

賽蔵は正座して宣吉を見た。

「おめえの元締めてえひとは、ものに行き届いたお方だな」

「へい。おれもそう思っておりやす」

「百文緡三百本なら、大きな商いだ。明日にでも、おれのほうから元締めの宿にうかがわせてもらう」

宣吉が何度も断わったが、賽蔵は聞き入れなかった。

「おめえとのやり取りだけで話をまとめたりしたら、今度はおれが元締めさんに顔向けできなくなる。百文緡三百てえのは、半端な商いじゃねえ」

賽蔵は若い宣吉をさとしたあと、鉄銭三十貫文を仕入れてくれる相手にあたまを下げた。

宣吉はどう答えてよいか分からないらしく、戸惑い顔でもじもじしていた。

三十六

二月十九日の朝六ツ半（午前七時）に、賽蔵は山本町の長屋を出た。向かう先は水道橋の水売り元締め、芳太郎の宿である。

昇りくる陽が、佃島の先に見えていた。二月中旬の六ツ半どきの朝日には、まだ大川の川面を照り返らせる強さはない。が、晴れた朝の川の眺めの美しさは格別だった。

霊岸島の岸辺に、弱い朝日が届いている。埋め立てが終わって百年近い霊岸島には、風除けの松林が群れになって植えられていた。

岸辺を照らす朝日は、二月でも濃い緑色を見せる松葉にも差していた。永代橋の上から朝の眺めに見とれた賽蔵は、朝日に向かって手を合わせた。

なにとぞ首尾よくまとまりますように。

元締めとの掛け合いの上首尾を、声に出して頼んだ。斜めから差す朝の光が、願いに応えるかのように松葉の濃緑を照らし出した。

橋を渡った賽蔵は、大川の西岸伝いに両国橋へと向かった。浅草橋のたもとに出たあとは、神田川の流れを見ながら柳原の土手を歩いた。

水道橋までは、土手を一本道で行ける。日本橋から神田に出たほうが道のりは短くてすむが、賽蔵は神田川を見ながら歩きたかった。この川が、水売りの元になる神田上水につながっていたからだ。

土手を歩きながら、ここまでの出来事をあれこれと思い返した。

賽蔵は去年の鉄銭売り出し前から、芳太郎との商いができればいいがと願っていた。売り込む相手の様子が知りたくて、雨の中を水道橋まで出向きもした。

が、水売りのことをほとんど知らぬままに出かけた賽蔵は、見当違いの場所で水汲み場を探した。ひと通りのない神田川べりで、賽蔵は威勢のいい跳ねっ返りの若者と、いさかいになった。その男に出会ったことで、水汲み場所を知ることもできた。

水船が毎日水道の余水（よすい）を汲むのは、水道橋ではなく、道三堀の銭瓶橋だった。水売りのイロハも知らずに元締めに売り込もうとしたおのれを、雨の中で激しく責めた。そのかたわらでは、芳太郎の宿が見つからなかったことで、出向いて恥をかかずにも済んだ運の強さをかみ締めた。

雨水混じりの生水を口にした賽蔵は、ひどい腹下しに襲われた。一日、つらい思いをしたが、そのことがきっかけで元締めの宿を訪ねることになった。

よい目へと運が転がるきっかけは、笑顔でばかり近寄ってくるわけじゃねえ。ときには、いやな顔の面をかぶって近寄ってくる。

きっかけのあしらい方ひとつで、運はよいほうにもわるい目にも転がる。若い男とのいさかいも、ひどい腹下しも、出会いはひどかったが、いい運を運んできてくれた……。

さまざまに思い返しながら歩く賽蔵が、和泉橋のたもとで足を止めた。朝の眺めのよさにつられて、つい足を速め過ぎていた。

腹下しでつらい思いをした身体は、まだ本調子ではない。和泉橋に差しかかったあたりで、息が上がっていた。

ここまでくれば、水道橋までは神田川沿いに半里（約二キロ）少々の道のりだ。おおむね道は平坦で、きつい上りは御茶ノ水の坂ぐらいだ。賽蔵は四ツ（午前十時）までには元締めの宿に顔をだすからと、宣吉に伝えていた。

ときはまだ五ツ（午前八時）過ぎの見当である。二町（約二百二十メートル）ほど先に、小高い山が見えていた。柳原土手に土地の連中がこしらえた柳森富士だ。高さ三丈(約九メートル)のひとがこしらえた小山だが、頂上からは富士山が拝めた。

柳森富士の上り口まで歩いた賽蔵は、ふもとの原っぱに腰をおろした。わずかに汗ばんでいたひたいに風があたり、手拭いで押さえる前に汗がひいた。

深川を出てから、およそ半刻(一時間)。低かった朝日が次第に昇り始めている。休んで息が整ったら、喉に渇きを覚えた。

富士の周りは原っぱで、ほとんど民家がない。一番近くに見える長屋風の建物でも、腰をおろしている場所から三町(約三百三十メートル)は離れていた。

二月中旬朝の外出である。賽蔵は吸筒(水筒)を持たずに宿を出ていた。喉が渇いているが、周りには古い桶にたまった雨水しかなかった。

わるい水を飲んで腹を下した賽蔵は、得体の知れない水を飲む気にはなれなかった。御茶ノ水の坂道を上り切ったところには、朝早くから店を開けている茶店が並んでいる。そこまで我慢しようと決めて立ち上がった。
二、三歩行きかけて、立ち止まった。後ろから風鈴のような音色が、チリン、チリンと流れてきたからだ。
振り返った賽蔵が、歩いてくる物売りを見て目を見開いた。

聞こえた音色は、まさに風鈴だった。

季節外れの風鈴を鳴らしているのは、前後に箪笥のようなものを担いだ男だった。

『にぎりめしにお茶　下田屋』

黄色く染めた木綿地に、墨文字で商う品が書かれていた。喉の渇いていた賽蔵が、にぎりめし売りを呼び止めた。

「茶を一杯もらえるかい」

「まいどありい」

物売りは、五十過ぎ見当の親爺だった。天秤棒をおろすと、後ろに担いだ小箪笥の戸を開いた。小さな七輪には土瓶がのっている。

「口開けでまだ湯がうまく沸いてねえんだが、それで構いませんかい」

「ぬるいぐれえのが、ちょうどいいんだ」

答えながら、親爺の顔を見詰めた。

「親爺さんは、徳三さんでやしょう」

「やっぱり分かったか」

うちわで七輪をあおいでいた手をとめて、親爺が手拭いの頬被りを取った。

「はなからおれには分かっていたが、こっちから言うこともねえしよ」

男は、徳右衛門店に住んでいた徳三である。差配の徳右衛門と折り合いがわるく、三年前の春先に山本町から出て行った。

「けつを割って出た負い目がある。あんたに呼び止められたときは、どきっとしたぜ」

「驚いたてえなら、おれのほうだ。まさか徳三さんが、担ぎ売りをやってるとは思わなかった」

徳右衛門店にいたころの徳三は、堅気と渡世人半々のような暮らしぶりだった。差配が徳三をよく思わなかったのも、昼間の長屋でぶらぶらしていることが多かったからだ。

「長屋を出て、行くあてもなかったおれを拾ってくれたのが、いまの担ぎ売りの親方でね。五十路を過ぎて始めた堅気の暮らしだが、三年も続けたいまじゃあ、商いの楽しさが身体に染みついちまった」

話しているうちに湯が沸いた。急須に番茶をいれる手つきといい、土瓶の湯を差す加減といい、徳三の動きに無駄はなかった。

「へい、おまち」

声には物売り特有の張りがある。賽蔵は茶を呑む前に、徳三の物言いに感心した。ひと口つけたあとは、茶の美味さに心底から感じ入った顔つきになった。

「うめえ茶だ」

「嬉しいことを言ってくれるぜ。担ぎ売りは、品を褒められるのがなにより嬉しいんだ」

徳三が邪気のない笑いを浮かべた。

「おめえさんは、いまでも銭売りかい？」

賽蔵は湯呑みを手にしたまま、うなずいた。

「だったら、なんだってこんなところにいるんだ。おめえさんは、深川界隈が商いの場だろうがよ」

問われた賽蔵は、水売りの元締めをたずねるところだと手短に話した。が、なぜたずねるかのわけには、ひとことも触れなかった。

三年ぶりに出会った徳三は、いまは堅気の物売りである。が、元のだらしない暮らしを見ていた賽蔵は、うかつな物言いをさけた。

「おめえさん、水売りの元締めには、銭を売り込む算段だろう？」

どんな脈絡で、考えがたどりついたのかは分からない。図星を指されて、賽蔵が目を見開いた。

「そんなに驚くこたあねえ。おれもいまじゃあ、担ぎ売りだ。親方の元には、半端じゃねえ日銭が集まってるんだ」

新しい茶をいれながら、徳三はおのれが仕える担ぎ売りの親方の話を始めた。

徳三の親方は、和泉橋北詰の神田佐久間町一丁目に住む、誠太郎という男である。

誠太郎は通い大工として、五年前までは商家の普請場で仕事を重ねていた。職人としての腕はほどほどだったが、生まれつき商いの才覚を持ち合わせていた。

仕事場の昼飯どき、何人もの職人が弁当なしの手ぶらでいるのを見ていた。

「かかあの様子がよくねえんだ」

「女房が寝過ごして、飯を炊くのをしくじりやがってさ」

手ぶらできた職人の多くは所帯持ちで、きまりわるそうに弁当なしの言いわけを口にした。なかには、朝飯抜きで普請場にきている職人もいた。

普請場の周りに、一膳飯屋や煮売り屋があるとは限らない。昼飯抜きでは午後の仕事に差し支えると判じた棟梁は、施主にあたまを下げて賄いの飯を支度してもらった。

棟梁は、施主にも配下の職人にも、男ぶりと、見栄を売る稼業だ。昼飯のことであたまを下げるとき、どの棟梁も、内心の忸怩たる思いが顔に出ていた。

誠太郎は元手がたまったところで職人をやめて、にぎりめしの担ぎ売りを始めた。町家相手ではなく、普請場に限って売り歩いた。

年中、火事が生じる江戸は、焼け跡の新築、老舗の増改築など、神田周辺だけに限っても普請場には事欠かなかった。

商いは大当たりをし、半年を待たずに担ぎ売りを雇うまでに大きくなった。徳三が誠太郎と出会ったのは、商いがさらに大きく伸していくさなかだった。

職人時分の誠太郎は、賭場で遊んだりもした。取り立てて親しくしたわけではなかったが、誠太郎と徳三は賭場で何度も顔を合わせていた。

「宿がねえなら、おれんところで働きねえ」

行くあてもなしに徳右衛門店を出た徳三は、誠太郎の誘いを受けた。以来三年、徳三もいまでは担ぎ売りの古株になっていた。

誠太郎は昼飯だけではなく、職人の朝飯から売り歩いた。別誂えの小簞笥を調え、いつでも湯が沸かせる工夫を加えた。

にぎりめし三個に、香の物と番茶をつけて二十文。茶だけなら一杯四文だ。いまでは配下の担ぎ売りも二十人を数え、ひとりが日に三百個のにぎり飯を商っていた。

誠太郎の元には、四十貫文の日銭が集まっている。一年なら、三千両に届くほどの商いである。

「担ぎ売りでこれだけの商いができるのは、おれと水売りぐれえだ」

誠太郎の口ぐせを月に何度も聞いている徳三は、賽蔵が水売りをたずねると言ったとき、すぐに銭の売り込みだと察することができた。

誠太郎の宿にも、ひっきりなしに銭売りが売り込みにきていたがゆえである。

「うちの親方は、商いには滅法きつい男だ。あんたが売り込みにきても話がどうなるかは分からねえが、よかったら仲立ちするぜ」

徳三の物言いはすっきりしていた。

「ありがとうごぜえやす」

礼は言ったものの、賽蔵は仲立ちうんぬんには言い及ばなかった。まずは、水売りとの話を首尾よくまとめることだと考えたからである。

勘働きのいい徳三は、賽蔵の思いを察したようだ。

「その気になったら、いつでも来てくれ」

四文の茶代を受け取ったあと、誠太郎の居場所をもう一度教えてから、普請場に向けて去って行った。

担ぎ売りの姿が路地に消えるまで、賽蔵は後ろ姿を見送った。

おれの知らねえところに、まだまだ大きな商いがひそんでいる……。

銭売り稼業の先行きに望みを膨らませながら、賽蔵は水道橋へと歩き始めた。

三十七

芳太郎の宿は、宣吉から教わった通りの場所にあった。水道橋南詰の稲荷(いなり)小路のとっつきに、四間間口の二階屋が建っていた。

宿の前は小さな河岸になっており、自前の船着場には三杯の水船が舫われていた。賽蔵は、水船から対岸の屋敷に目を移した。

水戸中納言十万坪の上屋敷の白壁が、目の前に果てしなく続いている。話には聞いていたが、途方もない広さに度肝を抜かれた。

深川銭座も十万坪と言われている。が、ほとんどが空き地で、塀のあるのは鋳銭場の一画だけである。だだっ広くても、銭座にはひとにのしかかってくるような凄みはなかった。

水戸藩上屋敷は高さ一丈半（約四・五メートル）の白壁が、目の前の眺めすべてをふさいでいる。本瓦の屋根が造作された白壁からは、思わずこうべを垂れてしまう威厳が漂い出ていた。

この塀をめえにち見ながら、芳太郎さんは暮らしていなさるのか……。

宣吉から聞かされた芳太郎の人柄が出来上がるには、水戸藩屋敷の荘厳な眺めが無縁ではないと思われた。これほどの屋敷を朝に晩に見て暮らせば、知らぬ間におのれの身の丈をわきまえるだろうと賽蔵は思った。

ふうっと息を吐き出し、下腹に力をこめてから芳太郎の宿と向き合った。

外見（そとみ）の派手さはないが、杉の太い柱が地べたに根を生やしたような造りである。樫（かし）の分厚い『水売り』の看板が、ひさしの上に据えつけられていた。

土間も、宿の前の往来も、竹ぼうきの目が立っているかのように掃き清められている。

土間は十坪ほどの広さで、壁際には何十もの蓑と笠とが掛かっていた。

賽蔵は深川の商家に出入りしている。店先に立っただけで、あるじの人柄を感じ取ることができた。

土間に入る前に、賽蔵はもう一度、下腹に力を込め直した。そうさせるだけの強さが、この宿にはあった。

「ごめんなせえやし」

ひと声投げ入れただけで、すぐにひとが出てきた。

「どちらさんで……」

若い者が、途中で言葉を止めた。目がいきなり吊り上がり、はだしのままで土間に飛び降りた。

「おめえ、もう先おれに水汲み場を訊いた親爺だろう」

男が賽蔵に詰め寄った。

「あんた、水売りさんだったのか……」

賽蔵の声は、低くて落ち着いていた。

「なんの用でえ。先のときも水汲み場が知りてえと言ってやがったが、うちに用でもあるのかよ」

「ああ、あるさ」

銭売り用の大きな巾着を、賽蔵はゆっくりした動きで首から外した。そして手拭いにくるんだ細長い物を取り出した。男の見ている前で、賽蔵は手拭いを取り去った。

細縞の紙入れが出てきた。

「こいつあ、おめえさんの物だろう」

賽蔵が紙入れを差し出した。男は賽蔵の手元を見詰めたが、受け取ろうとはしなかった。

「どうしたよ、あんたの紙入れだろうが。わるいとは思ったが、中身はあらためさせてもらった。おめえさん、源太郎さんだろう？」

賽蔵は、紙入れに入っていた印形の名を口にした。男の口元が悔しそうに歪んだ。

「おれは深川山本町の賽蔵てえ銭売りだ。芳太郎さんに用があってうかがったんだが、ここでおめえさんに会えたのは、八幡様のお引き合わせだ。まずは紙入れを収めてくれ」

受け取ろうとしない源太郎に、賽蔵は紙入れを押しつけようとした。その手を源太郎が振り払った。

「そいつあ、おれのふところにいるのがいやで逃げ出した紙入れだ。あんたの好きにしてくれ」

「ばかなことをいうんじゃねえ」

賽蔵がわずかに声を大きくした。

「小粒だの五匁銀だのがへえってるし、なにより、おめえさんの印形がへえってる。おれに拾われて腹立たしいだろうが、意地を張らずに受け取ってくれ。この通りだ」

源太郎に気持ちの上の借りがある賽蔵は、拝むようにして紙入れを受け取らせようとした。

賽蔵の目の色を見て、源太郎が土間に立ったまま、身体をしゃきっと伸ばした。

「半端な口を利きやした」

源太郎が詫びたあとで、あたまを下げた。

「おれはこの家の長男で、おっしゃる通り源太郎てえやす。印形をなくして、往生していたところでさ。拾ってもらって、ありがとうごぜえやす」

賽蔵の気持ちを汲み取ったあと、源太郎は素直に詫びと礼とを口にした。このあたりにも、芳太郎のしつけのほどがうかがえた。

「すぐさま元締めにつないで参りやす」

紙入れを両手で受け取った源太郎は、板の間の雑巾で足をぬぐってから奥に入った。戻ってきたときには、芳太郎が一緒だった。

「どうぞ上がってください」

芳太郎は、六尺（約百八十センチ）はありそうな大男だった。元締めに案内されて、賽蔵は客間に入った。

床の間の拵えもない、質素な十畳間である。造りは地味だが、畳は青々としている。

陽が差し込む部屋は、隅々まで拭き掃除が行き届いていた。

芳太郎が勧めた座には、薄手の座布団が敷かれていた。

「うちの若い者が不始末をしでかしましたのに、そちら様からご足労をいただきました。あらためて名乗らせてもらいますが、水売りの元締めを務めている芳太郎です」

あるじの言葉遣いはていねいだった。賽蔵もすぐさま、お店者の言葉遣いで応じた。

互いのあいさつを交わし終わったところに、茶が出された。奉公人ではなく、源太郎が盆に載せて運んできた。

「つい今し方聞きましたが、源太郎の紙入れを拾ってくだすったそうで」

「いささかわけがあって、あたしが拾うことになりました」

雨の日の顛末を、賽蔵は包み隠さずに話した。源太郎に出会ったことで、恥をかかずに済んだと付け加えて、話を終えた。

「そうですか……」

ひとことだけつぶやいて、芳太郎は湯呑みの茶に口をつけた。賽蔵も湯呑みを手に取った。口をつけると、上煎茶ならではの上品な甘さがあった。

まれに銭座で出される茶と同じである。賽蔵はひとすすりずつ、出された茶を味わった。

「初対面のあたしに、賽蔵さんは正味の話をしてくだすった……」

芳太郎の両目が、正面から賽蔵を見詰めていた。

「百文緡の話に入る前に、どうして賽蔵さんがあたしに会いたいと思われたのか、そのわけを聞かせてもらえませんか」

芳太郎は回り道をせずに一本道で賽蔵に問いかけてきた。湯呑みを膝元に戻してから、賽蔵も言葉選びをせずにわけを話した。

水売りの元締めには、途方もない額の日銭が集まる。水売りが毎日遣うつり銭だけでも、相当の額になる。なんとか銭取引の末席に、座らせてもらえないか。

このことを、一切の追従(ついしょう)を交えずに芳太郎に願い出た。

芳太郎は両手を膝に置いて、しばしの間黙り込んでいた。考えがまとまって口にした言葉を、賽蔵は驚き顔で受け止めた。

「日本橋の本両替に、銭座の顔を利かせていただきたい。それが首尾よく果たせたなら、賽蔵さんの申し出を受け入れます」

取引をしたければ、本両替と引き合わせろというのが芳太郎の言い分だった。

「これだけの所帯を張っておられる元締めが、どうして本両替にこだわられますんで?」

「あたしの代で、しっかりしたいしずえを築きたいからです」

芳太郎は言葉を飾らず、正味の数字を明かしながら、抱える思いを口にした。

芳太郎が配下に持つ水船は、三十杯あった。宣吉の船をのぞき、水船はいずれも五十荷（約二千二百五十リットル）の水槽を構えている。よほどの荒天の日を除き、どの船も日に二度水汲みをし、百荷の水を商った。

水の売値は大口小口をならして、一荷あたり八十文になる。日に三千荷の商いで、売り上げが二百四十貫文、小判に直して六十両だ。休みや荒天の日をのぞくと、一年およそ三百二十日も、芳太郎が抱える水売りは商いを続けた。

年ごとに多少の上下はあるが、ここ五年の数字をならせば、一年で一万九千両強の売り上げがあった。

水汲み代、水売り衆への払いを済ませたあと、売り上げの三割が儲けとして蓄えられた。一年で五千七百両という、巨額の儲けである。

商い額も儲けも、日本橋や尾張町の老舗にひけを取らない数字である。が、稼業の格でいえば、水売りは老舗大店に比べてはるかに低かった。

芳太郎には、ひとの暮らしを支える稼業だという自負がある。商いもまっとうだし、配下の水売りのしつけも怠ったことはない。

それでも本両替は、稼業を聞いただけで取り合おうとはしなかった。

おれの代で、かならず本両替の為替切手を手に入れてみせる……。

これが芳太郎の悲願だった。

「賽蔵さんが汗を流してくれるなら、あたしもそれに報いる」

芳太郎はきっぱりと言い切った。

話を聞きながら、賽蔵はひとつの思案に行き着いた。

「本両替と口を利くにおいては、こちらにもひとつ聞き入れて欲しいことがあります」

「言ってください」

芳太郎が落ち着いた声で応じた。

「蓄えを預け入れるとき、ある程度の額を五匁銀とさせてください」

「それはまた、どういうわけでしょう。賽蔵さんは、銀座にはかかわりがないと思うが」

賽蔵は御上からのきつい達しで、銭座も五匁銀の売りさばきを命じられていると話した。

「申しわけないが、この場では定かには約束できない」

芳太郎が居住まいを正して賽蔵を見た。

「本両替と掛け合うことができるなら、相手の言い分次第では、まとまった額の五匁銀を買うと約束します。ただし、あたしなりの算盤に見合えばという縛りの下で、です」

芳太郎の両目が、初めて強い光を帯びていた。賽蔵はしっかりと受け止めてうなずいた。

三十八

二月二十日の早朝、賽蔵は深川の得意先に銭を売って回った。五匁銀の売りさばきにかかりきりになっていた折りは、客回りを若い佐吉に頼んでいた。

「どうした賽蔵さん。腹を下して、寝込んでいたそうじゃないか」

佐吉は五匁銀のことに、一切触れてはいなかった。佐吉の心遣いを思いながら、賽蔵は当たり障りのない答えをして回った。

久しぶりに担いだ銭函の重みが、ずしりと背中に食い込んでいる。銭函を背負ったことで、銭売りの本分を身体が思い出した。

これがおれの稼業だ……。

銭座に向かう賽蔵は、一歩ずつ踏みしめるような足取りになっていた。

水売り元締めとの次第を聞いた中西は、顔を崩して大喜びした。

「あんたに話そうと思っていた矢先だ」

中西は、金座が後ろ盾になっている亀戸銭座の動きを話し始めた。

「亀戸は、うちと真っ向から張り合う気になっている」

金座が手配りして、亀戸も色つき紐を百文緡に使い始めていた。それに加えて、売値も下げて深川と同じにした。

「亀戸の鉄銭には金座の金粉がまぎれ込んでいると、作り事のうわさを流している。そのうわさが受けて、亀戸は大賑わいだそうだ」

深川の銭売りには、まだ亀戸の影は忍び寄ってはいない。が、このままでは遠からず、深川の客が食われるかもしれないと中西は案じていた。

「そんな折りだけに、水道橋の話は天の恵みだ。ぜひともまとめてもらいたい」

銭座の役人と掛け合って、いずれかの本両替に引き合わせると請合った。中西が口を閉じたあとで、賽蔵は三井次郎右衛門から角樽を受け取った一件を話した。

「三井の当主から貢物が届くとは……」

中西は驚きのあまり、あとの言葉を失ったようだ。

「ここはあたしに任せてください」

本両替との話が実るまで、言葉遣いはお店者で行くと賽蔵は決めている。中西はためらうことなく、賽蔵に任せると答えた。

山本町の宿に帰ったあと、賽蔵は身なりを調えて永代橋を渡った。午後の日差しが大川の川面を照り返らせている。日を追うごとに暖かくなっており、永代橋から眺める土手には、野草が春のいろどりを添えていた。

芳太郎の宿を訪れたときも、朝の大川に見とれた。いまはさらに美しい眺めである。

賽蔵は縁起のよさを感じて、足を速めた。

が、駿河町に入るなり、賽蔵の歩みが鈍った。越後屋の三十間（約五十四メートル）間口を見て、さらに足がのろくなった。

越後屋と三井両替店とは身内である。三井の間口は小さいが、越後屋と一緒だと思うと、店に入るのに気後れをした。

しかも賽蔵が羽織っているのは、銭売りの半纏である。三井との掛け合いを任せろと口にしたことを、賽蔵は後悔した。

角樽と下り酒の切手をもらっただけで、浮かれたおのれに毒づきたくなった。

店に入らないことには、なにごとも始まらない。それは分かってはいるが、三井の敷居は途方もなく高く思えた。

これが大店の格てえことか。

店先に立ってみて、初めて賽蔵は本両替の格式を肌身で感じ取った。あれだけの大所帯を切り盛りしながら、なぜ芳太郎が本両替との取引にこだわるのかが、いま分かった。

本両替に気後れせずに出入りできるということが、つまりは商家の格なのだ。一介の銭売りが気軽に敷居をまたげると思ったことを、賽蔵は通りで悔やんでいた。

店先を何度も行きつ戻りつする賽蔵を、三井の小僧がいぶかしく思ったらしい。

「なにかご用がおありですか」

土間から出てきた小僧が、賽蔵に問いかけた。小僧の言葉遣いにも、しつけが行き届いていた。

問われたことで、賽蔵は迷いが吹っ切れた。

「深川の銭売り賽蔵ですが、番頭さんにつないでもらえませんか」

とても当主の名前は口にできず、番頭というのが精一杯だった。

「もう一度、お名前を聞かせてください」

銭売りが番頭に会いたいというのが信じられないらしく、小僧が問い直した。

こんな小僧に、なめられてるのか……。

相手の目の色を見て、賽蔵は銭売りの矜持を取り戻した。

「銭売り賽蔵といってくれ」

賽蔵は語気を強めた。

「番頭は何人もいますが、だれにつなげばいいんですか」

小僧も負けずに言い返してきた。

「賽蔵が用があると言えば、頭取さんに分かるはずだ」

「てまえどもには、頭取番頭はいません」

「なんだと?」

「うちでは、元締と呼びますから」

小僧がすっかり開き直っている。そのさまを見て、賽蔵の高ぶった気がさっと鎮まった。

「こちらの次郎右衛門さんから、角樽と灘酒の切手を届けてもらった深川の賽蔵だ。そう言ってくれれば分かるから」

こども相手に、むきになっていたおのれに気づいた賽蔵は、穏やかな物言いで小僧に伝えた。

当主の名を口にされて、小僧の顔色が変わった。

「お待ちください」

小僧は通りに賽蔵を残したまま、店に飛び込んだ。さして間をおかずに、お仕着せを着た手代が急ぎ足で出てきた。

「ただいまあるじは出かけておりますが、元締の利左衛門がおります。どうぞ店にお入りください」

腰を折った手代が、賽蔵に店へ入って欲しいと手で示した。

軽い咳払いをして、賽蔵が一歩を踏み出した。半纏の背に、やわらかな日差しが降り注いでいた。

三十九

三井両替店の手代は、賽蔵の先に立って勘定場奥の十六畳間に案内した。

部屋はふすま仕切りではなく、檜の柾目(まさめ)を活かした板戸の拵えである。戸を走らせる敷居と鴨居には、堅い樫の木が用いられていた。

畳は表替えをしたばかりかのように、青々としている。部屋は、檜といぐさの香りに充ちていた。

十六畳間は、庭に面した造りだった。

障子戸の桟にも樫が使われている。骨のしっかりした戸に張られているのは、極上の美濃紙だ。庭に降り注ぐ日差しが、薄く純白の障子紙を透して、まばゆいほどに差し込んでいた。

床の間も欄間もなく、見た目には派手さのない部屋である。半纏姿の賽蔵でも、違和感なしに座っていられそうに見えた。

しかし畳表のいぐさも、板戸の檜も、障子戸の桟も、さらには障子紙も、吟味され尽くした特級品ばかりだ。

部屋に入った者の、目利き具合をためすような部屋だ……。

賽蔵はもう一度、おのれの気持ちを引き締めた。客を品定めするために、三井がこの先にもなにを潜ませているか、知れたものではないと思った。

三井は進物を届けるために、こしきに支配人を差し向けてきた。賽蔵の商いのこころざしを買ってのことだと、三井次郎右衛門からの言伝が残されていた。

さりとて、賽蔵の訪問を待っていると言われたわけではない。公儀の公金を扱う本両替が、辻の銭売りと付き合っても得るものなどないのは、前髪の残った小僧にも分かる道理だ。

本両替の店先まできて、賽蔵は気後れを感じた。店の小僧にぞんざいな物言いをされたことで、気を高ぶらせて乗り込んだ。取次ぎの手代は、元締がうけたまわりますと伝えて、賽蔵を招き上げた。

部屋の拵えを見れば見るほど、ひとを品定めする客間に思えてくる。賽蔵は下腹にこめた力をゆるめずに、元締を待った。

風が出てきたのか、庭木が揺れた。枝の揺れが日差しをかき混ぜたようだ。座敷に差し込む光が、ゆらゆらとたゆたいを見せた。

賽蔵のこころの内を、日差しが形であらわしているようだ。

気後れするんじゃねえ。

賽蔵がおのれに気合をいれた、そのとき。

「失礼いたします」

廊下で男の声がした。語調を耳にしただけで、指図をしなれている男だと分かった。開け閉めを繰り返しても、樫の敷居と鴨居は寸分の狂いも生じていないらしい。

檜の戸は、音もなく開いた。

「そちらは座が違います。どうぞ上座へ」

賽蔵は檜の戸を背にして座っていた。この座についても、案内してきた手代はなにも言わなかった。

ところが元締は部屋に入るなり、障子戸を背にする座を手で示した。

「案内した者が不調法をしでかしました」

言われた賽蔵は、手代が行き届かなかったわけではないと、はっと思い当たった。

この客間に招き入れられる客のほとんどは、上座に座りなれているはずだ。手代がいちいち言わなくても、みずから障子戸を背にして座るのだろう。

賽蔵には、それができなかった。客先や銭座で座るときのくせで、言われなくても下座に座ってしまった。

座を移る賽蔵は、悔しさをかみ締めた。

のっけからこれじゃあ、しょうがねえ。

肩に入った力を抜いて、ふうっと大きな息を吐き出した。座には分厚い座布団が敷かれている。賽蔵は無用な遠慮を捨てて、臆せず座布団に腰をおろした。元締は賽蔵の振舞いを黙って見ていた。客が座布団を当てたのを見届けると、向かい側に座った。

「てまえは三井両替店の元締を務めております、利左衛門でございます」

膝に両手を置いた形で、利左衛門が軽く辞儀をした。

「深川銭座の鉄銭を商う、銭売り賽蔵と申します」

「お名前は存じ上げておりますが、お初にお目にかかります」

一年に数十万両、ときには百万両の桁の公金を取り扱う本両替の元締である。声には、威厳と思慮深さが感じられた。

「御用がおありとのことですが、てまえがうかがいます」

あるじをたずねた賽蔵に、自分がうかがうと言う。店の差配はすべて手の内にあると、元締の物言いが語っていた。

居住まいを正した賽蔵は、水売りの芳太郎が三井と取引を持ちたがっていることを、要領よくまとめて伝えた。

話しながら賽蔵は、利左衛門の瞳の動きを見詰めていた。

「ご足労いただきました用向きのほどは、よく呑み込めました」

元締は、聞き終わったあとも口調は変わってはいなかった。が、取引に応ずるか否かは口にしないままでいた。

胸のうちで思っていることを、顔には出さない修練を積んでいる元締である。並の者なら、利左衛門のこころの動きを察することはむずかしかっただろう。

しかし賽蔵は養父の由蔵から、ひとの胸のうちの見透かし方を叩き込まれて育った。

元締さんには、その気がねえ……。

相手が口には出さない冷めた思いを、賽蔵は読み取っていた。

「おめえの話に興が乗らなくなった相手は、かならず目の色に出る。どんだけ隠そうとしても、目だけはごまかせねえ。掛け合う相手の瞳を見ていろ。話に食いつきたいと思ったときは、瞳がぎゅっと絞られる。おめえの話を聞き終わったあとで、ぼんやり瞳が開いていたら、その話には脈がねえ」

由蔵からことあるごとに教えられた賽蔵は、ここ一番の掛け合いでは相手の瞳を見詰めてきた。

元締に対しても、賽蔵は同じことをした。

利左衛門は、相手の視線をしっかりと受け止めながら話を聞き終えた。顔つきは変わっていないが、開いた瞳は賽蔵の話に興を失くしたことを示していた。

いつもの賽蔵なら、ここで引き下がった。由蔵に教わった通り、瞳が開いた相手と掛け合っても、話は常に不調に終わった。

しかし今回だけは別である。

芳太郎がなぜ本両替との取引を望んでいるかを、賽蔵は胃の腑の奥まで呑み込んでいた。

水売りは、ひとの暮らしを支える稼業にもかかわらず、本両替はそれを評価しない。反面では、日本橋大通りに店を構えているというだけで、内証は水売りよりはるかにわるい商家と取引を続けている。

「そのあり方が腹立たしい。大店だけを見ていないで、ひとの暮らしと深いかかわりを持つ商いにも、本両替は目を配ったらどうだ」

昨日、芳太郎は内に秘めた怒りを、この言い方で明かした。まったく同じ思いだった賽蔵は、なんとしても本両替の目を水売りに向けさせたいと思った。

十六畳間に案内された当初は、格式の違いが賽蔵に気後れを覚えさせた。興を失くしたような利左衛門と向き合ういまは、身体の芯から、相手に立ち向かう気力が込み上げてきた。

水売りも銭売りも、ひとの暮らしには一日だって欠かせねえ稼業じゃねえか。

この思いに後押しされて、賽蔵は座布団の上で座り直した。

「茶を一杯、いただきてえんで」

座敷には似合わない、銭売りの口調で頼みを口にした。おのれの口から茶を頼むような客は、これまでいなかったのだろう。

初めて正味の気持ちを顔にあらわして、利左衛門がわずかに眉をひそめた。それでも賽蔵の頼みには応じた。

元締に言いつけられて、小僧が茶を運んできた。薄手の瀬戸焼の湯呑みには、緑色が鮮やかな宇治茶が注がれている。利左衛門は、賽蔵にも他の上客と同じ茶を出させていた。

ひと口すすって美味さを味わった賽蔵は、湯呑みを膝元に戻した。

「ひとつ、うかがいたいことがあります」

居住まいを正した賽蔵は、言葉遣いもあらためていた。

「てまえで答えられることなら、なんなりとどうぞ」

利左衛門が、身構えるような口調で応じた。

「てまえのような銭売りに、どんなわけがあって、わざわざ支配人さんが届け物をなされましたので」

「あるじの言いつけで、いたしたまでです」

気持ちのこもらない受け答えが返された。

賽蔵の身のうちから、いきどおりが湧き上がってきた。それを懸命に抑えつけた。ここで腹を立てて座を立ったら、芳太郎の思いをおのれの足で踏み潰すも同然だと思った。

賽蔵は、両腕を膝の上に突き立てた。

「水売り稼業の正味のところを、元締さんはご承知ですか」

日本橋には水道が走っている。それゆえに、本両替の元締といえども、水売りの詳細には明るくないと考えての問いかけだった。

「申しわけないが、通じてはおりません」

賽蔵が思った通りの答えが返ってきた。それだけではなく、三井とはかかわりのない稼業だからと、利左衛門の両目と物言いとが語っていた。

賽蔵は元締の様子には構わず、芳太郎の稼業のあらましを数字を交えて話した。本両替の元締には、なによりも数字が強い働きかけをすると判じてのことだった。

一年の商い高が一万九千両で、年の儲けが五千七百両。

この数字を耳にして、利左衛門が顔色を動かした。

「水売りは、ひとの暮らしを支える大事な商いです。雨が降ろうが野分が吹こうが、てまえ勝手に休むことはできません」

元締の瞳が絞られているのを見て、賽蔵は一気に思いのたけを吐き出した。

「賽蔵さんには、あとのご都合がなにかおありですか？」

「ありません」

「ならば、てまえに中座をおゆるしください。いま、茶の代わりを持たせます」

利左衛門が座敷から出て行った。

戸が閉じられたあと、賽蔵には初めて檜の香りを味わうゆとりが生じていた。

四十

十六畳間に、三度茶菓が出された。

三度の茶を運んできた小僧は、部屋の行灯に明かりを灯した。

しつけの行き届いている小僧は、板戸の開け閉めに、きちんとひざまずいた。

「元締が、いま少しお待ちくださいとのことです」

賽蔵がこの部屋に案内されたときは、庭に降り注ぐ日差しが部屋にも差し込んでいた。

いまはすっかり陽が落ちている。

元締が部屋を出てから、すでに一刻（二時間）が過ぎていた。

座り疲れた賽蔵は、立ち上がって大きな伸びを身体にくれた。障子戸を開くと、庭の灯籠にも明かりが灯されていた。

御影石の灯籠から漏れる光が、植え込みのつつじを照らしている。来る春への備えが進んでいるらしく、葉の中に小さなつぼみが見えた。

賽蔵の得意先には、仲町の大店が何軒もある。奥に案内されたときには、庭も見てきた。しかし三井両替店の庭は、明らかに造りが違っていた。すでに陽が落ちた庭の植え込みも、明かりを散らしている灯籠にも、見た目の派手さはなかった。が、うまく言葉にはできないが、重々しい感じが押し寄せてくる。

賽蔵は目を凝らして庭を見た。

二月もすでに下旬である。空には星が散っていたが、月は日ごとにやせ細っていた。半月に満たない月明かりを浴びて、小僧と手代が庭の隅をせわしげに行き交っていた。陽が落ちた庭を奉公人が行き来するのは、あまり見かけない眺めだ。しかもだれもが、箱のようなものを重たそうに抱えている。

賽蔵はいぶかしい思いを感じて、そのさまを見詰めた。

庭の奉公人を見ることに気を取られていた賽蔵は、音を立てずに板戸を開けた利左衛門に気づかなかった。

「お待たせしました」

元締が賽蔵の背後から声をかけた。

「すっかり暮れてしまったようです」

入ってきた利左衛門は、庭を見詰める賽蔵の目を追っていた。

「金蔵にカネを仕舞っているところですが、賽蔵さんは初めてご覧になるようですな」

利左衛門が賽蔵のわきに寄ってきた。

「あの築山の陰に、金蔵への出入り口がこしらえてあります」

この日初めて会った銭売りに、本両替の元締が金蔵の出入り口を教えている。賽蔵は驚きの目で元締を見た。

「うちの金蔵は、地べたを二丈（約六メートル）掘り下げてこしらえてあります。それだけ深ければ、どれほどの大火に襲われても焼かれる心配がありません」

「地べたに金蔵ですか……」

庭から感じた重々しさのわけがなんであったのかに、賽蔵は得心した。

障子戸を閉じて元の座に戻ると、元締も向かい合わせに座った。利左衛門が中座する前と同じ形になった。

「賽蔵さんに念押しは無用でしょうが、金蔵の一件はくれぐれも他言無用に願います」

利左衛門の目に、厳しい光が宿っている。その目を見詰めて、賽蔵はしっかりとうなずいた。顔つきを元に戻した元締は、帳場から手にしてきた帳面を開いた。

「水売りの商いを調べさせるのに、いささか手間取りました」

「元締は、それを調べて下すったので？」

「賽蔵さんからうかがうまでは、水売りの商いには通じておりませんでした。本両替の番頭としては、まことに迂闊（うかつ）でした」

利左衛門は、本心から不明を恥じている口調だった。

「しっかり聞き届けてもらえて、ありがてえことでさ」

借り物の言葉遣いではなく使い慣れた物言いで、賽蔵も心底からの礼を口にした。

このやり取りで、互いのわだかまりが解けたようだ。賽蔵に向ける元締の顔つきが、この座敷に招き入れる客にふさわしいものへと変わっていた。

「江戸には数多くの水売りがいらっしゃるようだが、水道橋の芳太郎さんはなかでも抜きん出た商いをしておられる」

帳面の数字を目で追いながら、利左衛門は主だった水売りの商い額を読み上げた。

中座してからのたかだか一刻余りのうちに、どんな手立てを使って調べ上げたのか……。

元締が口にする商い額を聞きながら、賽蔵はあらためて三井の凄さに感じ入った。

「賽蔵さんもご承知でしょうが、御府内には水道が通っております。てまえどもが月々に払う水銀(みずぎん)（水道代）は、さほどに高いものではありません」

「高くないてえのは、いったいいかほどで？」

「日本橋本通りでは、間口一間あたり月に銀十匁です」

「それは桁違いの安さだ」

賽蔵が、われを忘れて大声で応じた。

神田上水と玉川上水の二系統の水道は、大川西側の御府内隅々にまで張り巡らされている。三井のような大店が使う水銀は、店の間口の大きさで決められた。

三井両替店の兄弟店である越後屋は、店の間口が三十間（約五十四メートル）である。奉公人の数は、小僧まで含めれば三百人近いと言われている。この店の水銀が、月に銀三百匁（小判で五両、二十貫文）に過ぎないのだ。

水売りの宣吉から買うのは、一荷で百文。四人暮らしの長屋が払う水代でも、月に千五百文はかかった。

越後屋がもしも水売りから買ったとしたら、奉公人三百人として、二日で七十五荷、七貫五百文が入り用となる。

月に均してしておよそ二十八両の水代がかかる勘定だ。それが五両の水銀で、ことが足りていた。

「水銀が安いがゆえに、水売りの商いに目が向いておりませんでした」

商いの大きさを身に染みて感じ取った元締は、水道橋の芳太郎に会うことを承知した。

「一年に一万九千両もの商いをなさる水売りさんなら、売り上げ金のやり取りだけでも大きに難儀をしておられるはずです。うちでお役に立てることなら、明日にでもお話をうかがいましょう」

「それを聞いたら、さぞかし芳太郎さんも喜ばれやす」

「賽蔵さんにはご面倒でしょうが、話の橋渡しをお願いできましょうか」

「もちろんでさ」

賽蔵が胸を叩いた。

利左衛門は明日から二十五日までの間であれば、いつでも都合がつけられると言う。それを賽蔵はしっかりと書き留めた。

「本両替の暖簾にあぐらをかいてはいけないと、てまえどものあるじは常日頃から口にしています。それをわきまえてはいるつもりだったが、まだまだあたしも頭が高かったようです」

利左衛門が居住まいを正した。

「これを端緒に、賽蔵さんにはなにとぞ知恵を貸していただきたい」

三井の元締が賽蔵にあたまを下げた。

「そんな……あっしに、あたまなんぞを下げねえでくだせえ」

困惑顔になった賽蔵が、元締のあたまを上げさせた。

「あっしは、ただの町場の銭売りでさ。三井の元締さんにおせえられる知恵なんざ、あるわけがねえ」

「それは違います」

利左衛門が真顔で応じた。

「御公儀の御用金を取り扱うことで、てまえを含めた奉公人のだれもが、知らず知らずに胸を反り返らせていたようです。このたびのことで、思い知りました」

元締は本心から口にしているようだ。賽蔵にもそれが伝わった。

「そうまで言われるなら、前々からあっしがおかしいと感じていることを、ひとつだけ聞いてもらいやしょう」

「てまえどもの商いに、かかわりのあることでしょうか」

賽蔵はしっかりうなずいてから話を始めた。


おけいが仮の店を商っている深川大島町は、すぐ先が海である。大川と海とが混ざり合う大島町の浜辺は遠浅で、何十万坪もの埋立地が広がっていた。

陽をさえぎるもののない浜辺は、ものを干すには打ってつけの場所である。元禄のころには、大島町の漁師が、ここの空き地で干物をこしらえていた。

いまは脂を搾ったいわしを干す、干鰯場になっている。天日でカラカラに干された干鰯は、農家には欠かせない貴重な乾燥肥料である。深川の干鰯は質がよく、江戸近在の農家が競って買い求めた。

さらには佐賀町河岸から船積みし、尾張の干鰯問屋に向けて廻漕された。

深川には十五軒の干鰯問屋があったが、なかでも栖原屋三九郎と秋田屋富之助の二軒は、商いの規模が図抜けて大きかった。

栖原屋の奉公人は賽蔵配下の銭売り、時十の大得意客である。賽蔵も時おり栖原屋に出向き、店の番頭と商いの話を交わすことがあった。

深川の干鰮問屋は、十五軒で問屋組合を構えている。栖原屋は代々が組合総代を務める大店で、御上への冥加金も一年で四百両を分担していた。

冥加金は、商い高の五分が定めである。一年で八千両の商いができたわけは、栖原屋がこしらえる干鰮の六割を、尾張の問屋に廻漕していたからだ。

しかしこの商いは、常に海難事故と背中合わせである。尾張への廻漕は海の難所、遠州灘を通過する。

昨明和二（一七六五）年五月に賽蔵が顔を出したとき、栖原屋の番頭は暗い顔つきで帳面を見せた。

「三月に船積みした干鰮は、半分しか相手先に届かなかった」

銭相場が動いてもほとんど売値をいじらない時十は、栖原屋の奉公人たちが大いにあてにした。時十が仕える元締めということで、栖原屋の番頭は賽蔵を高く買っていた。

正直な人柄と、話の折り節で賽蔵が口にする商いの知恵に、番頭はいつも感心した。大事な商いの帳面を示したのは、それだけ賽蔵の人柄と見識を買っていたからだろう。

『元積高　干鰮二千七百六十三俵。内、四百俵海中へ捨てたり。残二千三百六十三俵、内、九百四俵濡荷、千四百五十九俵無事元船に積み入れ』

示された帳面には、積荷のおよそ半分が駄目になったと記されていた。

「それなりの蓄えがあっても、半分の荷を捨ててしまっては内証がたちまちきつくなる」

ときには平野町の高利貸しから融通を受けることもあると、番頭は嘆いた。

「うちが取引をしている両替屋は、蓄えを預かるばかりで、急場の融通には一切応じない。あたしの一番の仕事は、一厘でも安い利息で用立ててくれる金貸しを探すことだ」

番頭の眉間に刻まれた三本の深いしわを、賽蔵はいまでも覚えていた。

「銭売りのあっしには、商いの仔細はうかがい知れやせん」

賽蔵は利左衛門の目を見詰めたまま、話を続けた。

「ですが元締、栖原屋さんのような真っ当な商いを続けている大店が、高利貸しからしか元手の融通が受けられないてえのは、どうにも合点がいきやせん」

三井の元締は身じろぎもせずに、賽蔵の話に聞き入っていた。

行灯の油が残り少なくなったようだ。明かりがゆらゆらと揺れた。

話を聞き終えた利左衛門が、思案を巡らせている。その横顔を、行灯の明かりがぼんやりと照らし出していた。

四十一

賽蔵が仲立ちをして、三井両替店と水道橋の芳太郎との商談の場が形になった。

明和三（一七六六）年二月二十二日、四ツ（午前十時）のことである。場所は三井両替店の十六畳間で、商談の場には深川銭座の中西五郎兵衛も同席した。

「てまえどもの了見違いで、芳太郎さんには大きにご不便をおかけしました」

ことの始まりに際して、三井の元締が水売りの芳太郎に詫びを伝えた。

芳太郎は、水船三十杯を束ねる男だ。利左衛門の詫びから誠の思いを感じ取り、みずからもあたまを下げて礼を言った。

利左衛門は、手代十年を経た宣三郎を掛につけることで引き合わせた。

「この先は、なにとぞよろしくお付き合いをたまわりますように」

あいさつを済ませた宣三郎は、すでに覚書を調えて持参していた。

「てまえどものお預かり代は、百両につき年に三分八厘でいかがでございましょう」

芳太郎が取引をしている両替商は、一年に五分の預かり代を徴収した。いま預けてある蓄え総額は、およそ一万三千二百両である。この五分、六百六十両を払って両替商に預けていた。

両替商の蔵に収まっていれば、盗賊に襲われる心配がない。相当に高い預かり代だが、火事や地震などの災害に遭うことも考えれば、やむを得ない費えと言えた。

三井はこの預かり代を三分八厘にするという。いまの蓄えをそのまま移せば、一年で百六十両近くも安くなる。

驚いた芳太郎は、手代に二度も預かり代を確かめた。

「間違いのございませんように、こちらに書き記してございます」

宣三郎が覚書の該当箇所を指し示した。

『預かり代　金百両あたり一年につき三分八厘。但し預け入れ一万両を超えるに限る。払出しは当店の為替切手を用いることなり。払出し五千両につき、五日の備えを構えることとなす』

宣三郎は、指で追いながら覚書の中身を読み上げた。

預け入れるカネが、一万両を下回ることはない。引き出すカネが五千両を超えるときには、五日前までに申し出るというのも、芳太郎には障りはなかった。

「てまえには、なんら異存はありません」

芳太郎が上気した顔で答えた。

「三井さんの為替切手が使えるとは、うちの先祖にも自慢ができます」

芳太郎は取引開始の喜びを隠さなかった。その正直さに触れて、利左衛門も目元をゆせていただきます」

「つきましては預け入れる一万三千二百両のうち、切りのいい三千二百両を五匁銀にさせていただきます」

芳太郎は賽蔵にあたまを下げてから、利左衛門に向き直った。

「このたびの橋渡しをしていただいた賽蔵さんには、生涯の恩義があります」

るめていた。

その元は、深川銭座から仕入れて欲しいと芳太郎が申し出た。

「それはなによりのことです。喜んで、銭座から買わせていただきましょう」

利左衛門はそれに加えて、三井で入り用な銭のすべてを、今後は賽蔵から買い入れると明言した。

「本両替が扱う銭は、たかが知れています。ご面倒をかけるかもしれないが、なにとぞよしなに……」

三井の元締からていねいに頼まれて、賽蔵と中西が両手をついて礼を言った。

「三千二百両もの五匁銀が売れれば、銀座もさぞかし喜ぶでしょう」

「それは間違いありません。わたしも胸を張って銀座と掛け合いができます」

中西が顔をほころばせた。

覚書に三井元締と芳太郎が互いに署名し、持参した印形を押して商談がまとまった。

「いささか早いかもしれませんが、てまえどもで昼餉(ひるげ)を調えさせていただきました」

利左衛門の目配せを受けて、宣三郎が座敷を出た。手代が中座してから間をおかずに、小僧が箱膳を運んできた。

膳が膝元に置かれると、粕漬けにされたさわらの香りが座敷に満ちた。こんがりと焦げ目のついたさわらは、見た目からも美味さが感じられた。

小鉢はうどの味噌和えである。うどの白と、味噌の茶色が、伊万里焼の小鉢のなかで色味を競い合っている。

飯と汁は、ふた付きの椀で供された。

「商い固めの盃と申し上げたいところですが、それにはまだ陽が高すぎます」

利左衛門の言葉に、芳太郎と中西が笑顔で応じた。

「まことに不調法ではありますが、煎茶をお受けください」

磁器の急須を手にした小僧が、芳太郎から順に茶を注いで回った。受ける湯呑みは、猪口をひと回り大きくした別誂えの焼物である。湯呑みの底には、三井の家紋が描かれていた。

「ことによると、この湯呑みは……」

「お察しの通りです」

中西が言いかけたことを、利左衛門が引き取った。

十六畳間は、三井が新しい取引を始めるときに用いる客間である。商い固めは、四ツ

（午前十時）に始めるのがこの店の慣わしだった。

印形を押して固めが定まったあとは、日本橋宇田川の料理人がこしらえた昼餉を供した。が、酒を酌み交わすには早すぎる。

そのために用意したのが、上煎茶である。茶も宇田川の料理人がいれた。いま膳に載っている湯呑みは、固めの盃代わりだった。

首尾よく商談がまとまったことに加えて、さわらの美味さが重なり、食べ終えたあとの雑談が大いに盛り上がった。

「てまえどもに限らず、本両替の頭が高すぎていたことを、賽蔵さんに教わりました」

膳が下げられたあとには、干菓子と茶が出された。利左衛門が手にしている湯呑みが、昼餉のものとは変わっていた。

「とは申しましても、江戸の隅々にまで目を配るには、本両替の動きはいささかのろいかもしれません」

湯呑みを膝元に戻すと、利左衛門が膝を揃えて座り直した。

そんなことはねえ。わずか一刻のうちに、水売りのあらましを調べ上げたじゃねえか。

賽蔵は胸のうちで一昨日の出来事を思い返した。が、余計な口ははさまなかった。

利左衛門は、賽蔵を見てはいなかった。

「芳太郎さんは商いを通して、深川の端から端までを知り尽くしておられるでしょう」

「端から端というのは大げさでしょうが、それなりには町の様子をつかんでおります」

半端な遠慮は口にせず、芳太郎が歯切れのよい物言いで応じた。利左衛門は深くうなずいてから、あとの言葉を続けた。

「お取引いただきますのをご縁に、これからも町場の商いの動きを、なにとぞてまえどもの耳にお届けくださ い」

頼みを口にする利左衛門の目が、まっすぐに芳太郎を見ている。水売りの元締めが背筋を伸ばした。

「町場の商いということなら、あたしよりも賽蔵さんのほうが、はるかに目配りが利いていると思いますが」

「それはてまえも承知いたしております」

利左衛門の受け答えには淀みがなかった。

「賽蔵さんには、あらためてお願い申し上げることもあります。それをお含みいただきまして、芳太郎さんにもなにとぞ……」

利左衛門があたまを下げた。滅多なことでは、ひとにあたまを下げることのない本両替の元締である。

芳太郎は利左衛門が口にしたことを、身体で受け止めたようだ。

「どんな役に立てるかは分かりませんが、元締さんの言われたことは、しっかりと呑み込ませてもらいました」

芳太郎が引き受けて、すべてのやり取りが終わった。賽蔵への別の頼みについては、利左衛門は口にしないまま座敷を出た。

日本橋の大通りに、二月下旬の陽が降り注いでいる。利左衛門と宣三郎は、三井の門口ではなく、本通りにまで見送りに出てきた。本両替としては、最上のもてなし方である。

三井と隣り合わせの越後屋には、二十枚を超える日よけ暖簾（のれん）が垂らされている。暖簾の隙間からは、なかの様子が垣間見えた。

三十間間口の店は、端が見えないほどに広い。深川が根城の賽蔵は、陽の高い日本橋大通りに立つのはまれである。

前回ここをおとずれたときは、越後屋には目もくれず、三井の店先に立った。利左衛門との話を終えて店を出たときは、夜空に星が散っていた。

昼間の越後屋を初めてつぶさに見た賽蔵は、なかの賑わいに見とれた。

「お帰りになってから、ご一読ください」

別れ際に、賽蔵は一通の書状を利左衛門から受け取った。芳太郎も中西も、その書状に目を走らせる無作法な振舞いは見せない。受け取った書状をふところに仕舞ったあとで、賽蔵は三井の元締にあたまを下げた。

利左衛門と宣三郎は、三人が人ごみのなかに紛れ込むまで、通りで見送った。

四十二

三月一日の暮れ六ツ（午後六時）に、賽蔵は門前仲町の料亭江戸屋に顔を出した。石畳の敷かれた玄関先は、竹ぼうきで掃き清められている。敷石と玄関周りの生垣には、下足番が打ち水をくれていた。

美濃紙に柿渋を塗った提灯には、すでに明かりが灯されている。陽が落ちてからまだ間もないなかで、提灯のろうそくがやわらかな光を放っていた。

「いらっしゃいませ。徳右衛門店の賽蔵さまでございますね」

賽蔵が名乗る前に、江戸屋の仲居は言い当てた。

「三井様は、先にお着きでございます」

仲居は親しみのこもった笑顔を、賽蔵の後ろに立っているおけいに向けた。

「お連れ様も、どうぞご一緒にお上がりくださいまし」

仲居の指図を受けて、下足番がおけいを玄関のなかにいざなった。賽蔵は、薄紺色の小紋のあわせに紅殻（べにがら）の帯を締めたおけいを伴っていた。

二月二十二日に受け取った書状には、おけいも一緒に来て欲しいと記してあった。

「お世話様です」

礼を口にしながら、おけいは自然な振舞いで下足番におひねりを握らせた。

「ありがとうごぜえやす」

きれいな江戸弁で祝儀の礼を口にしてから、下足番はおけいの履物に木札をつけた。

「離れ　桔梗の間」

江戸屋でも最上の拵え(こしら)の離れで、客がふたりを待っていた。

芳太郎と三井とを顔つなぎした日の賽蔵は、八ツ（午後二時）過ぎにこしきに顔を出した。

二十二日の得意先回りは、お店者を経ている予吉に預けた。如才のない口がきける予吉なら、得意先を任せても賽蔵は安心できたからだ。

夕方の仕込みを始めていたおけいは、手を止めて賽蔵の元に寄ってきた。

「その顔だと、三井さんとのお話はうまく運んだみたいね」

それだけ言うと賽蔵の返事も聞かず、おけいは流し場に引き返した。再び出てきたときには、盆に徳利一本が載っていた。

「上首尾のお勤め、ご苦労さまでした」

賽蔵が顔を出すと分かっていたらしく、おけいは燗酒を用意していた。燗づけの湯加減に気を配られていた徳利は、賽蔵好みの熱燗に仕上がっていた。

首尾のほどが知りたくてたまらないおけいは、賽蔵が盃を干すなり顛末を問うた。

「芳太郎さんは、三千二百両もの五匁銀を買ってくだすった」

銀六十匁で一両である。芳太郎が銭座から仕入れて欲しいと言った量は、五匁銀で三万八千四百枚という、途方もない枚数だった。

賽蔵たちは手を尽くして、すでに相当額の五匁銀を売りさばいていた。いま銭座に残っている銀すべてをかき集めても、芳太郎の注文の半分にも満たない。

不足額の五匁銀は、銀座への追加注文となる。銭座の中西が利左衛門の前で破顔したわけは、新たな誂えを思い描いてのことだった。

おけいが両手を叩いて大喜びした。

「待ちねえ、おけい。まだ話の続きがある」

「えっ……もっといい話があるの？」

ひたいがくっつきそうなほど、おけいが顔を寄せてきた。喜びで、唇が艶っぽく濡れている。

湧き上がるおけいへの想いを懸命に押し留めて、賽蔵は話を続けた。

「この先三井さんで入り用になる銭は、そっくりおれから仕入れてくれるてえんだ」

「凄いじゃない、賽蔵さん……ほんとうによかった……」

おけいの目が、見る間に潤んできた。

たもとから手拭いを取り出した賽蔵は、おけいの目をやさしく拭った。おけいが両手で、賽蔵の手の甲を押さえた。

肩を抱き寄せれば、おけいはそのまま身体を預けただろう。賽蔵の一物が、下帯のなかでいきり立っている。ふたりとも、これまでにないほどに気持ちが昂ぶっていた。

賽蔵の手を押さえたまま、おけいが両目を閉じた。相手が唇を吸ってくれるのを待っているようだ。

賽蔵が大きな吐息を漏らした。

「すまねえ、おけい。おめえよりも気持ちは昂ぶってるが、いまはできねえ」

おけいの手を握り返した賽蔵は、そのまま自分の唇にあてた。仕込みのさなかだった手には、サバのにおいが残っている。

はっと気づいたおけいが、慌てて手を引っ込めようとした。その手を強く握り、賽蔵はにおいをかいだ。

「おめえのにおいじゃねえか、恥ずかしがることたあねえ」

ひとしきりにおいをかいだあと、やさしく撫でてから手を離した。

「そうだ、書付をもらったんだ」

照れ隠しで、賽蔵が甲高い声を出した。

「なあに、書付って」

やはり照れくさかったのか、おけいも同じような声音で応じた。

「三井の元締さんから、別れ際に渡されたんでぇ」

ふところから取り出した書状は、上物の奉書紙に書かれていた。読み進むうちに、賽蔵の顔色が変わった。

「どうしたの賽蔵さん……なにかわるいことでも書いてあったの？」

血の気が引いた賽蔵の顔を見て、おけいが案じ顔で問いかけた。

「いいから読んでみねぇ」

賽蔵から受け取るなり、おけいは書状に目を走らせた。

『三月一日の暮れ六ツに、門前仲町江戸屋までご足労をいただきたく、お願い申し上げます。折り入ってのご相談ごとで、三井次郎右衛門がお目にかかりたいと申しております。まことに勝手なお願いではございますが、大島町こしきの、おけい殿にもご同席いただけますように』

読み終わったおけいの手が震えている。

「どうしてわたしまで……」

「さっぱり見当もつかねぇ」

書状を真ん中に置いて、賽蔵とおけいとが放心したような目を見交わした。

仲居に案内されたのは、築山を正面に見る離れだった。陽の出ている間は暖かだが、暮れ六ツを過ぎると花冷えがきつくなる。

雪舟の軸が掛けられた二十畳の離れには、真っ赤に炭火が熾きた火鉢がふたつ置かれていた。

閉め切ってしまうと、部屋の空気が傷んでしまう。庭に面した障子戸には、外気取りの小窓がこしらえられていた。

「ようこそお越しくださいました」

利左衛門が中腰になって、賽蔵とおけいに上座を勧めた。三井両替店の当主が、勧めるようにと指図した席である。賽蔵は遠慮をせず、当主に会釈をしてから座についた。

「お初にお目にかかりますが、三井次郎右衛門と申します」

先に名乗られた賽蔵は、おけいともども、両手をついてあいさつを返した。

次郎右衛門は五つ紋の紋付姿である。賽蔵はいつも通り、深川銭座の半纏をまとっていた。男三人が着ているものは、いずれも色味に乏しい。おけいも着ているものは薄紺の小紋だが、帯は鮮やかな紅殻である。

次郎右衛門がおけいの小紋と帯を褒めたことで、座が和んだ。

酒肴を味わう間、次郎右衛門は用向きを切り出さなかった。

富岡八幡宮と永代寺の門前町が、大層な賑わいであること。

三年に一度の八幡宮本祭に繰り出す、町内神輿と宮神輿の評判は、日本橋にも届いていること。

江戸屋は、向島や両国の老舗料亭に一歩もひけをとらず、料理も客あしらいも見事であること。

深川にちなんだことに限って、当主と元締が話をつないだ。

「おけいさんのこしらえるサバは、味噌煮も塩焼きも、大層においしいとの評判です」

「ありがとうございます」

利左衛門に礼を言ってから、おけいは評判の出所をたずねた。

「てまえどもに出入りのかしらが、大層に褒めておりました」

三井に出入りする町内鳶（とび）のかしらと、岡田屋鉢衣文とが古いなじみであると、元締が続けた。利左衛門が口にしたのは、場を盛り上げるための世辞ではなかった。

三井次郎右衛門が用向きを切り出したのは、水菓子と煎茶が出されたあとだった。

「てまえどもも賽蔵さんも、ともにカネを扱うことを生業にいたしております」

次郎右衛門はひとことずつ、聞き違いの生じないようにと気遣った物言いをした。賽蔵は次郎右衛門の両目をしっかりと見ながら、小さくうなずいた。

「回りくどい言い方は、互いに性に合いますまい」

「言われる通りで」

「ならば、前置きなしで申し上げます」

次郎右衛門が言葉を区切ると、隣の利左衛門が膝を揃えた。三井の十六畳間で向かい合ったときは、威厳に満ちた利左衛門に気おされ気味になった。

ところがいまは、本両替の元締が手代のようにかしこまっている。ふたりの間には、当主と奉公人の、拭いがたい格の違いが横たわっていた。

「ぜひとも賽蔵さんに、両替商を営んでいただきたい。今夜はそれをお願いしたくて、深川に参りました」

思いも寄らなかった用件を切り出されて、賽蔵は返事に詰まった。

「いますぐにとは申しませぬ。賽蔵さんの都合次第ということで、よしなにお考えいただきたい」

返事をしない賽蔵を見詰めて、次郎右衛門は用向きを話し続けた。

賽蔵もおけいも、息をするのも忘れたように聞き入っていた。

話の起こりは、過日賽蔵が聞かせた、干鰮問屋の一件にあった。

真っ当な商いを続ける者が、カネの融通先を高利貸しに頼るしかないのは得心できない……。

利左衛門相手に、賽蔵は思っているがままを話した。利左衛門は、ひと晩のうちに手の者数人を動かしたあと、次郎右衛門におのれの思案を聞かせた。

「賽蔵さんの言い分は、もっともかと存じます。さりとて本両替がその役目を負うのは、畑違いでございましょう」

元手はすべて三井が負い、町場の商いに通じた者に両替商を任せる。

これが利左衛門の思案だった。

「賽蔵さんであれば、すでに旦那様のお眼鏡にもかなった人柄でございます。それに加えまして、商いを営む配下の者にも恵まれています」

利左衛門が動かした連中は、賽蔵が使う銭売り十一人のことをも調べ上げていた。

「銭売りも含めての両替商であれば、賽蔵さんたちにも異存なきものと存じます。貸付先の内証調べは、十一人の面々が間違いのない判じ方をするものと、確信いたしております」

思案を聞かされた次郎右衛門は、その場で利左衛門に許しを与えた。石橋を叩いて渡るを家訓とする三井両替店にあっては、かつてない速さの決断といえた。

「これからの江戸は、さらに大きく膨らむはずです。てまえどもがお願いする両替商は、かならずや真っ当な商人(あきんど)の役に立ちましょう」

店を構える場所は、こしきの先に広がる干鰮場の一角を利左衛門は考えていた。埋立地で、土地は幾らでもある。海に近いことで、火事に遭っても水に恵まれている。場所はいささか不便だが、用のある者は構わずにたずねてくるというのが、利左衛門の目論見だった。

「おけいさんにも、ぜひとも両替商の力になっていただきたい」

この言葉で、利左衛門は用向きを話し終えた。

賽蔵もおけいも、黙り込んでいた。

利左衛門は口を閉ざしてふたりを見詰めている。

物音の消えた離れの二十畳間で、注ぎ足された炭がパチパチッと鋭い音を立てて爆ぜた。

四十三

三月三日のひな祭りは、雨で明けた。

金座が後押しをしている亀戸銭座は、鋳銭場と役場とが離れていた。敷地の広さでは、深川銭座にはかなわない。しかし檜をふんだんに使った役場の拵えでは、深川に大きく勝っていた。

亀戸には、金座から出張ってきた三人の役人が常駐している。そのなかのひとり、大島正之助(しょうのすけ)がおのれの執務室で、銭座請け人のふたりと向かい合っていた。

「そのほうらの渋い顔も、これを見れば晴れるだろうて」

大島が文箱を開き、紙袋を取り出した。

『金座後見　百文緡(ひゃくもんざし)』

白い紙袋に、墨文字が刷られている。文字の下には、金座後藤の花押(かおう)が朱色で描かれていた。

大島から手渡された請け人ふたりが、互いの顔を見詰めた。

「なんだ、その顔は」

ふたりの気乗りしない様子に、大島が声を荒らげた。

「ここに刷られているのは、金座後藤家のみに許された花押である。それを使う許しをいただくために、いかほどの難儀を重ねたか分からぬか」

「とんでもないことです。大島様のお働きなくしては、到底かなうことではございませんです」

請け人ふたりが畳に手をついた。

「それが分かっておるのなら、もそっと嬉しそうな顔を見せろ」

大島が胸を反り返らせて、ふたりを睨みつけた。

「大島様は、この袋に百文緡を詰めろとおっしゃいますので？」

「そのためにこしらえた袋だ」

「それで……袋代はいかほどでございましょうか」

「金座出入りの紙屋に因果を含めて、破格の安値でこしらえさせた」

「それで、費えのほどは？」

「袋ひとつにつき、四文で仕上げると請合いおった。どうだ、安くて驚いたか」

請け人が揃って漏らしたため息に、屋根を打つ雨音が重なった。

亀戸銭座は役人三人の執務室のために、畳表を備後から取り寄せた。

ふすまの絵は、本郷に住む狩野派の絵描きに描かせた。ふすま紙と絵描きの画料とに、一枚あたり一両二分もかけた。

三人それぞれが、十二畳の執務室と、六畳の次の間普請を言い立てた。畳表一畳の拵えに一分、それに西陣織の縁代一朱が加わった。

床柱は、木場の銘木商にさるすべりを探させた。違い棚と書見台、それに分厚い一間幅の卓には、いずれも桜を用いている。

三人の執務室普請に、亀戸銭座は七十三両ものカネを投じていた。しかも金座役人にかかる費えは、これだけではなかった。

役宅のある本所竪川には、亀戸から毎朝六ツ半（午前七時）に宿駕籠が差し向けられた。銭座を退出するのは、城中同様に八ツ（午後二時）である。銭座からの帰途にも、宿駕籠を使った。

この屋根つきの駕籠賃だけで、一挺あたり月に二両もかかった。その上、雪だの雨だのと天気がわるいときには、駕籠舁きに相応の酒手をはずむことになる。

「あの駕籠舁きは振舞いがよろしくない。今日限り、別の者と取り替えよ」

役人は、なにかと文句をつけた。ひとりが言い出すと、他のふたりも負けじと口を尖らせる。送り迎えの宿駕籠は、亀戸銭座の頭痛のタネだった。

四ツ（午前十時）には、茶菓を供した。

茶は宇治か駿河の上煎茶で、菓子は日本橋老舗のまんじゅう、もしくは干菓子である。数日続けて同じ品を出すと、たちまち役人たちから叱責が飛んできた。

銭座は毎日の昼餉も用意した。

一汁三菜が定めで、飯は炊き立ての白米に限られた。三人のうちひとりは、やわらかい飯が好みで、残るふたりは硬く炊けと言う。銭座の賄い場では、ふたつの釜を使って飯を炊き分けざるを得なかった。

こうまで金座役人を手厚くもてなすのも、つまりは銭売りに際しての後押しが欲しいからだ。

鋳銭については、金座の指図は無用だった。

金と鉄とでは、炉の使い方も鋳造方法もまるで異なる。なによりも、銭座の鋳造職人たちは、役人の余計な口出しをきらった。

明和二年七月から、金座の三人は毎日執務室に通ってきた。が、これといって仕事はなく、月に一度金座から出向いてくる後藤家番頭接待が役目である。

亀戸銭座が金座役人を受け入れたのは、鉄銭売りさばきに役立つと考えたがゆえである。なにしろ、日に百五十貫もの銭ができるのだ。生半可な売り方では、到底さばける量ではなかった。

金座から話を持ちかけられたとき、亀戸は鋳銭量の多さに尻込みした。

「金座が後押しを致すゆえ、案ずることはない。腕利きの者三人を亀戸に遣わし、日々の売りさばきに力も貸そう」

金座番頭が胸を叩いた。それを真に受けて、亀戸銭座は三人の役人を受け入れた。ところが鉄銭売り出し当初から、三人の働きぶりは鈍かった。

「八月一日より、本所の両替商篠田屋多助に、日に二貫文を納められたい」

「両国橋東詰、回向院わきの両替商野田屋新兵衛あて、この月の十日より鉄銭三貫五百を納めるがよい」

役人のひとり川中源兵衛は、金座の威光を後ろ盾にして、役宅近所の両替商に鉄銭を売りつけた。しかし商い高は、二貫文だの三貫五百だのと、明らかに両替商がいやいやながら仕入れる額でしかなかった。

亀戸銭座の請け人は、山本三郎右衛門（さぶろうえもん）と樋口吉兵衛（きちべえ）の二家による、宝永五（一七〇八）年からの世襲である。

明和二年七月の鉄銭売り出し時は、山本も樋口も二代目が継いでいた。

「川中さんは任せておけと言うが、あんな数しか売りさばけなくて大丈夫か」

樋口が眉間に縦じわを寄せた。

「すでに始まったことです、いまさら案じても仕方ないでしょう。大島さんも田川さんも、それなりには働きかけていますから」

年下の山本が、樋口の心配を弾き返した。

しかし三人の売り込みは、さっぱりはかどらなかった。業を煮やした銭座は、鋳銭開始から四カ月目の十月には、一日の量を三十貫にまで減らした。

十月中旬の雨の日に、金座の番頭が怒鳴り込んできた。

「断わりもなく、御上との約定を違（たが）えるとはなにごとであるか」

散々に怒鳴り散らしながらも、番頭は金座から遣わした三人の働きが思わしくないことを、察しているようだった。

「そのほうらが競い合う深川銭座には、銀座が五匁銀の売りさばきを押し付けておる。

ここにも同額をという銀座を、わしはその場で撥ね返した」

「ありがたきご尽力にございます」

「それに加えて、明年二月までは特段の計らいをもって、三十貫への減量をも許す」

三月に入ったあとは、かならず百五十貫に戻せと言い置いて番頭は帰った。

しかし明和三年の正月を迎えても、銭の売れ行きは一向に増える気配がなかった。

「三月には、日に百五十貫を鋳造することになります。なにとぞその日までに、川中様、田川様、大島様のお力で、銭の売りさばきを増やしてくださりますように」

樋口と山本は、ていねいな物言いながらも、年明け早々から三人の尻を叩き続けた。

「わしに妙案がある」

二月初旬の節季変わりの朝、大島がふたりを前にして胸を反らした。

「三月前には、かならず形にしてみせようぞ」

大島は豪語したが、仕上がったのは三月三日の朝になった。


「なんだ、ふたりとも。わしの前でため息をつくとは無礼千万だぞ」

大島は雨音のなかに、ふたりのため息を聞き分けていた。

「紙袋の費えが、高すぎると思っておるのだろう」

「そんな……滅相もないことです」

山本が懸命に打ち消した。

「見え透いたことを言うでない」

叱りつける大島は、奇妙なことに笑みを浮かべていた。

「そのほうらの渋い顔も、わしの思案を聞けばたちどころに晴れるだろうて」

大島は紙袋のなかから、一枚の札を取り出した。

『二朱金兌換券』

札には袋と同様の、後藤家花押が描かれている。が、兌換券の花押は刷り物ではなく、朱印が押されていた。

武家のほかは、朱印を使うのはご法度である。樋口と山本が、いぶかしげな目を大島に向けた。

「案じずともよい。金座を通じて、御公儀より許しは得ておる」

自信たっぷりの大島の様子に、請け人ふたりは眉を曇らせた。しかし大島の思案を聞くうちに、渋かった顔つきがきれいに晴れた。

「まことにそれは妙案でございます」

「すぐさま、今日のうちに銭売りを手配りいたしましょう」

樋口と山本が膝を叩いて喜んだ。

大島の思案は、袋詰めをした百文緡の千にひとつの割合で、二朱金の兌換券（正貨との引換券）を封入するというものである。

鉄銭が出回ったことで、いまの銭相場は一両四貫文で落ち着いている。二朱金一枚には、五百文の値打ちがあった。

亀戸の百文緡を買うと二朱金が当たる。

このおまけは強力である。千にひとつの当たりなら、原価は百文緡一本で一文にも満たない。札と袋の費え四文を加えても、銭の売れ行きが増えれば充分に吸収できる額だ。

大島の思案に飛びついたふたりは、その足で亀戸天神わきの渡世人、弁財天の浜吉をたずねた。

江ノ島が在所の浜吉は、江島神社の本尊である裸弁天を背中に背負っている。浜吉は近所の寺で三と五の日に賭場を開く貸元だが、かたわらでは香具師も束ねていた。

「おもしれえ趣向じゃねえか」

樋口から話を聞き終えるなり、浜吉は代貸を呼びつけた。そして配下の香具師三十人を呼び集めろと指図した。

「のぼり作りなんぞの備えに、二日はかかる。六日の朝から売り出すぜ」

浜吉にふたつ返事をされて、樋口は安堵の吐息を漏らした。

三日続きの雨が上がり、三月六日は朝から気持ちよく晴れた。

亀戸天神の前には、朝の六ツ半（午前七時）に十台の大八車が並んでいた。どの車にも、百文緡の詰まった四斗樽が四個積まれていた。

樽ひとつに、百文緡が百本入っている。十台合わせて、四百貫文である。三月一日から百五十貫の鋳造を再開した亀戸銭座は、売れ残りをそっくり袋詰めしていた。

「一本残らず売り切るまでは、けえってくるんじゃねえ」

「がってんだ」

浜吉にどやされて、三十人の香具師が声を揃えた。香具師が着ているのは、亀戸銭座の半纏である。

『金座後見　百文緡』

『二朱金兌換券入り』

車の両側に立てられた二本ののぼりが、朝の風を受けてはためいた。

売り声自慢が香具師の身上である。

「百文緡で、二朱金が大当たりい」

香具師たちは、四ツ目通りに出たところから大声を発していた。

四十四

三月十日の午後。

空は青く晴れ渡っていたが、永代橋を渡る賽蔵の顔色はよくなかった。背中には、銭を運ぶ背負子を負っている。

橋のなかほどで立ち止まった賽蔵は、背負子の紐を肩から外した。

大川には春の陽が降っていた。キラキラと輝く川面に、二羽の都鳥が舞い降りた。わきから飛んできた別の一羽が、素早い動きで川魚をくわえて飛び去った。

仲間に先取りされた二羽は、悔しそうな啼き声を残して空に戻った。

あいつら、おれと同じだぜ。

上空に舞い上がった二羽を見て、賽蔵がぼそりとつぶやいた。

毎月の旬日は、浜町の大工棟梁、甚五郎に手間賃の両替を届ける日である。この朝もいつもと同じように、銭と小粒とを取り混ぜて五十五両分を届けに出向いた。

「いつもすまねえやね」

甚五郎がねぎらいの言葉を口にした。が、口調がいつもとは違っていた。

「ちょいといいかい？」

銭を受け取ったあとで、甚五郎は宿の裏手に賽蔵を誘い出した。

「賽蔵さんには申しわけねえが、四月からしばらくは、よそから買わせてもらいてえ」

いきなりの断わりだったが、賽蔵は驚かなかった。

「亀戸の連中から買われやすんで？」

賽蔵の見当は図星だった。

香具師を銭売りに仕立てた亀戸銭座は、江戸の方々で百文緡を売りさばかせた。地元の銭売りから文句をつけられないように、亀戸は銭売り鑑札を貸し与えていた。

江戸の町に通じている香具師連中は、どこに行けばひとが集まるかを知り尽くしていた。町ごとに異なる縁日や祭礼も、あたまのなかに刻み込まれている。

香具師にとっては、江戸市中のすべてが銭売りの場所も同然だった。

「どうにもみっともねえ話だが、うちのカカアがどうしても亀戸から買いてえって、聞きやしねえ」

「二朱金目当てで」

「ふざけんじゃねえって、ここんところ口争いを続けてたんだ。カカアだけならどうにでもなるんだが、職人たちまでが尻馬に乗りやがった」

甚五郎が使う職人は十五人である。そのだれもが、二朱金兌換券が当たる袋詰めを欲しがっていた。

「問い詰めてみたら、職人たちもどうやら女房に尻を叩かれてやがるのが分かった」

賽蔵に目を合わさずに、甚五郎があたまを掻いた。

「そうなげえことじゃねえ。亀戸の袋が外ればっかりだと分かるまでのことだ。すまねえが賽蔵さん、勘弁してくんねえ」

亀戸に乗り換えたのは、甚五郎だけではなかった。甚五郎が口利きをした神田佐久間町も、吾妻橋並木町の棟梁も、同じ断わり文句を口にした。

「時季がきやしたら、また付き合いを始めてくだせえ」

精一杯の愛想笑いを残して、賽蔵は三軒の得意先と別れてきた。その直後だっただけに、わきから舞い降りた都鳥が、賽蔵には亀戸に見えたのだ。

三井さんの話に、浮かれ過ぎたバチが当たったんだ……。

橋の欄干に寄りかかりながら、賽蔵はおのれの振舞いを悔いた。

銭売りの店が持てるかもしれねえ……。

三井次郎右衛門の話を聞き終えたあと、賽蔵は込み上げる喜びを隠し切れなかった。

おけいも三井の申し出を心底から喜んだ。

「賽蔵さんの店がすぐ隣にできるなんて、なんだか夢を見ているみたい……」

「早合点するんじゃねえ。まだ受けると決めたわけじゃねえんだ」

わざと苦い顔をこしらえようとしたが、口元がゆるむのを抑え切れなかった。

一夜が明けたあと、賽蔵は最年長の時十に三井の申し出を話してみた。

「話がうますぎるんじゃねえか」

からいことを言いながら、時十も目元がゆるんでいた。

「おれも歳だからよう。おめえが引き受けると決めたときにゃあ、おれには楽な役回りを振ってくれよ」

おれのことはあてにしてくれていいと、時十は承知した。

三月五日の雨の日に、賽蔵は三井両替店をおとずれた。

「店開きの段取りはこれからとして、話はありがたく受けさせていただきやす」

賽蔵の答えを聞いて、利左衛門はめずらしく顔をほころばせた。

「蔵の拵えはうちで考えます。店構えは、賽蔵さんたちの好きにしてくだすって結構だ」

三井からの帰り道、賽蔵はおけいとふたりで店の造作をあれこれと思案した。宿に帰ってからも、あたまのなかを店構えの思案が走り回った。賽蔵が浅い眠りについたのは、夜明け前のことだった。

三月六日は寝不足気味だったが、気持ちは大きく弾んでいた。ところが昼前には、顔つきが険しくなった。亀戸の銭座が、賽蔵には思いも寄らなかった趣向を引っさげて、銭売りの真っ向勝負を挑んできた。

以来、今日まで賽蔵は負け戦（いくさ）を続けていた。

ひとつだけ救いがあった。深川の客の多くは亀戸には目もくれず、今まで通りに賽蔵たちから銭を買ってくれたことだ。

賽蔵が取りこぼした客は、だれもが深川の住人ではなかった。

浮かれてねえで、ふんどしを締め直すぜ。

声に出してつぶやいてから、背負子を担いだ。

そのとき……。

仲町の火の見やぐらが、いきなり半鐘を打ち始めた。それも火元が近いと告げる、連続音の擂半である。

橋を行き交う者が足を止めて、てんでに仲町の空を指差している。火の見やぐらの先の空に、固まりになった黒煙がおおいかぶさっていた。

四十五

深川の火事を知った賽蔵は、山本町の徳右衛門店へと駆けた。賽蔵が暮らす裏店で、三軒長屋が四棟並んでいる。

明け六ツ（午前六時）過ぎの徳右衛門店は、仕事場に向かう通いの職人で、井戸端が賑やかだ。しかし午後のいまは、長屋には女房連中とこどもしかいなかった。

「賽蔵さん、どうしようか」

女房のひとりが、賽蔵のそばに駆け寄ってきた。擂半を耳にして、様子が尋常ではない。目はうつろで、髪がほつれている。

手を引かれたこどもが、母親の振舞いを見て怯えていた。

「火元は平野町の見当だ」

火の見やぐら下で聞いた火元の方角を、賽蔵が口にした。

「平野町からここまでの間には、広い仙台堀がある。火の勢いは強そうだったが、堀は越えられねえだろう」

「そうだといいけど……」

女房は賽蔵が口にした火事の見当に、得心していなかった。

「心配なら、金目のものだけでも風呂敷に包んでおきねえな」

乱暴な口調で言い置いた賽蔵は、腰高障子戸を開いて土間に入った。ひとり暮らしで、大した所帯道具はない。目ぼしいものといえば、壁に吊るした何着かの着替えに半纏、あとは土間の隅に重ねた雨具ぐらいだ。

背負子をおろした賽蔵は、銭売りの道具と、仕上がった数十本の百文緡、両替で受け取った銀などを手元に集めた。

火事や地震、洪水に備えて、印形（いんぎょう）や書付を合切袋にしまいこんである。それも銭売り道具の上に積み重ねた。

衣類は、きちんと畳んで風呂敷に包んだ。

半纏を着込み、背負子を担いだ。雨具、布団、鍋釜などの所帯道具はそのままにして、土間から路地に出た。

江戸の長屋暮らしの住民は、いつなんどき火事に襲われてもすぐに持ち出せるように、当面入り用なものは、部屋の隅に積み重ねていた。

地震・雷・火事・洪水。

この四つは、いずれも暮らしの身近なところで、ひとに襲いかかる隙を窺っている。四つのどれも、立ち向かおうとしてもひとの力では歯が立たなかった。

唯一できるのは、大事に至る前にその場から逃げ出すことである。そのための備えは暮らしの知恵として、無精者でも日ごろから抜かりはなかった。

火事が山本町まで延びるとは、賽蔵は考えてはいなかった。風はなかったし、たとえ吹き始めたとしても、三月のいまどきに吹くのは南風である。徳右衛門店は、平野町の風上だった。

『こしきにいる　賽蔵』

火事を知って駆けつけるかもしれない仲間への報せを、賽蔵は腰高障子戸に墨書きした。

「賽蔵さん、お願い……」

隣の女房が、出て行こうとした賽蔵を呼び止めた。

「うちのひとに分かるように、あたしんとこにも行き先を書いてちょうだい」

字がうまく書けない女房が、賽蔵に手を合わせて頼み込んだ。

「お安いご用だ」

ふところに仕舞った矢立を取り出すと、墨壺に筆をひたした。

「どこだと書けばいいんでぇ」

「高橋（たかばし）に、うちのひとのあにさんが住んでるから……そこに行こうと思うんだけど」

「だめだ、そいつはよしねえ」

賽蔵が厳しい声で止めた。

「いまの時季は、夕方になると南風が強く吹くもんだ」

火元の平野町から見て、高橋は北の方角である。高橋と平野町の間には、三十間（約五十四メートル）幅の小名木川が流れている。川幅は仙台堀よりも広いが、強風に煽られると、火の粉はやすやすと川を飛び越える。

「高橋に逃げるぐれえなら、ここに残って様子を見ているほうが、まだましだぜ」

「そんなこと言ったって、賽蔵さんだって逃げ出そうとしてるじゃないのさ」

女房が、顔をひきつらせて嚙みついてきた。

「おれは逃げ出すわけじゃねえ」

賽蔵は顔つきを険しくして女房を睨んだ。

「念のために、商売道具を大川端の知り合いんところに移すだけだ」

「いいわよねえ、風上に知り合いがいて」

いつもはわきまえのある口をきく女房だが、鳴り続ける擂半で、すっかり気を高ぶらせていた。

当てこすりには取り合わず、賽蔵がその場を離れようとした。女房が賽蔵の背負子をつかんで引き止めた。

「ひとりだけで逃げ出さないで、ちゃんと話を聞いてちょうだい」

「分からねえひとだなあ、あんたも。逃げるんじゃねえって、そう言ってるだろうがよ」

我慢の切れた賽蔵が、声を荒らげた。

「路地でなにを言い争っているんだ」

長屋差配の徳右衛門が、ふたりのそばに寄ってきた。

「別に言い争っているわけじゃねえ」

差配に首を突っ込まれると、小言を食らってなにかと厄介である。隣の女房も分かっているらしく、賽蔵の言ったことにうなずいた。

「さっきから擂半が鳴り通しで、うちの婆さんがうろたえてしょうがない」

眉間にしわを寄せて、差配が話を変えた。

「どうだ賽蔵、火事の見当をなにか耳にしたか」

「やぐらの連中は、平野町だと言ってやしたぜ」

「そうか、あの煙は平野町か……」

火元を聞いて、差配が安堵の吐息を漏らした。賽蔵同様に、仙台堀が食い止めると判じたようだ。

「すまないが賽蔵、念のためおまえの目で火事の様子を確かめてくれ」

裏店では、差配の指図には逆らえない。ほかにおとなの男がいない今は、火事の様子見に出向けるのは、賽蔵しかいなかった。

長屋の暮らしは、お互いの助け合いで成り立っている。

「がってんだ、行ってきやしょう」

賽蔵も、火の動きは気がかりだった。背負子をおろすなり、半纏を羽織ったまま駆け出した。

仲町の辻に出ると、擂半がひときわ大きく響いていた。

ジャラジャラジャラ……。

半鐘を叩くのではなく、鐘の内側を鎚で擦り、つながった音で鳴らすのが擂半である。半鐘から火元までが五町（約五百五十メートル）以内のときに、火の見やぐらは鐘をこすった。

火元は仙台堀の対岸だと分かっていても、擂半はひとを落ち着かなくさせる。仲町の大店は、どこもが血相を変えて蔵の目塗りを始めていた。

永代寺門前仲町の大通りは、平野町から逃げ出してきたひとでごった返していた。一ていた。

台の大八車に、何軒もが所帯道具を積み重ねている。車のわきには、女とこどもが群がっていた。

車を引くのは職人ではなく、お店勤めの若い手代だ。

平野町も、職人が多く暮らす町である。亭主どもは、まだ仕事場から帰っている様子がない。車を引く手代は、平野町の店が逃げ出す者の手伝いに差し向けたようだった。

富岡八幡宮の前を駆け抜けた賽蔵は、三十三間堂の辻を北に折れた。前方には、大和町の色里が見えている。

まだ陽の高いときに見る遊郭は、提灯も下がっておらず、店先には打ち水もされていない。どの二階屋も、まるで居眠りをしているかのように、だらしなく見えた。

山本町に比べれば、大和町のほうがはるかに火元に近い。しかし遊郭は浮き足立つでもなく、いつもと変わりがなく見えた。

さすがは色町だ、肚の据わり方が違う。

大和町の落ち着きに、賽蔵は感心した。

どこの色町でも、自前の火の見やぐらを持っており、見当づけに長けた火の見番を雇っていた。町が平然としているのは、火事の見極めがついているからだろう。

大和町は、火が襲ってこないと見切っている……。

そう察した賽蔵は、ひときわ大きな息を吐いた。大和町が火事を案じていないのなら、山本町はもっと安心だと思えたからだ。

駆け方を少しゆるめて、冬木町に入った。町の大木戸は開かれており、平野町から逃げてくるひとの姿が一段と多くなった。

車ではなく、持てるだけの金目の物や合切袋を提げている。風呂敷に包んだ衣類を背負っているこどももいた。

どの顔もすすで汚れている。

こどもは火から逃れられた安心感よりも、目の前で家を焼かれる光景を見た恐怖で、瞳が定まってはいない。黒く汚れた顔にも、生気がなかった。

冬木町の大木戸を抜けると、仙台堀に架かる亀久橋のたもとに出た。

仙台藩が自国の米を運び込むために掘った仙台堀は、幅が二十間（約三十六メートル）あった。平野町は堀の対岸で、風はさほどに強くはなかった。

深川各町の火消しは、水で火を湿らせるのではなく、燃え広がらないように家屋を叩き壊す、破壊消防である。

幅二十間の仙台堀は、火を封じ込めるにはなによりの境界線だ。風が南にさえ吹かなければ、火の粉が飛び散って火事を広げる心配がない。

冬木町や木場の火消したちは、対岸の平野町の様子を見ながら、用心のために岸辺の宿の屋根に水をかけていた。

賽蔵も堀の石垣に立ち、平野町の様子を見た。燃え盛る炎が発する熱は、岸を隔てていても伝わってきた。

炎が風を巻き起こして、火の粉を真上に舞い上げている。刺子半纏をまとった火消し連中は、鳶口(とびぐち)を使って柱や板を叩き壊していた。

身体中に熱風を浴びており、刺子半纏がくすぶっている。鳶の何人かは仙台堀に飛び込み、火事装束を濡らしたあと、再び猛火に立ち向かった。

賽蔵が見ている目の前で、長屋が、二階屋が、そして町が焼け落ちている。火消しは、暴れる火を鎮めることができずにいた。火がこの上燃え広がらないように、まだくすぶってもいない家屋敷を、鳶口や掛矢(かけや)で叩き壊しているだけだ。

亀久橋を渡って逃げてきた者が、足を止めて岸辺に並んだ。まばたきもせず、対岸の様子に見入っている。暮らしていた町の、末期(まつご)を看取っているかのようだった。

賽蔵は一緒に立っているのがつらくて、仙台堀から離れた。火は堀を渡る気配はない。しかしおのれの町まで飛び火しなくてよかったと、喜ぶ気にはなれなかった。

山本町に戻る賽蔵の両肩が落ちている。

擂半は、いまだ鳴り続いていた。

四十六

火は仙台堀を越えなかった。しかしすべての火が湿ったのは、六ツ半（午後七時）過ぎになった。

午後に入るなりの火事騒動で、大島町のあたりも大騒ぎになった。護岸作事の人夫たちは腰が落ち着かず、七ツ（午後四時）には早々と仕事を打ち切りにした。

おけいはこの日も、いつも通りに仕入れを済ませていた。人夫に昼飯を供し、夜の仕込みを始めようとした矢先の火事である。夜の商いに仕入れた二十尾のサバに塩をあたっただけで、あとの段取りを止めた。

店を開いても、客がくるとは思えなかったからだ。塩さえあたっておけば、三月のいまならサバは二日は持つ。いよいよとなれば、干物にする腹積もりをした。

背負子を担いだ賽蔵がこしきに顔を出したのは、まだ方々から煙が立ち上っている七ツ半（午後五時）ごろだった。

「町の様子はどんななの」

「平野町がすっかり焼かれちまった」

仙台堀から見た光景を、おけいに話した。

「焼け出されたひとは大変ねえ……」

おけいは賽蔵の無事よりも、被災した平野町周辺のひとを案じた。

賽蔵がおけいを好いているわけのひとつは、ひとを思いやるやさしい気性である。岸辺から見た火事の有様がひどかっただけに、おけいの物言いが賽蔵の胸に染みた。

「光太郎と予吉のふたりは、仙台堀の向こう側が宿だ」

賽蔵の声が曇っていた。

光太郎も予吉もひとり暮らしだが、ともに銭売り稼業には長けている。光太郎の平野町も、予吉の三好町も、町はいずれも丸焼けになったと賽蔵は断じていた。

亀久橋のたもとから見た火の勢いでは、町が無事だとは到底思えなかった。しかも、ふたりが銭売りに出かけているさなかの昼火事である。

なにも持ち出せないまま、丸焼けになったにちげえねえ……。

それを思って、顔つきが曇っていた。

江島橋の光太郎は、洲崎弁天の料亭が得意先である。洲崎には名の通った料亭が三軒あり、仲居や板場などの奉公人は三軒合わせれば百人を下らない。

光太郎は毎日洲崎に出向き、料亭の奉公人と芸者衆に銭を売った。

仲居も板場も、月ぎめの給金である。洲崎で一番大きな料亭は『松乃家(まつのや)』で、ここの仲居がしら、すみ吉は月に銀四十匁の給金を得ていた。

深川の辰巳芸者は、黒い羽織を着て男名前の源氏名で売るのが作法だ。洲崎の老舗料亭はこの風習を踏んでいた。

松乃家では代々、仲居がしらにはすみ吉を名乗らせた。いまのすみ吉は五代目で、背丈は五尺三寸（約百六十センチ）。仲居としては大柄である。

上背はあっても動きは敏捷で、なにより客への目配りには抜かりがない。とりわけ一見客を大事にし、なじみ客と搗ち合ったときには、一見客のほうに見晴らしのよい客間をあてがった。

松乃家は料理の美味さが売り物である。

すみ吉は座敷から下げられる膳の残り具合を見て、客の舌の好みを覚えた。造りが好きなのか、煮物や和え物、揚げ物などのほうが好みなのか。これをあたまに叩き込み、次回の料理に活かした。

「行くなら松乃家だぜ」

「ちげえねえ。裏をけえしに行ったらよう、あすこの仲居がしらは、おれっちの好物を覚えてやがった」

一見客が二度目に顔を出したとき、すみ吉は板場に伝えて、前回に客が喜んだ献立を加えさせた。この客あしらいが評判を呼び、松乃家にはすみ吉目当ての客が季節を問わずに押しかけた。

すみ吉は客だけではなく、配下の仲居からも、板場の職人からも慕われている。ときにきつい口調で叱ったりもするが、指図に間違いがなかった。

すみ吉の指図に従って客と接すれば、満足した客は心づけをはずんだ。これは仲居にだけではなく、板場の職人にも同じだった。

「今夜の煮物は、ことのほか美味かった。板場さんにこれを」

商家のあるじが包む心づけは、少なくても一匁の小粒が三粒。ときには十匁の丁銀をはずむこともあった。

すみ吉の言うことに従えば、実入りが確実に増える。客が包む心づけは、奉公人の給金を大きく上回った。

松乃家の仲居も板場も、仕事のみならず、日常の暮らしにおいても、すみ吉の言うことには耳を傾けた。

光太郎は、このすみ吉に気に入られた。

銭を売るとき、使い古しの銅銭や鉄銭を取り除き、鋳造されたばかりの新銭を光太郎は差し出した。三度それを繰り返したとき、すみ吉は光太郎の気配りを誉めた。

「にいさんみたいな銭売りは、見たことがなかったわよ」

すみ吉は給金や心づけで買う銭すべてを、光太郎に委ねた。残りの奉公人も、全員がすみ吉に従った。

光太郎は、日に三貫文の商いがある。基を作ったのはすみ吉だが、光太郎もしっかりと汗を流した。

素人ながらも、光太郎は庖丁が使えた。稼ぎの大半を食べ物に費やすほどの食道楽で、とりわけ旬のものには目がなかった。

銭売りで板場をたずねた折り、光太郎は若い板前と料理談義にふけることがあった。

「魚でも野菜でも、料理の基本は庖丁だ」

若い板前がいっぱしの口を利いたとき、光太郎は庖丁を見せろと言った。手渡された出刃をひと目見るなり、板長の許しを得て庖丁研ぎを始めた。

二種類の砥石を使って研ぎ上げたときには、若い板前のみならず、板長の顔色も変わっていた。

光太郎の父親は、相州江ノ島の研ぎ職人である。息子にも同じ道を歩ませる気でいた父親は、光太郎が十歳から十五歳までのあしかけ六年間、研ぎの基本を仕込んだ。

どうしても江戸に出たかった光太郎は、十五歳の秋に在所を飛び出した。そして職人とは異なる道を歩んで銭売りになった。が、思わぬところで、父親に鍛えられた技が役に立った。

仲居がしらと板長とのひいきを得た光太郎は、いまでは松乃家だけではなく、残る二軒の料亭にも出入りがかなっていた。

汐見橋の予吉は、六年前、二十二歳までは日本橋の鰹節問屋、室津屋に奉公していた。屋号の通り、土佐室津産の鰹節を扱う老舗である。

予吉の父親要助は、十六の年に土佐手結湊から江戸に出て、日本橋魚河岸で奉公を始めた。漁師町で育った要助は魚の目利きに長けていて、河岸では重宝された。

十二年奉公したのち、二十八の春から魚の担ぎ売りを始めた。三年目に所帯を構えて、三十一歳でひとり息子の予吉を授かった。

予吉が十歳になった正月に、要助は日本橋室津屋に奉公に出した。室津屋は小僧から番頭に至るまで、奉公人すべてが土佐者である。予吉は要助が話すのと同じ訛りの言葉を聞きながら、奉公に励んだ。

室津屋の鰹節は、駿河や薩摩の品よりも味がいいということで、多くの料亭が競って仕入れた。また土佐藩が一年に四回、将軍家への時献上に用いる鰹節も、室津屋が納めた。

暖簾に誇りを持つ室津屋は、奉公人の目利きに厳しい。土佐の者しか雇い入れないのは、南国特有の気候風土を知らない者には、鰹節の商いはできないとの信念からである。

これはしかし室津屋に限ったことではなく、上方に本店のある江戸店のほとんどが、江戸者ではなく、在所の者を雇っていた。

江戸生まれの予吉が室津屋に奉公できたのは、要助の力である。手結湊は室津と並んで、土佐では名の通った漁港だ。

手結が在所というだけで、室津屋は要助の言うことを高く買った。それに加えて日本橋の魚河岸に十二年も勤めた実績があった。しかも魚の担ぎ売りでは目利きのよさを買われて、多くの得意客を抱えていた。

その要助の頼みである。

商いの割には番頭まで含めて十七人と、奉公人の少ない室津屋が、予吉を小僧として受け入れた。しかも十五歳の手前で見込みのない小僧は国に帰す厳しさのなかで、予吉はまだ十四歳の正月に、手代見習いに就いた。

鰹節は節と節とを打ち合わせ、その音で乾き具合と品の良し悪しを判断する。土佐から俵詰めで廻漕されてくる鰹節を、ていねいに取り出し、大きさ別に杉の大箱に選り分けるのが小僧の仕事である。

予吉は手代の真似をして、両手に持った節を打ち合わせた。小僧が遊び半分に節を打つのは、きついご法度（はっと）である。予吉は違った。

十三、四のまだ前髪の残ったこどもが、真剣な顔つきで打ち合わせた。そして耳が聞き取る音と、五本の指と手のひらとが感じる手応えとで、節の目利きをした。

「えらいもんぜよ。こどもじゃおもうて、なめたらいかん」

「やっぱり親父ゆずりの、生まれつきのもんじゃないろうか」

予吉の目利きぶりは、二十代、三十代の手代も舌を巻くほどだった。

室津屋の得意先は、料亭、料理屋、町場の乾物問屋である。ほかに土佐藩があるが、これは藩の勘定方と室津屋番頭とが、じかにやり取りをした。

二十歳を過ぎて料亭の何軒かを任され始めると、予吉は一段と頭角をあらわした。

料亭の女将は、おおむね江戸生まれである。対する料理番は、板長から追い回し小僧に至るまで、多くが上方者だった。

土佐生まれの父親と、江戸者の母親に育てられた予吉は、上方と江戸の言葉が使い分けできた。相手に合わせてふたつの言葉を使い分ける奉公人は、それまでの室津屋にはいなかった。

「気持ちのよい江戸弁の話せるひとが、室津屋さんにいるとは思いませんでした」

女将は予吉を前にして、目を細めた。

背丈は五尺六寸（約百七十センチ）もあり、眉が黒くて細い予吉は、細縞のお仕着せを着ると見栄えがする。

女将や仲居は、予吉の様子の良さを買った。板場は、自分たちと同じ上方訛りを話す予吉を仲間として受け入れた。

得意先に重宝がられて、予吉の商いは順調に伸びた。室津屋からも大事にされた。しかし予吉は、おのれの胸のうちで膨れる違和感を、抑えることができないでいた。

おのれの力で、商いをやりたい。

室津屋の暖簾なしに、自分だけの力で、好きなように商いをやってみたかった。さりとて、なにがやりたいのかは自分でも分かっていなかった。

二十代初めの手代では、給金を蓄えるといっても高がしれている。予吉の手元にあるのは、二十歳からもらい始めた給金の二年分、八両二分だけである。

元気に担ぎ売りを続けている要助は、実家への仕送りは無用だという。無駄遣いを一切せず、丸ごと蓄えた給金だが、手代の稼ぎ二年分では、開業の元手にはならなかった。

この商いならやれると予吉が思い定めたのは、日本橋青物町で銭売りの屋台を見たときだった。

予吉が二十二歳の夏を迎えた宝暦十（一七六〇）年の楓川河畔には、毎日銭売りの屋台が並んでいた。

「にいさん、余ってる銭を買うよ」

得意先に出向く予吉に、何人もの銭売りが声をかけた。余ってる銭という言い分に興を覚えた予吉は、ひとりの銭売りに意味をたずねた。

「百文緡一本を、正味百文で買うぜ」

当時は銭相場が高騰していた。九十六文で一本の緡を、正味の百文で買い入れるという。外回りの手代なら適当な言いわけをして、お店から百文緡を持ち出すのは造作もないことだ。金貨や銀貨はむずかしいが、銭の緡なら気軽に持ち出せた。

緡一本を百文で売り、細縄を買って九十六文を差して店に戻せば、四文の儲けが出せる。

「いやしい真似をして、銭儲けをしたらいかんぜよ」

要助から厳しくしつけられていた予吉は、緡を持ち出すことはしなかった。が、銭相場のあらましを聞けば聞くほど、商いの仕組みのおもしろさに気持ちをはずませた。

藪入で親元に戻った予吉は、室津屋の奉公を辞めると切り出した。

「銭売りで身を立てたい。この商いなら、いまの蓄えでも始められる」

話を聞き終えて、母親は猛反対をした。

「おまえを十四歳で手代見習いに取り立ててくれたお店には、まだまだご恩返しができていないじゃないの」

こめかみに血筋を浮かせて、予吉を叱りつけた。要助は意外にも話を受け入れた。

十六で江戸に出てきた要助が魚の担ぎ売りを始めたのは、二十八歳だ。奇しくも、予吉も室津屋に奉公して十三年目を迎えていた。

「自分で商いを始めとうなりゆうがは、土佐人の血じゃろう。やるからには、おんしも命がけぜよ」

　室津屋に頼み込んで小僧にしてもらった手前もあり、予吉とともに要助もあたまを下げて暇乞いをした。

「その気概があってこそ、土佐の男よ」

　室津屋のあるじは、予吉の頼みをふたつ返事で受け入れた。それぱかりか、銭売りの鑑札がもらえたあとなら、奉公人に入り用な銭は予吉から買い入れてもいいと請合った。

「深川黒船橋に、毎日銭売りが出ちゅうきに。手始めに、そこをたんねてみたらどうぜよ」

　銭売り稼業を始めるのは賛成したが、青物町の辻に立つことは、要助は強く反対をした。

「室津屋をあてこんだりしたら、商いの始まりから身売りするようなもんじゃろうが。足腰を鍛えるためにも、だれも知らんところから始めるほうがええ」

　予吉は父親の指図に従い、黒船橋の登六に銭売り開業をさせて欲しいと頼み込んだ。常々、新しい配下が欲しいと賽蔵から聞かされていた登六は、その日のうちに予吉を引き合わせた。

　賽蔵はひと目見ただけで、予吉を配下に抱えることを決めた。物腰のやわらかさと、若者ならではの鼻っ柱の強さが気に入ったからだ。日本橋の老舗手代を辞めて、おのれの力で商いを始めたいというこころざしも買った。

銭売り開業と同時に、予吉は三好町の裏店に越した。そして賽蔵から、汐見橋界隈の銭売りを任された。

上背があって様子のいい予吉は、長屋の女房連中にはことのほか人気がある。鰹節の目利きができるという余技は、汐見橋たもとの料亭から大いに重宝がられた。

予吉は一日二貫五百文の銭を、汐見橋周辺で五年以上も売り続けている。

光太郎と予吉がこしきに顔を出したのは、五ツ（午後八時）の鐘が鳴り終わったあとだった。賽蔵が案じた通り、ふたりとも着替え一枚持ち出せないままに焼け出されていた。

「おめえたちの身体が無事でなによりだ」

賽蔵はなぐさめを言わず、ふたりの無事を心底から喜んだ。

「幸いにも、徳右衛門店はなんともねえ」

おけいが燗をした徳利を手にして、賽蔵はふたりに酌をした。

「差配さんには話を通しておいたから、しばらくはふたりとも、おれの宿で暮らしねえ」

思いもよらない申し出だったらしく、光太郎と予吉が目を見開いた。

「そいつあ、ありがてえお話でやすが、かしらはどうされやすんで」

「あの宿に男三人が暮らすのは、かしらには申しわけねえが、ぞっとしやせんぜ」

光太郎と予吉が、丸い目を見交わした。

「おれのこたあ、しんぺえいらねえ」

手酌で満たした盃を、賽蔵は一気に干した。

「今夜から、おれはここに寝泊りする」

流し場で皿がぶつかる音がした。

おけいが、洗い物を取り落としていた。

四十七

こしきには、内湯の備えがあった。

おけいの母親おみねは、なによりも湯に浸かるのが好きだった。が、こしきを店仕舞いしたあとでは、湯屋が閉まっていた。おみねは儲けを懸命に蓄えて、内湯を普請した。

おけいも母親譲りで、湯が好きである。格別の贅沢はしないおけいだが、内湯の備えには費えを惜しまなかった。

大川の東側は、ほとんどが埋立地である。こしきのある大島町も、元は海だった場所だ。埋め立ててからすでに百年が過ぎており、地べたはしっかりと固まっていた。

これまで何度か地震に遭ったが、地べたが裂けることはなかった。ひとつだけ難儀なのが、深川各町同様に、井戸水が塩辛いことである。埋立地の井戸から汲めるのは、塩水に近かった。

こしきも水売りの世話になった。

売りに来るのは宣吉の仲間である。商いで水を多く使うこしきは、二荷（約九十リットル）の大きな水がめを備えている。ほぼ毎日、おけいは二荷の水を買った。

それとは別に、湯に用いる水を一荷求めた。

湯船に張るのは、大川の川水である。こしきから川までは、半町（約五十五メートル）もない。湯船の水を川から汲むのは、女手でもさほどに難儀はなかった。

水売りから買い求めた一荷の水は、洗い湯と上がり湯に用いた。飲み水ではなく湯に使うことに、おけいは後ろめたさを感じた。

水は一荷百文。湯を立てるのは二日に一度だが、それでも月にならせば千五百文近い費えである。

おけいの稼ぎなら、買うことは造作もなかった。しかし飲み水を湯に使うことの後ろめたさには、いまだに慣れていない。

そんなおけいが三月十日の夜は、目元をゆるめて湯を沸かした。

「お湯ができました」

座敷に横たわっている賽蔵に、おけいが遠慮気味の声をかけた。

「なんでえ、もう沸いたのか」

賽蔵の返事が妙に甲高い。おけいも、ぎこちない笑顔でうなずいた。

この日まで何度も、おけいは賽蔵とひとつ屋根の下で暮らしたいと思ってきた。賽蔵も同じ思いでいるのは、当人から聞いて分かっている。

そんなふたりなのに、肌を重ねることはもとより、口吸いすらできずにいた。おけい以上に気持ちを昂ぶらせたときでも、賽蔵は所帯を構える日まではできないと、おのれの決めごとにこだわってきたからだ。

平野町界隈が丸焼けになったことで、事情が大きく違ってきた。賽蔵はおのれの宿を、焼け出された光太郎と予吉に貸した。

今夜からここに寝泊りする。

賽蔵が言い切った言葉が、おけいの胸のうちで飛び跳ねた。内湯を沸かしながら、何度も賽蔵の言葉を思い返した。その都度、目元と口元がゆるんだ。

が、それはひとりでいるときである。湯の支度ができたと賽蔵に告げるいまは、声が上ずり、口のなかに渇きを覚えていた。

おけいの目には、賽蔵も同じ調子に見えた。元々、口数の多い男ではない。しかしいまは、返事をするのも億劫そうである。

さりとて、おけいと口をきくのをいやがっているわけではない。なにか言うのが、照れくさいのだろう。

賽蔵の気持ちを察したおけいは、湯が沸いたと再度伝えて、風呂釜の焚き口に戻った。

こしきの周りには一軒の民家もなく、あたりは闇に溶け込んでいた。焚き口の薪からは、真っ赤な炎が立っている。闇が深いだけに、焚き口の赤い色がきわだって見えた。

新しい薪を二本くべてから、おけいは夜空を見上げた。空一面に、星が散っている。昼間の火事が信じられなくなるほどに、夜空は美しく、そして穏やかだった。満月に向かっている月は、上弦を大きく膨らませて輝いている。

一夜ごとに、満月に近づいている……。

おけいは、月におのれの気持ちを重ねていた。

「いい湯加減だぜ」

賽蔵の声を聞いて、おけいは慌ててしゃがみ込んだ。湯殿と釜との間には、杉板一枚しかない。そんな身近なところに賽蔵の素肌があると思って、おけいはうろたえた。

気持ちを鎮めようとして、火吹き竹を口にあてると思いっきり吹いた。くべた二本には、生乾きの薪が混じっていたらしい。炎のわきから、白い煙が流れ出た。

火吹き竹を地べたに置き、手で煙を追い払った。しかし息の吸い方がわるく、おけいは煙をまともに吸い込んだ。

釜の前で、おけいが咳き込んだ。

「どうしたおけい、でえじょうぶか」

咳が止まらず、おけいは返事ができなかった。ガタガタッと、湯殿から大きな音が聞こえた。

「おけい、どうしたよ」

素っ裸の賽蔵が、湯殿から飛び出してきた。よほどに慌てたらしく、賽蔵は前も隠していなかった。

おけいは釜の前にしゃがみ込んだまま、まだ咳を続けている。わきに座った賽蔵が、おけいの背中をやさしく撫でた。

おけいの咳が鎮まった。

背中を撫でる賽蔵と、咳の治まったおけいの横顔とを、炎の真っ赤な色が照らし出している。賽蔵の手を背中に感じたおけいが、身体をあずけて寄りかかった。

地べたにしゃがんだまま、賽蔵がおけいを抱きとめた。背中越しに伸ばした賽蔵の右手が、おけいの頰に触れている。

寄りかかったおけいは、身体を回して賽蔵の背中に両手を回した。

おけいと賽蔵の唇が重なった。

初めて出会ったこども時分から数えれば、三十年以上のときを経ての口吸いだった。

おけいは込み上げる思いを、からめ合っている舌に込めた。息が詰まりそうになっても、賽蔵にしがみついたまま、口を離そうとはしなかった。

抱き合った形で、ふたりはその場に立ち上がった。賽蔵の一物が、硬く屹立している。おけいは背中に回していた右手をはずし、賽蔵の股間に這わせた。燃え盛る薪が、ゴトンと音を立てて焚き口からこぼれ出た。

おけいの胸元に割り入ろうとしている賽蔵の手を、こぼれ落ちた薪の炎が地べたから照らしていた。

四十八

平野町の火事から一夜明けた、三月十一日の朝五ツ（午前八時）。品川沖から昇った朝日が大川端に届き始めたころ、銭売り全員がこしきに顔を揃えた。

佃島の漁師を得意先にして、日に二貫文の商いをする、相生橋の隆三。

海辺新田の農家と漁師を相手に、毎日二貫文の銭を売る、蓬莱橋の時十。

深川蛤町の裏店住人を得意客として、多い日には五貫文も商う、黒船橋の登六。

火事で焼け出された、光太郎と予吉。

木場の川並（かわなみ）と仲仕（なかし）衆を相手に、毎日三貫文を売りさばく、平野橋の源一。

木場の大鋸挽き職人を得意先とする、崎川橋の左右吉。

大和町の色里を商い場所とする、永居橋の隆助は、上背が五尺八寸（約百七十四センチ）の大男だ。

身体が弱く、日に一貫五百文を売るのが精一杯の、鶴歩橋の圭助。

仙台堀亀久橋たもとの辻売りを得手とする、亀久橋の潮。

そしてもうひとり、深川一色町の裏店を得意先とする、富岡橋の佐吉。

十一人全員が商いの身なりを調えて、こしきの土間に集まった。焼け出された光太郎と予吉は着替えがなく、賽蔵の唐桟を着ていた。

「光太郎と予吉が焼け出されたが、身体はなんともねえ。それだけで充分だ」

賽蔵の言ったことに、火事に遭ったふたりを含む銭売り全員が大きくうなずいた。

光太郎も予吉も、ひとり者だ。焼かれた家財道具と言っても大したものはなかった。

「銭は平気だったようだな、おまえたちは」

年長者の時十は、光太郎と予吉が足元に置いた木箱を見ていた。地べたから掘り出した杉箱には、まだ湿った土がこびりついたままだった。

銭売り連中が暮らすのは、深川界隈の裏店である。どの宿も六畳ひと間に一坪の土間と小さな流しという間取りである。

所帯道具が少なく、自分でほとんど煮炊きをしない銭売りは、土間を銭蔵に使った。

二尺（約六十センチ）四方で、深さ三尺（約九十センチ）の穴を掘り、なかに杉の木箱を埋めた。箱には三貨（銭・銀・金）と官許を得た秤、百文緡に使う細縄などを詰めた。

地べたから三尺の深さまで掘れば、相当の大火事に遭っても箱は持ちこたえられる。焼け出されたふたりの足元にある杉箱も、どろまみれだが中身は無事だった。

「ここにくる途中に見たが、焼け跡にはもうひとが戻ってきている。いったんは火から逃げ出しても、湿ったあとはやっぱり深川なんだろうさ」

崎川橋の左右吉の物言いには、深川に暮らすひとへの思いがこもっていた。銭売り連中も、全員が深川暮らしだ。左右吉が口にしたことに、だれもが静かにうなずいた。

「おめえたちに話がある」

賽蔵が居住まいを正した。

いつもとは、顔つきも声音も違っている。時十が土間の腰掛けに座り直すと、残りの銭売りが従った。

「おれはおけいと、所帯を構える」

賽蔵は前置きもなしに、言い切った。流し場でガチャガチャと、洗い物の器がぶつかる音が立った。

言われた十一人のだれもが、言葉を失って賽蔵を見詰めた。

おけいと賽蔵とが想い合う仲であるのは、だれもが分かっていた。しかし深川が火事で焼かれた翌朝に、所帯を構えると切り出されるとは、思ってもいなかったようだ。

「めでたい話じゃねえか」

口を開いたのは時十だった。

「仲間に焼け出されたのが出て、みんなが浮き足立ちそうになってるときだ。元締めがしっかりと地べたを踏ん張ってくれるなら、おれたちは安心てえもんだ」

時十が仲間の顔を順に見回した。言葉を詰まらせていた十人の銭売りが、時十の笑い顔を見て安堵の表情を浮かべた。

「時十とっつあんが言ってくれた通りだ。こんなときだからこそ、おれは身を固めて地べたをしっかりと踏ん張る」

胸のうちを汲み取ってくれた時十に、賽蔵は目礼で応じた。

浜町の棟梁甚五郎のみならず、仲間の棟梁ふたりにも亀戸銭座に乗り換えられて、賽蔵は相当に気落ちした。

三軒の得意客に毎月売っていた額を足せば、相当の銭になる。それをそっくり亀戸に横取りされたのだ。

毎月の売り上げを失ったことも響いた。それにもまして衝撃だったのは、二朱金などには目もくれないと思っていた棟梁たちが、揃って亀戸の仕掛けに引っかかったことだ。

三井両替店の話がうまく運んでいただけに、賽蔵は足元をすくわれた思いに打ちのめされた。それに加えての、深川の火事である。

いま目の前に見えている吉兆は、三井両替店との話だ。

しかし亀戸の銭売り大攻勢と、火の粉を飛ばす深川の火事は、賽蔵目がけて押し寄せる不ツキの怒濤に思えた。

なにか思い切ったことをして、縁起直しをしないとえらいことになる……。

町を焦がす炎を見て、賽蔵はそれを強く思った。災いの大波にひとたび呑み込まれたら、浮かび上がるのは並大抵のことではない。

考え込んでいたときに、焼け出された光太郎と予吉が顔を出した。宿は焼かれたが、身体に怪我はなかった。運がわるければ、ふたりとも焼け死んでいたかも知れないのだ。

元気なふたりを見て、賽蔵のあたまにひとつの思案が閃(ひらめ)いた。

おけいと所帯を構えて、ツキを呼び込もう。

賽蔵は迷いのない物言いで、光太郎と予吉におのれが暮らす裏店を貸すと言い置いた。徳右衛門店が焼けなかったことにも、ツキがあると感じた。

賽蔵とおけいは、互いに心底から好き合っている。なまじこども時分から一緒に育っただけに、男女の仲になるきっかけを摑めずにきた。

ふたりが所帯を構えることには、配下の銭売りはもとより、彼岸にいる由蔵もおみねも喜んでくれるに違いなかった。

こしきの居間で肌を重ねたとき、おけいは声を殺して悦んだ。賽蔵はおけいが漏らすあえぎにそそられて、何度も果てた。

夜明けの手前で床から起き出した賽蔵は、股引・半纏に着替えて仲町に向かった。町の空はまだ薄暗く、濃紺色の空の根元に赤味が混じり始めていた。

おけいと何度も肌を重ねた賽蔵は、大して眠ってはいなかった。身体はくたびれているはずなのに、気が昂ぶって眠れなかった。

夜明けを待ちきれずに、町に出た。火事に遭ったあとの、深川の様子が知りたかったからだ。

門前仲町の町木戸は、開かれたままだった。商家の多くは無傷だったが、明け六ツ（午前六時）前に木戸が開かれているのが、火事の大きさを物語っていた。

仲町には料亭や商家の老舗が多い。富岡八幡宮に続く大通りの両側には、雨戸を閉じたままの商家が立ち並んでいた。

平野町から飛んでくる火の粉を、商家出入りの町内鳶が懸命に叩き落とし、火消しに努めたようだ。どの蔵にもしっかり目塗りがされており、閉じたままの雨戸にも商家の造作にも、焦げ跡は見えなかった。

使った。

が、相当に水を浴びせかけたらしい。

埋立地の深川には、至るところに堀が掘られている。火消しには、堀の水をそのままもひとがこしらえた堀は、大川のようにうまくは流れない。町のなかを流れる堀は、深くても底まで五尺（約百五十センチ）ほどだ。

堀に淀みはなく、大川の上げ潮・下げ潮につれてゆるやかに流れている。とは言って

日照が続いたり大雨のあとでは、堀の水は大きく汚れる。昨日の火消しに使われた水も、汚れていたらしい。建物の方々に、染み跡を残していた。

賽蔵が野島屋に顔を出したとき、奉公人たちは総出で火事騒動の後始末に追われていた。

間口二十二間（約四十メートル）で、敷地が千三百坪もある大店だ。水が残した染みの汚れは、雨戸といわず漆喰の塀といわず、相当なものである。片づけに夢中の奉公人は、賽蔵が勝手口から庭に入っても、寄ってくる者がいなかった。

広大な敷地の中には、六棟の米蔵が構えられていた。どの蔵も壁の厚さが一尺（約三十センチ）はあり、直火で半刻（一時間）焼かれても米は傷まないという造りである。

米蔵は二階建てで、ひとつの蔵に三百俵の米が収まっていた。夜明け直後の薄明かりのなかで、奉公人たちは蔵の戸を開いて米俵の具合を確かめていた。

「賽蔵さんじゃないか」

銭売りの半纏を目にして、野島屋の番頭が声をかけてきた。いつもとは違い、月代（さかやき）もひげも手入れがされていない。類焼は免れていたが、野島屋といえども火事騒動からは逃げられなかったようだ。

「こんな朝早くから、火事見舞いにきてくれたのかね」

「へい……」

取り立てて野島屋の見舞いにきたわけではなかった賽蔵は、返事を濁した。

「旦那様にご用なら、あたしからそう言ってみるが」

賽蔵のにぶい返事には構わずに、番頭はあるじの都合をきいてみると言う。

「お願いしやす」

番頭にあたまを下げたあとで、賽蔵はひとつの思案を思いついた。格別の用があって顔を出したわけではなかったが、あるじにつなぐと言われて、ふっと妙案を思いついた。

野島屋大三郎は深川銭座の中西五郎兵衛と親しい。

中西さんと掛け合う前に、野島屋さんの考えが聞けるなら、願ったりじゃねえか……。

賽蔵は、思いついた思案にツキがありそうな気になった。

「今朝早く、野島屋さんに話してみたら、そいつは妙案だとおれの思案を買ってくれた」

「思案てえのは、かしらがおけいさんと所帯を構えるてえことですかい」

焼け出された予吉が真顔でたずねた。

「そんなわけがねえだろうがよ」

話の腰を折った予吉を、時十が睨みつけた。が、目つきは険しくない。銭売りたちが声を立てて笑った。

「亀戸の連中が暴れ始めているさなかに、深川は火事に遭った。弱り目に祟り目みてえにも思えるが、おれが思いついた思案は、災いを福に変えるかもしれねえ」

賽蔵は半紙を張り合わせてこしらえた、縦三尺（約九十センチ）、横二尺（約六十センチ）の紙を開いた。土間の銭売りたちの目が、大きな紙に集まった。

『おたすけ鉄買い、始めます。

深川銭座　銭売り一同』

賽蔵が書いた太い筆文字が、長さ三尺の紙を埋めていた。

「おたすけ鉄買いてえのは、どういうことなんでやしょう」

問いかけたのは、富岡橋の佐吉だった。今年で三十一歳の佐吉は、予吉に次いでの年少者だ。おたすけ鉄買いという言い回しには、聞き覚えがなかったようだ。

「火で焼かれたくず鉄を買うんだよ、佐吉あにい」

予吉が鼻の穴を膨らませて教えた。

「予吉の言った通りだ」

賽蔵が足元の布袋を取り上げて、両手に持ってひっくり返した。大きな音を立てて、焼け爛れた大鍋・小鍋が卓に落ちた。

「持ち出せなかった道具が、焼け跡にはごろごろと転がっている」

賽蔵が小鍋を手に持って佐吉に見せた。

「さっきも左右吉が言ってたが、深川の連中は、焼かれようがどうしようが、ここが好きでしょうがねえ。まだくすぶっている焼け跡に、手ぶらで戻ってきているのが、なによりのあかしだ」

深川生まれの予吉が大きくうなずいた。だれもが羨ましがったお店勤めを、深川の水と空気が恋しくて途中で辞めたほどに、予吉は深川好きの男だった。

「火が出たときには、大方の男連中はまだ仕事場にいたんだ。女とこどもで逃げ出す羽目になって、ほとんど家財道具を燃やしちまったてえことだ」

賽蔵は、手にした小鍋を卓に戻した。

火元となった仙台堀沿いの平野町や、周辺の三好町・冬木町は裏店が密集した町である。暮らす者の多くは職人家族で、ほとんどが仕事場に出向く通い職人だ。

火が出たとき、職人は仕事場にいた。逃げる女房は、こどもの手を引くのと、金目の物を風呂敷に包んで持ち出すので精一杯だった。

一夜明けた焼け跡には、持ち出せなかった所帯道具が転がっていた。

「おれは銭座の中西さんと掛け合って、鉄でできた道具を買い取ってもらうつもりだ」

賽蔵がもう一度小鍋を手にして、銭売りに見せた。

「焼けた鍋でも、熔かして使えば鉄銭の元になる。大したカネにはならねえが、銭座なら、くず鉄屋よりは高値で買い入れることができるだろう」

火事に遭って途方に暮れているひとたちを、銭売りが先に立って助けようというのが賽蔵の思案だった。

「野島屋の旦那も、この思案を買ってくれた。深川銭座の鉄銭で買いにきた客には、米を一合、おまけにつけてくれるてえんだ」

賽蔵たちが売り歩く深川銭座の鉄銭には、『深』の一文字が描かれている。この銭で米を買う客には、焼け跡が片付くまでの二カ月間、野島屋は米一升につき一合をお助け米として、おまけにつけるという。

「野島屋さんがそれをやってくれたら、おれっちの銭売りにはなによりの助っ人になる」

佐吉が目を輝かせた。

「その思案を、いつから始めようてえんですかい」

嬉しくなった佐吉は、腰掛けから立ち上がっていた。

「おめえたちがくず鉄買いを得心してくれたら、おれは今朝のうちに中西さんと掛け合ってくる」

「人助けになるんだ。文句なんぞ、だれにもねえさ」

時十が言い切った。みんなの声が続いた。

「そういうことなら、朝飯のあとで銭座に顔を出してくる」

「深川もんの意気地を銭座に分かってもらうには、元締めひとりで行かせずに、みんなで行ったほうがいいぜ」

「時十とっつあんの言う通りだろうよ」

相生橋の隆三が野太い声で後押しをした。それを潮に、銭売り全員が思いを口にし始めた。賽蔵が両手を突き出して、場を鎮めた。

「当面は、銭売りとくず鉄買いの両方が仕事てえことになるが、それでいいんだな」

「念押しはいりやせんぜ」

左右吉が声を張り上げ、残りの者がその通りだと声を揃えた。

「おけい、ここにきてくれ」

呼ばれたおけいは、たすきがけのままで銭売りたちの前に顔を出した。

「おめえにも、聞こえていただろうよ」

「はい」

賽蔵を見詰めながら、おけいがしっかりと答えた。

「銭座との掛け合いが首尾よくまとまるように、縁起のいい酒を用意してくれ」

「分かりました」

十一人の銭売りに、おけいが笑顔を見せた。顔つきも物言いも、すっかり元締めの女房になっていた。

四十九

深川銭座の動きは素早かった。

賽蔵から相談を持ちかけられた中西は、その場で膝を叩いて乗り気になった。

「すぐさま、橋本さんと千田さんに掛け合ってみる。おまえたちはここで、茶でも呑んで待っていなさい」

賽蔵に付き従って銭座をおとずれた面々に、中西は下男に言いつけて茶を供させた。

銭座が、元締めでもない銭売りに茶を出すなどは、破格の扱いである。

それほどに中西は、賽蔵の思案と、それを支える十一人の男の心意気に、気を高ぶらせていた。

銭座請け人は中西のほかにも、橋本市兵衛と千田庄兵衛がいた。

このたび賽蔵が持ちかけた話には、中西以上にふたりが乗り気になった。

「いまこそ実を示すのが、深川銭座の真骨頂だ。今日にでも、銭座からの町触れを出しなさい」

相談を持ちかけた中西が慌てたほどに、橋本も千田も身を乗り出した。

亀戸の銭座が二朱金をえさにして、深川銭座の客を食い荒らしているのを、橋本と千田は苦々しく見ていた。賽蔵の思案は、亀戸に打ち勝てるかもしれない妙案に思えたのだろう。

しかしふたりの請け人が本気になった一番のわけは、橋本と千田が、生まれながらの深川気質を持ち合わせていたことだ。

難儀をしているときに示す情こそが、本物。

これが深川に深く根付いた、土地っ子の矜持だった。

商売敵として商いを競う相手が、ひとたび災難に遭ったときには、こだわりを捨てて助けに向かう。

カネに詰まった相手を見れば、おのれの店賃として取ってあるカネでも融通する。

深川に生きる者には、このわきまえが根底に流れていた。

家康が江戸に幕府を開いてから、すでに百六十年以上が過ぎている。江戸の町はいまだに膨らみ続けており、深川にも他所から多くのひとが移り住んでいた。

いわゆる『余所者』が増えるにつれて、深川気質も薄らぎ始めていた。

「余所者が我が物顔で町を行き来しているときだからこそ、銭座が先に立って騒ぐのが務めだ」

橋本は、こめかみに血筋を浮かせて言い切った。

「鉄なら幾らあっても邪魔にはならない。わしの蓄えを吐き出してもいいから、助けにつながる高値で買い入れなさい」

橋本と千田は、ひたいをくっつけて買値を相談した。

「一貫（約三・七五キロ）あたり三百五十文なら、みんなにも喜ばれるだろう」

買値を決めた橋本が胸を張った。

「鉄一貫が、銭三百五十文ですね」

驚いた中西は、二度も買値を確かめた。

くず鉄買いは、公儀の許しを得た株仲間が商いを占有していた。武器造りにつながるくず鉄の売買には、厳しい目配りをしていたのだ。

株仲間以外では、銭座だけが町民からの買い入れを許された。鉄が足りなくなれば、たちまち鉄銭の鋳造に障りが生ずる。それを考慮しての、格別の措置だった。

公儀から許しを得てはいたが、銭座がくず鉄を買い入れることは皆無に近かった。そんなわずらわしいことをしなくても、くず鉄業者に任せておけば、入り用な量が確保できたからだ。

くず鉄買いが町場で買い入れる値は、鉄一貫あたり二百文が相場だった。極端に鉄が品薄になったときには、相場が動いた。が、いまは一貫二百文で落ち着いていた。

くず鉄買いは、買値に一割五分の口銭を乗せて、銭座には一貫二百三十文で納めた。銭座は仕入れた鉄を熔かし、職人の手で一文銭を鋳造した。

一貫二百三十文で仕入れた鉄であれば、銭一貫文（千文）で、およそ一割八分（百八十文）の儲けが得られた。

ところが橋本と千田は、材料のくず鉄を一貫につき三百五十文で買うという。仕入れ値だけをとっても、一貫あたり百二十文も高い。諸掛を考慮すれば、このくず鉄で鋳造した銭は逆ザヤになる怖さを秘めていた。

「そんなことは、もとより承知だ」

いつもとは逆に、中西が抑えに回った。それを橋本は撥ねつけた。

「このたびのくず鉄買いは、金儲けでやる仕事ではない。いままでうちのゼニを買ってくれたひとの難儀を、幾らかでもお助けできればと思ってのことだ」

橋本と千田から強い口調で言い置かれた中西は、たじたじになって賽蔵たちが待つ座敷に戻った。

「そんな次第で、くず鉄買いは、おまえたちには一文の儲けにもならない。ならないどころか、重たい鉄を運ぶ分だけ、骨折り損になってしまう」

それを承知で力を貸して欲しいと、中西は銭売りたちに頼み込んだ。

「あたりめえじゃありやせんか」

賽蔵の後ろに座った時十が、しわのよった顔に力を込めた。

「はばかりながら、お助け仕事でカネ儲けをかんげえるような、さもしい了見はだれも持ってはおりやせんぜ」

時十の隣に座った源一が、胸を張って中西を見た。

「それを聞いて、大いに安心した」

大きな息を中西が吐き出して、話がまとまった。

買い入れるのは百匁（約三百七十五グラム）を単位とし、くず鉄百匁につき、銭三十五文で買い入れる。くず鉄屋が買い入れるのは、一貫目からだった。

が、一貫を単位としてしまうと、小鍋や小さなヤカンなどは買い入れができないし、ひと助けにはならない。

百匁三十五文は、火事に遭ったひとたちには大いに役立つ取り決めだった。

「百文は、正百（しょうひゃく）で払ってくれて結構だ。四文は銭座が負う」

中西の言ったことを聞いて、銭売りのだれもが目を見開いた。

百文緡一本は、一文銭九十六枚を結んだものである。一本丸ごとなら百文で通用するが、ばらすと九十六文しかなかった。

それに対して銭座が銭売りに卸すのは、緡一本に百文が結ばれていた。これが正百である。銭売りの元締めは安く卸してもらうと同時に、緡一本につき、四文余計に受け取ることができた。

くず鉄を正百で買い入れるということは、四文高く買うのと同じである。

銭売りたちが、小声で銭座を褒め称えた。

「やるじゃねえか、なあ……」

「本日午後から、さっそくにくず鉄買いを始めていただこう」

「がってんでさ」

銭座の座敷に、賽蔵を含む十二人の男の返事が響き渡った。

五十

おけいは賽蔵たちに、昼飯を調えていた。

用意した品は、サバの塩焼きと玉子焼き、それに房州産の菜の花のおひたしだ。午後から力仕事になると察したおけいは、玉子焼きには甘味を利かしていた。

味噌汁はしじみである。貝殻いっぱいに身が詰まった、大島町の貝だ。ことのほかしじみが好きな時十は、音を立てて身をすすった。

飯と味噌汁のお代わりをつけながら、おけいは賽蔵たちが交わす話を耳にしていた。最初は笑顔だったが、次第に顔を曇らせた。

飯が終わって茶になったとき、おけいは賽蔵を流し場の奥に手招きした。

「なんでえ、こんなところで。話があるなら、みんなの前でしてもいいんだぜ」

所帯を構えると銭売り連中に話した賽蔵は、おけいに無駄な遠慮はいらないと聞かせた。

「人前で、賽蔵さんに逆らうようなことは言えないから」

おけいが声をひそめた。

「なんでえ、その言い草は」

賽蔵の目が険しくなった。

「そんな怖い顔をしないで……賽蔵さんはすぐ顔色が変わるから、みんなの前では言えなかったのよ」

おけいは賽蔵の顔色を気にしつつも、なにが気がかりかを話した。

おけいが気にしていたのは、高値でくず鉄を買うということだった。銭座なら、遠慮なしにくず鉄を買い集められる。買値を幾らにするのも自由だ。

しかし、深川には何人ものくず鉄買いが出入りしていた。この一帯を束ねるくず鉄買いの元締めは、すぐ先の佐賀町河岸に住む吉田屋菊三郎である。風流な名前だが、六尺（約百八十センチ）の大男だ。配下には二十六人のくず鉄買いを抱えており、江戸でも三本指に入る元締めだ。

吉田屋は自前の船着場と、三杯の大きなはしけを持っている。宿の敷地は二百坪もあり、庭の隅にはいつもくず鉄が山積になっていた。

吉田屋は買い集めたくず鉄を、押上村の鍋屋に卸した。佐賀町からは、大川伝いにまっすぐ運べる水運のよさがある。

押上村よりも、十万坪の深川銭座に卸したほうが、道のりは短くて済んだ。しかし銭座がくず鉄を仕入れるのは、鉄が足りなくなったときに限られる。それゆえに吉田屋は、銭座ではなく、鍋屋に鉄を卸していた。

おけいが吉田屋のことに詳しいのは、宿に出入りするくず鉄買いの何人かが、こしきの客だったからだ。

「うちの元締めは、見た目は雲をつくような大男だが、筋を通している限りは怒鳴ることもしねえひとだ。なんたって、なめえが菊三郎だからさ。ところが半端なことをやらかした日には、役人相手だろうが黙っちゃあいねえ」

おけいは客の口から、何度も吉田屋菊三郎の人柄を聞かされていた。

「銭座は好きにくず鉄が買えるでしょうが、深川には多くのくず鉄買いさんがいるの。始める前に、ひとこと元締めに断わったほうがいいと思うんだけど……」

おけいの母親おみねは、周りとの付き合いを大事にした。こしきの建っている場所は、町内にほとんど店のない場所だ。あるのは小さな青物屋と、提灯屋の二軒だけである。

提灯屋は年老いた親爺が、細々と小田原提灯だけをこしらえている。

おみねが生きていたころも、いまも、店構えもこしらえる提灯も変わっていなかった。

開業時に客から寄贈されたこしきの提灯が傷んだとき、おみねは真っ先にその提灯屋に注文を出した。が、親爺は小田原提灯しか作れないと言って、おみねの誂え(あつら)を断わった。

仕方なく、仲町の提灯屋で誂えた。

受け取って帰ってくるとき、おみねは地元の提灯屋の前を通らないように、三町(約三百三十メートル)も遠回りした。

そんな母親に育てられたおけいである。くず鉄買いは好き勝手にできると分かっていても、同業者に断わりもなしに始めることには、気が大きくとがめていた。

話を聞き終わった賽蔵は、尖っていた目つきを和らげた。

「おめえに言われるまで、まるで気づかなかった。連中に話して、先に断わりを伝えに出向いてくる」

「ほんとう?」

おけいの顔が明るくなった。

「出すぎた真似かもしれないと、賽蔵さんに話すのがすごく気になってたの」

「ばか言うねえ」

賽蔵がおけいの肩に手を載せた。

「気づかねえまま始めてたら、えれえ揉め事を背負い込んだかもしれねえ。それに……」

「それに、どうしたの」

「みんなの前で、おれに逆らわなかったおめえの心遣いには……心底、恐れ入ったぜ」

おけいに笑いかけたあと、賽蔵は軽くあたまを下げてから流し場を出た。

「くず鉄買いを始めるのは、一刻（二時間）ほど待っててくんねえ」

流し場で交わした話を、銭売りに聞かせた。

「元締めを含めて十二人もの男がいながら、だれもそのことに気づかなかった……」

身体の弱い鶴歩橋の圭助が、陰気な声でぼそりとつぶやいた。

「おれたちだけじゃねえ、銭座の中西さんも気が回ってなかったと思う」

「ちげえねえや」

光太郎があたまに手を置き、月代を掻いた。

「元締め……」

顔つきをあらためた予吉が、腰掛けから立ち上がった。

「ここに、おけいさんを呼んでくだせえ」

「どうしたよ、いきなり」

賽蔵が、いぶかしげな目で予吉を見た。

「いまのことと、うめえ昼飯をごちになったことのふたつに、礼を言いてえんで」

「それはいい思いつきだ」

時十も立ち上がった。残りの銭売りたちが、音を立てて腰掛けをわきにどけた。

賽蔵は照れ隠しに空咳(からせき)をひとつしてから、おけいを土間に連れてきた。

「おけいちゃんは、もはやてえした姐(あね)さんだぜ。ありがとよ」

時十が気持ちをこめて礼を言い、あたまを下げた。残りの銭売りたちも同じことをした。

おけいは戸惑い顔で賽蔵を見ていた。

五十一

吉田屋は、おけいに教わった通りの場所にあった。賽蔵は、佐賀町の岡田屋は知っていた。しかしくず鉄買いの元締めとは、いままで仕事でかかわりを持ったことがなかった。

おけいは、吉田屋の敷地は二百坪あると言った。間口五間（約九メートル）の店構えを見た限りでは、その広さは伝わってこなかった。

店の土間には小僧もいない。くず鉄の山らしきものも見えない。賽蔵は古びた看板で屋号を確かめてから、店におとないの声を投げ入れた。

「なにかご用で」

応対に出てきた男は、股引に半袖の上っ張りを羽織っていた。顔は日焼けしており、両の眉は黒々としている。

背丈は五尺八寸（約百七十四センチ）はありそうだ。賽蔵を見る鋭い目つきは、手代というよりも渡世人のようだった。

「あっしは深川で銭売り稼業を営んでおりやす、賽蔵と申しやす」

名乗っても、相手は隙のない目つきで賽蔵を黙って見詰めた。

「折り入って、お断わりをしてえことがありやすもんで……元締めにつないでいただきてえんで」

応対に出てきた男の愛想のなさに、賽蔵はいやな心持ちを抱いた。

賽蔵さんは、すぐに顔色が変わるから。

おけいに言われたことを思い出して、胸のうちの思いが顔に出ないようにと努めた。

「銭売りさんが、どんなご用をうちの元締めに断わられるんで」

男は仔細を聞かない限りは、元締めには取り次がないと、声音と表情とで賽蔵に伝えていた。

「失礼ですが、おたくさんはどういう方なんでやしょう」

穏やかにたずねているつもりでも、賽蔵の声は尖っていた。

「元締めの長男でやす」

文句があるかと言わんばかりに、男がきつい声を投げ返してきた。

「そうでやしたか」

吉田屋菊三郎は、六尺の大男だという。長男の大柄ぶりに得心した賽蔵は、焼け跡でくず鉄買いを始めるつもりだと、手短に話した。

「いつからなさるおつもりなんで」

男の声音はきついが、物言いはていねいだ。賽蔵も同じような口調で、これから始める気でいると口にした。

「ちょいと待っててくだせえ」

今日からだと聞いて顔色が変わった長男は、賽蔵を土間に残したまま奥に入った。出てきたときは、さらに大柄な男が一緒だった。

「くず鉄買いを始めると聞いたが、あんたがされるんですかい」

上がり框(かまち)に立った大男が、賽蔵を見下ろしながら問いかけてきた。

「元締めさんでやしょうか」

「吉田屋菊三郎でさ」

長男の濃い眉は、父親譲りらしい。菊三郎も日焼け顔だが、眉毛の濃さは際立っていた。

「深川の銭売りを束ねておりやす、賽蔵と申しやす」

菊三郎を見上げて、賽蔵はおのれが元締めであることを伝えた。

「用向きはともかく、わざわざたずねてこられた客人と、立ち話もできねえでしょう。履物を脱いで上がんなせえ」

「ありがとうごぜえやす」

こしきを出るとき、賽蔵は雪駄に履き替えていた。鹿革の底に尻金(しりがね)を打った上物である。敷石の上で雪駄を脱いだとき、チャリッと乾いた音がした。

菊三郎が案内して入ったのは、庭が見える十畳の客間だった。泉水はなく、孟宗竹(もうそうだけ)の竹藪が見えた。

三月はたけのこの季節である。座敷からざっと見ただけで、十本近い若竹が伸びようとしていた。

竹藪の端には、さまざまなくず鉄が山積になっている。雨降りのときには、布をかぶせるようだ。くず鉄の山のわきには、目の粗い木綿の布が干されていた。

庭を背にした菊三郎の向かい側に、賽蔵が座った。座布団は出ていない。菊三郎も畳にじかに座っていた。

「都合もうかがわずに押しかけて、失礼をいたしやした」

賽蔵は型どおりのあいさつを口にした。聞き終わったあとで、菊三郎が口を開いた。

「深川の銭座がくず鉄を買うそうだが」

「その通りでさ」

「そんなに鉄が足りないのかね」

「そんなわけじゃあ、ありやせん」

菊三郎が口にしたことを、賽蔵が正した。菊三郎は口を閉じたまま、賽蔵の目を見詰めた。相手の胸のうちまで見透かすような、強い目つきである。

賽蔵は目を逸らさずに受け止めた。ふたりが互いに、相手の器量を見定めているさなかに、息子が茶を運んできた。

「番茶だが、一杯やんなせえ」

勧められて、賽蔵が湯呑みを手に持った。熱湯でいれたらしく、湯呑みが熱い。熱々の茶は菊三郎の好みなのか、平気な顔で茶をすすった。

「亀戸の銭座が騒いでいるが、くず鉄買いはそれに立ち向かうためでもなさそうだ」

水を向けられた賽蔵は、焼け出された連中のおたすけ買いだと、ことの次第を話し始めた。

菊三郎はひとことも口を挟まず、相槌も打たぬまま、賽蔵の話を聞き取った。話し終えた賽蔵が湯呑みに手を伸ばしたときには、茶がほどよく冷めていた。

「あんたらは人助けができて、さぞかし気持ちがいいだろうが」

残りの茶を呑み干した菊三郎は、賽蔵を真正面から見据えた。一段と眼光が鋭くなっている。賽蔵は畳の上で座り直した。

「くず鉄一貫を三百五十文で買われたりしたら、うちの稼業には大きな迷惑だ」

「ですが元締め……」

「まだ、おれが話をしている」

菊三郎が低い声で、賽蔵を抑えつけた。

「あんたにしても銭座にしても、飯の種はくず鉄買いじゃねえ。銭をこしらえたり売ったりすることで、それなりの儲けを手にする稼業だ。くず鉄買いで損を出しても、銭を売れば帳尻合わせができるだろうよ」

言葉を切った菊三郎は、長男に茶の代わりを運ばせた。賽蔵には出されなかった。

「うちはくず鉄の売り買いが稼業だ。人助けのなんのと軽いことを言って、ばかげた高値で買ったりしたら、二十六人のくず鉄買いの息の根を止めてしまう」

ズズッと音を立てて、菊三郎が熱い茶をすすった。

一貫二百文で買い集めたくず鉄は、一割五分の口銭しか上乗せできない。その薄い儲けのなかから、売り買いの手間賃や、はしけの船頭代、さらには公儀に納める冥加金までひねり出さなければならなかった。

もちろん吉田屋菊三郎の暮らしの費えも、儲けのなかから充当するのだ。

吉田屋が一年間に扱うくず鉄は、四十万貫（約千五百トン）を上回った。一貫目あたりの口銭が三十文、四十万貫だと粗利は一万二千貫である。銭相場が一両四貫文で落ち着いたとして、一年で三千両の粗利となった。

ここから諸掛を差し引くと、菊三郎の手元に残るのは粗利の一割、三百両である。所帯が大きい割には、儲けの薄い稼業だった。

菊三郎は細かな数字を口にして、賽蔵にくず鉄買いの正味を話した。初対面ながらも内証のあらましを聞かせたのは、賽蔵の目から人柄を見定めてのことだった。

「こんな薄い儲けで踏ん張っているのは、くず鉄が暮らしの道具につながるからだ。あんたとは違う形だが、おれも世のために役立っていると思うからこそ、この稼業を親から受け継いで続けている」

焼け出されたひとは気の毒だが、ばかげた高値で買い集められては、迷惑千万だと菊三郎は語気を強めた。

「あんたらは、長くても何カ月かでくず鉄買いはやめる気だろうが」

「ふた月のつもりでおりやした」

「うちはおれが死んだあとも、息子がくず鉄買いを稼業にする。それでおまんまを食べて行くしかねえんだぜ」

腹の中は煮えくり返っているだろうが、菊三郎の物言いは不気味なほどに静かだ。しかし物静かなだけに、賽蔵には相手の腹立ちが強く伝わってきた。

「元締めの苦労も知らずに、浅はかなことをしでかすところでやした」

「分かってくれたようだな」

問われた賽蔵は、返事の代わりに深くあたまを下げた。

「分かってくれりゃあいい」

息子を呼び寄せた菊三郎は、賽蔵に代わりの茶を持ってこさせた。

「うちも代々、深川で暮らしている。土地のひとが難儀をしているのを、見過ごすつもりはねえ」

焼け跡が片付くまでは、一貫ではなく、百匁から買い取ると菊三郎は言い切った。

「あんたとは深川者同士で、いってみれば同じ鉄を商う仲間だ。亀戸の銭座に負けてはていた。

いられねえ」

湯呑みを戻した菊三郎が、賽蔵に笑いかけた。濃い眉に、庭から差し込む陽が当たっていた。

五十二

明和三（一七六六）年三月十三日、朝五ツ（午前八時）。亀戸銭座の十二畳客間には、床の間を背にして金座庶務役、中田庄次郎（しょうじろう）が座っていた。

中田と向かい合う形で、銭座請け人頭取の山本三郎右衛門が座していた。亀戸銭座の請け人は、山本を含めて二人いる。しかしこの朝は、頭取ひとりが金座役人と差し向かいになっていた。

「まずは、朝餉をお召し上がりくださいますように」

三郎右衛門があたまを下げると、中田はもったいぶった顔のまま、わずかにうなずいた。

頭取が手をひとつ叩いた。待っていたかのように、女中三人が膳を運んできた。

中田に供された朝餉には、見た目の派手さはなかった。しかし亀戸天神前の料亭水戸屋の料理人が、一品ずつ吟味した料理である。

使われているのは、飛び切りの食材ばかりだった。

焼き物は、アジの一日干しだ。形が大きくて脂ののったアジを、品川の漁師が浜で天日干しにした干物である。

運び込む直前に炭火で炙られた干物は、焦げ目から脂がにじみ出ていた。

小鉢は、三つ葉のおひたしである。砂村の農家が油紙をかぶせて育てた三つ葉は、陽光をたっぷり吸っている。茹でたあとも、葉の緑色はいささかも失せていなかった。

あとは短冊の形に切り揃えた浅草海苔と、銭座で飼っている鶏が産んだばかりの生卵、それとしじみの味噌汁である。

「中田様は、炊きたてのごはんに生卵をおかけになるのが、好物とうかがっておりますので……焼かずにお出し申し上げました」

「行き届いたことだ」

中田は目を細めて、卵を割った。真新しい卵は、黄身が元気だ。箸でくずす中田は、満足げな笑みを浮かべた。

「まことに美味だのう」

「お口に合いましたので」

へりくだって問いかけながらも、三郎右衛門はわずかに胸を反らした。庶務方役人が粗食であることを、三郎右衛門は知り尽くしている。

料理人の手による朝飼は、役人にはぜいたくのきわみだ。顔をほころばせて口に運ぶ中田を見て、胸のうちでは役人を見下していた。

中田は武家の作法を忘れて、飯を三杯もお代わりした。その都度、生卵を飯にかけた。食べ終わったときには、顔がすっかりゆるんでいた。

「我が殿のお計らいで、御公儀勘定奉行勝手方様が動かれることになった」

煎茶をすすりながら、中田が用向きを話し始めた。この次第が知りたくて、三郎右衛門は豪勢な朝餉を調えたのだ。

居住まいを正したあと、ひとことも聞き漏らすまいとして、役人を正面から見詰めた。

「本両替のうち、三井両替店、和泉屋、大坂屋の三店に対して、亀戸銭座よりの仕入れの儀を申し付けられるとのことだ」

「格別のお取り計らい、厚く厚く御礼申し上げます」

三郎右衛門は、畳にひたいをこすりつける形で礼を言った。


中田が口にした「我が殿」とは、金座支配の後藤庄三郎である。後藤家の興りは武家ではなく、金を用いて小判を造る京の鋳金師だ。

卓抜した鋳造技量は、後藤家門外不出の秘技とされた。徳川家初代家康は、江戸開府より八年も早い文禄四（一五九五）年に、京から庄三郎光次を呼び寄せた。

五年後の慶長五年、家康は光次に小判座を構えさせた。そして一両小判と、一分判（四分の一両）の鋳造を命じた。この小判座が、のちの金座である。

『金銀こそは、政務第一の重事』

家康は、こう考えた。江戸に幕府を開くなり、家康は諸国の金山を幕府直轄と定めた。同時に、光次が鋳造する金貨を公儀の基軸通貨として全国に流通させた。

金貨の流通量増加にともない、小判座は金座と俗称され始めた。そして光次を頭領にして、金貨鋳造の占有を認めた。

「こののちは、後藤庄三郎を名乗るべし」

家康は後藤庄三郎の世襲を許すとともに、金座に『御金銀改役』の役名を与えた。開設当初の金座は、銀座も兼務していたからだ。

宝永二（一七〇五）年、五代目庄三郎の時代に銀座とともに勘定奉行の支配下におかれた。金座は金専業となり、役名も『御金改役』と改称された。

日本橋本両替町の金座は、間口四十六間（約八十三メートル）、奥行き七十二間（約百三十メートル）、敷地三千三百三十坪と、桁違いの大きさである。

町人でありながらも、後藤家は乗馬・帯刀を許された。幕府からの給金は、月額二百両に加えて、扶持米四百俵が支給された。これは五千石取りの旗本をも上回る高給だ。

しかも金座には、鋳造する金貨の一分が『分一金』として支払われた。

天明三（一七八三）年においては、月次十万両の金貨が鋳造されている。分一金だけでも、一年で一万二千両だ。それに加えて役料が一年に二千四百両、扶持米四千八百俵である。

玄米一俵は三斗五升。後藤家は扶持米だけで、千六百八十石もの支給を受けていた。これほどに幕府が厚遇したのは、金の鋳造、品位の計量、金貨の鍛造のすべてにおいて、後藤家の技量に頼るほかなかったからだ。

朝廷。大奥。金改所。

幕閣といえども、この三つは『三禁物（きんもつ）』と呼んで手を触れようとはしなかった。

金座は、勘定奉行支配下である。しかし財力において奉行を大きく上回る後藤家は、巧みに勘定奉行を懐柔した。

途方もない利益を手にする金座にしてみれば、銭座の後見などは面倒なだけだった。が、銭の安定供給を目指す勘定奉行の下命である。

賄賂（まいない）漬けにしている奉行だが、役目柄の指図には従わざるを得なかった。

庄三郎は、庶務方末席の中田庄次郎を銭座後見役に就けた。とりあえずの体裁を整えたに過ぎない人事といえた。

ところが深川銭座が健闘していると知ったあとは、庄三郎の顔色が変わった。

「深川銭座ごときに後（おく）れを取っては、金座の威光にかかわる」

庄三郎は金座公務部屋に、本両替三店の番頭を呼びつけた。いずれも、金座から二町（約二百二十メートル）以内の本両替である。

「このたび勘定奉行様より、直々のお指図が下された」

三井両替店、和泉屋、大坂屋の番頭を前にして、庄三郎は重々しい物言いで切り出した。

「本年四月朔日をもって、銭の仕入れは亀戸銭座に限られたい」

告げられた番頭たちは、だれもがいぶかしげな目になった。

公儀御用金の為替を扱う本両替は、基軸通貨の金貨と、上方との決済に遣う銀貨が商いの基本である。銭は、得意先から求められて便宜を図る程度にしか扱わなかった。

それゆえに、仕入れる銭も本両替一店あたり、月に均して千貫文（二百五十両相当）程度だ。毎月、十万両規模のカネを動かす本両替にしてみれば、取るに足りない額である。

そんなわずかな額の仕入れを、勘定奉行が直々に指図すると聞いて、番頭たちはいぶかしんだのだ。

番頭の胸のうちを、庄三郎は察した。

「勘定奉行様には、格別のお考えあってのお指図だ。そなたらも、構えてお指図に違うことのないよう、きつく申しつける」

庄三郎は、厳しい口調で言い置いた。

同じ町人身分の者から、下命口調で申し渡された番頭たちは、胸のうちに思うところを抱いた。しかし金座と悶着を起こしたりすれば、本両替の商いに障りを生ずる。

「うけたまわりました」

業腹な思いを隠しつつ、三人の番頭はあたまを下げた。

「我が殿は、みずからが銭の売りさばきに動いておられる」

湯呑みを膝元に置いた中田は、胸を反らして三郎右衛門を見据えた。

「そのほうらも、格別の思案をもって銭の売りさばきに臨まれたい」

「かしこまりましてございます」

三郎右衛門は、膝元の手文庫を開いた。取り出したのは、一冊の綴りだった。

「これをご覧ください」

表紙には『火事見舞い亀戸銭座大売り出し』と、太筆文字で書かれていた。中田は表紙を開き、綴りの中身を読み始めた。

読み終わったあと、渋い目つきで三郎右衛門を見詰めた。

「中田様のお目には、かないませぬので」

役人の顔つきを見た三郎右衛門は、胸の内から湧き上がる不満を懸命に抑えた。

ひとを集めて、吟味を重ねた趣向である。大して能力のない役人ごときに、渋い目をされるいわれはないと思ったからだ。

「それなりの趣向ではあろうが、金座が後見に立つ銭座にしては、品位に欠ける」

「さようでございましょうか」

三郎右衛門は、相手の言い分を素直に受け入れなかった。中田が目つきをけわしくした。

「わしの言い分が気にそまぬか」

「そんな……滅相もないことにございます」

上辺だけの恐縮を見せてから、三郎右衛門は手文庫から紙の小箱を取り出した。

「中田様には、格別のご尽力をたまわっております。なにとぞこれを、お収めくださりますように」

差し出された小箱に、中田が右手を伸ばした。手にしたときに、物音が立った。中田が毎日耳にしている、小判がぶつかり合う音である。

中田はふたを開こうともせずに、羽織のたもとに小箱を収めた。

「売りさばきの趣向は分かった」

中田の物言いがやわらかくなった。

「くれぐれも、金座の名をおとしめることのないように留意されたい」

「かしこまりましてございます」

あたまを下げた三郎右衛門をそのままにして、中田が立ち上がった。

羽織のたもとが揺れて、小箱の中身が音を立てた。

五十三

中田が亀戸銭座をおとずれていた、三月十三日の五ツどき。三井両替店では、元締の利左衛門と支配人の清太郎とが、元締の執務室で向き合っていた。

元締は通いだが、清太郎は他の奉公人同様に住み込みである。この朝の話し合いに備えて、清太郎はふたり分の朝餉を元締の部屋に運ばせた。

朝餉は、黒塗りの箱膳で供された。

質素を尊ぶ三井の家風そのままに、膳には味噌汁、佃煮、いわしの目刺しが載っていた。飯は七割の米に、三割の麦が混ぜられている。茶碗によそわれた飯からは、麦特有のにおいが漂っていた。

元締も支配人も、食事の間はひとことも口をきかず、膳のものを平らげた。湯呑みの焙じ茶を茶碗に移し、飯の残りを洗い落とした。その茶を呑み干して、朝餉が終わった。

元締が手を叩くまでもなく、小僧が執務室に顔を出した。食事の終わりどきを、小僧は心得ている。箱膳が片づけられたところで、清太郎が座り直した。

「昨日お前から聞いたことが、うまくは呑み込めていない。金座から言われた次第を、もう一度あたまから聞かせてくれ」

元締に促された清太郎は、三月十一日に後藤庄三郎から言われたことを、いささかも省かずに話した。

「金座の言い分は、てまえにはなんとも腑に落ちませんです」

この言葉で結び、清太郎は口を閉じた。

聞き終わったあと、元締は腕組みをして目をつぶった。部下の話を吟味するときの、利左衛門のくせである。

それをわきまえている清太郎は、両手を膝に置いて利左衛門の言葉を待った。

「お前の言うことには、いささか得心できないことがある」

腕組みをほどいた利左衛門は、目の前の清太郎に目を合わせた。元締に得心できないと言われて、清太郎が張り詰めた顔つきになった。

「てまえの話のどこに、不備がございましたので」

清太郎が膝をもぞもぞと動かした。

「いま一度問うが、後藤様は勘定奉行様と言われたのか」

「さようでございます」

「勘定奉行勝手方とは言わなかったか」

「申されませんでした」

清太郎は、きっぱりと言い切った。

江戸幕府の勘定奉行は、勘定所の長官である。職務・職責は多岐にわたるが、主要なものが天領支配、年貢や租税の徴収、財政運営の三務だ。

ほかには天領と、関八州の大名・旗本領などの訴訟を管掌した。徳川幕府にあっては、寺社奉行・町奉行とともに三奉行のひとつで、評定所の一員も務めた。

金座差配も勘定奉行の職務である。ゆえに後藤家は用向き次第では、勘定奉行に目通りがかなった。奉行直々に指図を受けたとの庄三郎の言い分は、筋が通っていた。

とはいえ、亀戸銭座からの仕入れを本両替に指図するなどは、奉行がかかわるはずのない、いわば些事である。

勘定奉行は、職務ごとに数多くの配下を抱えている。本両替の差配や銭座差配は、勘定組頭を筆頭とする、支配勘定の任務だ。この組は百人を超える大所帯で、頭役だけでも十五人もいた。

本両替の銭の仕入れ先などに、勘定奉行が口出しをなされるわけがない……。

利左衛門はこのことに、得心がいかなかった。

「百歩譲って勘定奉行所が口を挟まれるとすれば、せいぜいが勘定奉行勝手方あたりだ。

それとても、月に千貫文ほどの仕入れに、わざわざ指図を下されるとは思えない」

「元締の仰せの通りです」

利左衛門がなにに得心していないのかが分かり、清太郎は勢いづいた。庄三郎から指図を受けたとき、清太郎当人が怪訝な思いを抱いたからだ。

「てまえも、後藤様から聞かされましたお指図には疑念を覚えました」

言い終わるなり、清太郎が身を乗り出した。

「和泉屋さんも大坂屋さんも、同じ疑念を抱えておりました」

「二店の番頭の言い分はどうだったのだ」

利左衛門は目の底に光を宿して、支配人に問い質した。

「後藤様が金座の面目にかけて、亀戸銭座のてこ入れを始めたのではないかと、当て推量を口にしていました」

「てこ入れか……お前はこのたびの一件を、どう判じているのだ」

「和泉屋さん、大坂屋さんと同じでございます」

「同じとは……亀戸銭座へのてこ入れということか」

元締に見詰められた清太郎は、迷うことなくうなずいた。

「お前はなぜ、てこ入れだと思うのだ。ことによれば、亀戸銭座が金座に賄賂(まいない)を渡したのかも知れないだろうが」

「お言葉を返しますが」

それは考えられないと、清太郎は断言した。たとえ銭座が気張って十両の賄賂を渡したとしても、後藤家には端金だ。誇り高い後藤家が、カネで動くとは思えない……。

清太郎は、おのれの考えを利左衛門に話した。

もとより利左衛門は、後藤家が賄賂欲しさに動いたとは考えてもいなかった。

三井は遠からず、賽蔵を差配役に据えた出店を、深川に出す算段を進めていた。

清太郎を出店の元締に据える。

あるじの次郎右衛門も、利左衛門の腹案を諒としていた。利左衛門が愚問とも思えることを問い質したのは、清太郎の器量を計ろうとしてのことだった。

「だとすれば清太郎、うちはどうすればいいのか、お前の考えを聞かせてくれ」

「月に百貫文だけ、仕入れればいかがかと存じます」

「それはまた、どういう根拠だ」

「後藤様に恥をかかせないためです」

亀戸からの仕入れ指図は、勘定奉行から出たものではないと、清太郎は判じた。ゆえに指図には従わなくても、奉行から咎めを受ける恐れはない。

さりとて一文も仕入れないままでは、勘定奉行の名を口にして迫った、庄三郎の面子を潰すことになる。奉行の指図だと偽りを口にするからには、庄三郎もそれなりに肚を

それ
くっているはずだ。

　おおそれながらと本両替が訴えて出たら、後藤家といえども無事ではすまない。それをも覚悟で、本両替に仕入れを強要した。

　もっとも庄三郎は、金座と本両替とが、揉め事を起こすわけがないと読み切っているはずだ。が、それとても絶対に定かではない。一歩間違えれば、金座が口にした偽りが、本両替の口から露見する恐れは充分にあった。

「後藤様は危ういことを承知で、てまえどもに亀戸銭座からの仕入れを迫りました。言い換えれば、深川衆の働きが、それほどに目覚ましいということです」

　利左衛門が、部下の話に深くうなずいた。そのさまを見て、清太郎の物言いには一段と熱がこもった。

「後藤様は、月に幾らの銭を仕入れるかには触れませんでした」

「間違いはないか」

「ございません」

　利左衛門の目を見つつ、清太郎は言い切った。

「本年四月朔日をもって、銭の仕入れは亀戸銭座に限る、と言われただけです。仕入れの額については、なにも申されませんでした」

　てまえどもが深川に銭売りの店を出すことは、早晩、金座にも分かることだと清太郎は続けた。

その出店がどこの銭座から仕入れるかは、金座といえども口出しはできない。

「三井の銭は、深川出店から仕入れるのがてまえどもの仕来りだと、後藤様には申し開きいたします」

それでも月に百貫文の銭を亀戸から仕入れるのは、勘定奉行の指図を重んじてのこと。理詰めで迫れば、庄三郎の面子を潰すことなく、百貫文の仕入れでことが収まる。

これが清太郎の思案だった。

「隅々にまで行き届いた妙案だ」

利左衛門は心底から感心したという物言いで、支配人の思案を誉めた。

「金座が本気で横車を押し始めたのは、お前の見抜いた通りだ。それほどに、賽蔵たちの働きが目覚ましいからだろう」

この先の亀戸の動きに、深川の銭売りがどう立ち向かうか。それが見物だと、利左衛門は口にした。

亀戸銭座を賽蔵たちがやりこめるだろうと、信じ切っている口ぶりだった。

五十四

深川は三月十日の火事以来、晴れが続いている。十四日も朝から青空が広がった。連日の晴天で、地べたは春のぬくもりを蓄えている。夜明けの光が町に伸び始めたころには、木綿の長着一枚で外に出ても寒さを感じなかった。

火事に痛めつけられた深川だが、陽気は春真っ盛りである。花を散らした桜の枝には、花びらの代わりに緑の葉が群れていた。

やわらかな朝日が、桜の葉にも届く明け六ツ（午前六時）過ぎ。深川の裏店は、井戸端が賑やかになった。

「こんな言い方は、おかしいけど」

亭主の仕事着を洗濯する女房が、空を見上げて手をとめた。

「火事のあとは晴れ続きだからさ。焼け出されたひとも、雨に濡れなくてよかったよね」

「あんたの言う通りだよ」

年長の女が相槌を打った。

「このまま晴れが続いてくれたら、お助け小屋の普請（ふしん）もはかどるだろうしさ」

井戸端の女房連中が、うなずき合った。

火事で焼け出されるのは、ひとごとではない。焼け跡には、地元の住人の手で『お助け小屋』が普請された。

掘っ立て小屋に近い粗末な造りだが、それでも普請には鳶や大工の手がいる。材木などの建材も、調達しなければならない。

深川には木場が控えていた。普請にかかわる大工や左官、石工、畳、屋根葺きなどの職人も多く暮らしている。

「災難に遭ったときは、お互いさまだぜ」

火事、地震、洪水などの被害に遭ったひとを助けることに、骨惜しみをしない。

これが、深川に暮らす住人の心意気である。晴天に恵まれて、小屋の普請は大きくはかどった。

六ツ半（午前七時）、正午、七ツ半（午後五時）の三回、仲町のやぐら下には炊き出しの屋台が並んだ。被災者に振舞われる、三度の食事である。

麦飯混じりの握り飯と、煮物、焼き物などの菜が一品、それに汁だ。空腹を満たすだけの炊き出しだが、賄いは仲町の料亭、料理屋、一膳飯屋などが日替わりで受け持った。費えは仲町の商家が分担して負った。それに加えて寺や神社が、賽銭を醵出した。のみならず、賄いを担う料亭なども相応に費えを負担した。

災害から立ち直るまでは、被害の規模によってときの長さが異なる。しかしどれほど長引いても、住民相互のお助けは続いた。

困ったときはお互いさま。

深川に暮らす者は、はなたれ小僧でもこれをわきまえていた。

十四日は陽が昇るにつれて、空の青味が際立つ晴天となった。

仲町の辻には、高さ六丈（約十八メートル）の火の見やぐらが建っている。黒く塗られたやぐらが、雲ひとつない青空と色比べを始めたころ。四ツ（午前十時）の鐘が、永代寺から仲町の辻に流れてきた。

「今日の昼は、またおけいさんが当番かよ」

やぐらの根元で煙草を吸っていた半鐘打ちの真治が、おけいを見て立ち上がった。

「もっと数多く、お手伝いができればいいんですけど」

「そんなこたあねえ。四日で二度も当番を引き受けるなんざ、できることじゃねえ」

大声で誉めたあと、半鐘打ちはおけいの耳元に近寄った。

「おけいさんがこさえる味噌汁なら、ゼニを払ってでも口にしてえって、ばかな評判だからさ」

おれにも残しておいてくれと言い置いて、半鐘打ちはやぐらに戻った。

手早くたすきがけをしたおけいは、大鍋にひしゃくで水を汲みいれた。真治が誉めた、味噌汁をこしらえる鍋である。差し渡し二尺（約六十センチ）もある大鍋は、一度に五十人分の味噌汁が用意できた。

店から持参したダシは、煮干である。こしきで作る味噌汁には、昆布と鰹の削り節を使った。亡母おみねに教わったダシの取り方だ。

しかし一度に五十人分を作る味噌汁には、煮干の強さが適していた。煮干を大鍋に散らしているところに、徳右衛門店の住人が庖丁やしゃもじを手にして向かってきた。

おけいが笑いかけると、女房連中が手を振って応えた。


おけいが炊き出しの当番につくのは、十二日に続いて二度目である。こしきの建つ大島橋とやぐら下とは、四町（約四百四十メートル）以上も離れていた。

それでもおけいが二度目の当番を受け持っているのは、賽蔵が暮らす徳右衛門店がやぐら下の近くだからだ。

「わたしにも昼の炊き出しを手伝わせて」

十一日の夜におけいが口にしたことを、賽蔵はその場で受け入れた。

「いまから、差配さんに話してみようじゃねえか」

ふたりは連れ立って、徳右衛門店の差配をたずねた。

「それはありがたい」

大喜びした差配は、すぐさま肝煎（きもいり）の宿に賽蔵とおけいを連れて行った。

「大島橋から、あんたがわざわざ手伝いに出てくれれば、あたしら山本町も鼻が高い」

裏店が群れになった山本町からは、炊き出しの手伝いが出せていなかった。負い目に感じていた肝煎は、おけいの申し出に小躍りして喜んだ。

「貧乏な町だから大したことはできないが、これを遣ってもらえればありがたい」

『山本町』と白く染め抜かれた紺の木綿袋から、肝煎は二十匁の小粒銀を取り出した。

遠慮せずに受け取ったおけいは、十二日の朝、魚河岸で煮干を仕入れた。

「そういうことなら、うちも損得を言ってられない」

わけを聞いた乾物屋の番頭は、顔つきをあらためて小僧を呼び寄せた。そして銀二十匁と引き換えに、三尺（約九十センチ）四方の大風呂敷いっぱいに煮干を包ませた。

重さは大したことはないが、女が持つには包みが大き過ぎる。おけいがふっと目元を曇らせたのを、番頭は見逃さなかった。

「深川のひとだけに、いい顔をされるのもしゃくだからねえ」

言ってから目元をゆるめた番頭は、小僧をおけいにつけた。深々とあたまを下げて、おけいは小僧をともなって大島橋まで戻った。

「どうもありがとう。あなたのおかげで、大助かり……」

風呂敷をおろした小僧に、おけいは一文銭六枚を握らせようとした。ところが小僧は、受け取るのを拒んだ。

「おいらも深川生まれだもん」

炊き出しの手伝いをして駄賃なんかもらったら、父親に張り倒されると言う。おけいは思わず、両目を潤ませた。

「ごめんなさい、おばさんがわるかったわ」

「おばさんじゃないよ、おねえさんだよ」

小僧の物言いは、世辞ではなかった。

「ちょっと待ってて」

おけいは下駄を鳴らして流し場に駆け込んだ。そして壺の砂糖を、手早く油紙に包んだ。

「少ししかないけど、これならちゃんも怒らないでしょう」

こどもには、甘味がなによりのご馳走である。しかしおとな相手の商いのこしきには、飴の買い置きがなかった。

包みの中身が砂糖だと分かり、小僧が目を輝かせた。

「ありがとうございます」

しっかりした礼の言葉を残して、小僧はこしきの土間から出て行った。足取りを弾ませた小僧が角を曲がるまで、おけいは後ろ姿を見送った。

店の戸締まりをしてこしきを出たのは、四ツの鐘が鳴ったあとである。足を急がせてやぐら下に出向いたら、徳右衛門店の女房連中が待ち構えていた。

賽蔵を裏店に何度もたずねているおけいは、どの女房とも顔見知りだった。

「えらいわねえ」

「お店を休んで炊き出しを手伝うなんて、できるこっちゃねえよ」

「おけいさんのおかげで、うちの差配さんは朝から胸をそっくり返しててさ。あれじゃあ、背中につっかい棒がいるよ」

女房たちは、口を揃えておけいの手伝いを誉めた。

乾物屋の番頭。風呂敷を担いだ小僧。そして長屋の女房連中。だれもが、おのれの欲得を捨てて人助けをしようとしている。

そして、おけいの振舞いを心底から誉めてくれた。

おけいの目が、またもや潤んだ。

「あらいやだ。あたし、なにかわるいことを言ったかねえ。往来で、おけいさんを泣かしちまったよ」

「そんな……嬉しいだけですから」

おけいが慌てた。そのさまを見て、女房連中がどっと沸いた。

おけいが受け持った炊き出しは、出だしから滑らかに運んだ。

亭主とこどもの世話に長けた裏店の女は、支度の手際がすこぶるいい。味噌汁と、くず野菜の煮物はおけいに任せて、飯を炊き、握り飯をこしらえた。

百二十個の握り飯と五十人分の味噌汁は、出来上がるなり屋台からなくなった。

「あんなにひとが喜ぶ顔を見たのは、ほんとうに久しぶりだよ」

片づけをする徳右衛門店の女房たちは、晴れ晴れとした顔を見せた。

「おけいさんの気持ちに付け入るみたいで、気がひけるんだが……」

山本町の肝煎が、気詰まりそうな顔つきでおけいに近寄った。

「あさっての昼の当番が、段取りがついていないらしいんだ。わるいが、もう一回手伝ってもらえないかね」

「おやすいご用です」

おけいは、ためらいなく請合った。肝煎の顔から曇りがとれた。

「だったら、あたしらも一緒だよ」

長屋の女たちが、きっぱりと言い切った。あたまを下げたことのない肝煎が、女房連中に深い辞儀をした。

やぐら下に集まった徳右衛門店の女房六人は、二日前と同じ手順で支度を始めた。

「今日はあたしらにも、おけいさんの味噌汁を残しておいてちょうだい」

「分かりました」

おけいが明るい声で応じたとき。

富岡八幡宮の方角から、三味線、太鼓、鉦(かね)の音が流れてきた。ひとの騒ぎ声が重なっている。

女房連中の手が止まった。

五十五

「ご用とお急ぎのあるかたも、ないかたも、ぜひとも足をとめてお聞きあれ」

仲町の辻の真ん中で、桃太郎の芝居衣装をまとった男が声を張り上げた。口上を告げる男の後ろには、鳴り物を抱えた男五人が似たような身なりで控えている。男のわきには、小豆色の木綿を着た女が、十人立っていた。

さらにその後ろには、布がかぶせられた大八車三台が続いていた。車引きは、無地の半纏に股引姿である。芝居装束の者とは異なり、車引きたちは目つきが鋭かった。

深川では見かけることのない、奇妙な集団である。口上を耳にして、多くのひとが足を止めた。

「なにを始めようというんだろうねえ」

飯炊き支度の手をとめて、徳右衛門店の女房たちが顔を見交わした。

長屋の住人は物見高い。

「見に行ってもいいですよ。ここは、わたしが番をしていますから」

女たちのそわそわした様子を見て、おけいが促した。

「そんなことをしたら、おけいさんにわるいじゃないか」

「でもさあ、おちえさん……ちょっとだけ、見に行ってみないかい」

「そうしようか」

おけいに断わりを言うなり、六人ともがひとの輪のなかに飛び込んで行った。ふうっと小さな吐息を漏らし、おけいは火加減を見ようとしてへっついの前にしゃがんだ。

新しい口上が始まった。

「本日、ただいまからこの場におきまして」

口上を区切ると、鉦と太鼓が一斉に打ち鳴らされた。芝居衣装の集団が、鳴り物を響かせるのだ。仲町の辻には、おとな・こどもの区別なしに、ひとの輪が大きく膨らんだ。

「深川のみなさまに、火事見舞いをさせていただきます」

口上を張り上げているのが、頭領格らしい。目配せを受けた他の者たちは、鳴り物を地べたに置いて大八車に駆け寄った。十人の女たちが後に続いた。

先頭の一台が、布を取り払った。

車には、酒の四斗樽四個が積まれていた。わきには、輪切りにされた竹が山を築いている。女十人が、杉の盆に竹を載せた。

竹が残らず盆に載ったのを見定めてから、芝居衣装の男たちが樽四つの鏡を割った。辻が、酒の香りに包まれた。

鏡を割った男たちは、小さなひしゃくを手にして竹に酒を注いだ。

「毎日の火事の後始末、まことにご苦労様でございます。まずは灘のお神酒で、お疲れの喉をお湿しください」

十人の女が、ひとの群れに分け入って酒を配り始めた。竹と灘酒の香りが混じりあい、いかにも美味そうである。

竹の盃を受け取った男女が、香りをかいでゴクッと喉を鳴らした。しかし、だれが、なんのために酒を振舞っているかが分からないのだ。香りはかいでも、酒に口をつける者はいなかった。

酒を配り終わった女たちは、大八車に盆を戻した。そして荷台のわきに積んであった、布袋を手にした。

「ぼっちゃん、じょうちゃんには、呑みたいだろうが、酒はまだ早い」

口上の男は、おのれが言ったことにひとりで受けて笑顔をつくった。顔にも桃太郎の化粧がほどこされている。が、男の身体つきも、むき出しの手の甲のしわも、五十をとうに超えた年配者のものだ。

桃太郎の作り笑いを見て、怯えたこどもが母親の手を強く握った。

「こどもには、川越名物の芋飴をあげよう。欲しいこどもは、威勢良く手をあげておくれ。おねえさんたちが、気前よく芋飴を配ってくれるから」

男がまた、笑い顔になった。斜め上の空から降り注ぐ陽が、男の顔をまともに照らした。白塗りの下には、まばらに無精ひげが生えている。

男が顔をほころばせると、陽光がひげとしわとを浮かび上がらせた。

手をあげるこどもは、ひとりもいなかった。

「どうしたよ、みんな……ずいぶん、おとなしいじゃないか」

こどもの応え方に鼻白んだ口上男は、十人の女に目配せをした。女たちはすぐさまこどもに近寄り、無理に芋飴を握らせた。

ひと通り飴を配り終わったのを見て、頭領の男は曲がり気味だった背筋を伸ばした。

「ここからが、火事見舞い本番の始まりであります」

いつの間にか鳴り物を手にしていた男たちが、一斉に鉦と太鼓を叩いた。その音を受けながら、二台の大八車が真ん中に出てきた。

一段と鉦・太鼓の音が大きくなったとき、荷台にかぶせた布が取り払われた。車には、樫板の銭函がうずたかく積み重ねられていた。

「てまえどもは、金座の後見をいただいた亀戸銭座でございます」

二台の車が、『金座後見　亀戸銭座』と描かれた大きな札を荷台に立てかけた。

「亀戸銭座は、火事に遭われたみなさまがたの難儀を、充分に承知いたしております。そこで本日、この場において」

太鼓と鉦とが、目一杯に打ち鳴らされた。

「百文緡四本を、銀五匁という桁違いの安値で両替いたします。銭は金座が吟味した、できたての鉄銭であります」

賽蔵たちが黒船橋で売っているのは、百文緡四本が銀六匁である。これでも充分に安値だが、亀戸銭座は銀一匁も安く売るという。

銭に換算すれば、六十六文も安い勘定だ。売値を聞いて、ひとの群れがどよめいた。手応えを感じ取った口上男は、車引きにあごをしゃくった。

間髪を入れず、もう一枚の大札がそれぞれの荷台に立てかけられた。

紅蓮の炎が町を焼き尽くしている、火事場の絵が描かれている。炎が焦がす夜空の部分には、『金座後見　亀戸銭座火事見舞い』の文字が白抜きで描かれていた。

仲町の辻が静まり返った。

「こんな災難に遭われたみなさまに、金座後見の亀戸銭座は、損得抜きのお手伝いをいたします」

両替はひとり銀十匁までで、早い者勝ちだと張り上げて、男は口上を閉じた。

われ先にひとが押し寄せてくると思ったのか、銭函のわきに立つ車引きが身構えた。口上を言った男も、配下の男女も、車のそばに駆け寄った。

ところが……。

ひとの輪は、まるで動かなかった。

「ふざけんじゃねえ」

群れの中ほどで、半纏をまとった職人が、ひとりごとのようにつぶやいた。そのつぶやきに、周りの者が大きくうなずいた。

「あたしらを、なんだと思ってるのさ」

輪の反対側では、こどもの手を握った母親が言葉を吐き捨てた。それにもまた、周りの者がうなずきで応じた。

「てめえっちは、深川の火事を食いもんにする気だな」

「なにが人助けでえ」

「火事にのっかって、きたねえゼニ儲けをしようてえのか」

群れのなかから、少しずつ、ひとの怒りが湧き始めた。その怒りは輪を伝わり、ついには群れ全体にまで満ちた。

「とっととけえれ」

ひとりが灘酒の入った竹を、桃太郎めがけて投げつけた。あっという間に、群れの方々から竹が投げられ始めた。

「深川から出て行ってよ」

母親の手を離した女の子が、芋飴を放った。

「金座がどうしたてえんでえ」

「おれっちの深川銭座は、てめえらが束になってかかっても、びくともするもんかよ」

「二度と深川にへえってくるんじゃねえ」

亀戸銭座のあざといやり口に、深川の住人は心底からの怒りをぶつけた。

桃太郎の男は、言葉を失くして立ち尽くしていた。

味噌汁をこしらえるおけいは、われ知らずに目元をゆるめていた。

五十六

明和三（一七六六）年三月十五日。

大事な商談を控えた深川銭座は、夜明けとともに大掃除の支度を始めた。

品川沖から昇る朝日は、まだ海と空の根元にいた。深川銭座の中庭には、だいだい色の光の帯は届いていない。

濃紺色の上空では、月と星とが淡い光を放って居残っていた。

「一番組から三番組までは、銭座のなかを掃いてくれ。隅々までしっかり掃いて、木の葉一枚、見落とすな」

門前仲町の周旋屋から差し向けられた掃除屋の差配が、引き連れてきた三十人を前にして声を張り上げた。

「分かりました」

たすきがけの三十人が、差配に向かって声を揃えた。

掃除はひとつの組が五人で、組ごとにたすきの色が違っている。四番組は来客を迎える座敷、五番と六番の二組は銭座の正門周辺を掃き清めると決まった。

深川十万坪と呼ばれる、広大な土地に構えられた銭座である。敷地内も正門周りも、ていねいに掃除するには相応のときが入り用だ。

三井両替店の支配人一行と、水売りの元締め一家が銭座をおとずれるのは五ツ半（午前九時）だ。一刻半（三時間）の間に掃除の仕上げを請負っている差配役は、顔つきを引き締めて指図を下した。

三十人は、だれもが掃除の玄人である。差配から段取りを聞き終えるなり、すぐさま仕事に取りかかった。

配下の銭売り十一人を引き連れた賽蔵は、五ツ（午前八時）前に出向いてきた。賽蔵を含めた十二人全員が、羽織姿である。この日のために、おけいが古着屋と掛け合って調えた羽織だ。

同じ色味で十二着は揃えられなかった。こげ茶色、濃い鼠色、紺色と色味はばらばらだ。染め抜かれた家紋はどれも、着ている当人とはかかわりのない紋である。

いつもは半纏姿の銭売りたちは、羽織の紐がゆるまないようにと気遣っていた。歩き方がぎこちないのは、衣装が身体に馴染んでいないがゆえだ。

「なんでえ、あの飾りは」

汐見橋の予吉が正門を見て、身なりに似合わない甲高い声をあげた。

「今日が、深川銭座の新しい門出だからさ。そうでやしょう？」

黒船橋の登六に問いかけられた賽蔵は、うなずいたあとで十一人を順に見回した。

正門の両側には、高さ八尺（約二・四メートル）の巨大な門松が据えられていた。陽はまだ空の低いところにあった。が、力強い光が門松を照らしている。

濃緑の松葉と、伐り出したばかりの青竹が、朝の陽を浴びて色味を競い合っていた。

「おい、予吉……」

江島橋の光太郎が、予吉と同じように声を裏返して呼びかけた。予吉が近寄ると、光太郎は門松の上部を指差した。

「松のてっぺんが、キラッと光ってた。おめえは見なかったか」

「門松が光るわけはねえ。光太郎さんの目が、どうかしちまった……」

予吉が笑い飛ばそうとしているさなかに、門松が鈍い光を放った。

「おめえも見ただろうがよ」

「たしかに光ってらあ」

光太郎と予吉が、門松に駆け寄った。

「こいつあ、おどろいた」

光太郎が感嘆の声を漏らしているわきで、予吉が銭売りたちを手招きした。

正門両側に飾られた門松の上部には、数十枚の五匁銀が吊り下げられていた。細い絹糸で縛られた銀貨は、宙に浮かんでいるかのように見える。

風を受けて、五匁銀がゆらゆらと揺れた。向きが変わると、陽を弾き返して鈍く輝くという趣向である。

「門松といい、五匁銀といい、銭座の本気のほどが伝わってくるぜ」

滅多なことでは感心しない平野橋の源一が、目を見開いて門松を見上げた。

「みんな、ここに集まってくれ」

右側の門松の前に立った賽蔵が、十一人の銭売りを呼び集めた。

「この日のために深川銭座は、三日がかりで門松をこしらえた。今朝は三十人の掃除人を雇って、なかも外もきれいに掃き清めている」

賽蔵が正門前の地べたを指差した。

「道理で、どこにもチリひとつ落ちてねえわけだ……」

箒目(ほうきめ)も鮮やかな門の内側を見回しながら、富岡橋の佐吉が心底から感心していた。

「今し方登六が言った通り、今日は銭座の新しい門出の日だ。このあとの談判を上首尾に運んで、亀戸銭座をおれたちの手で店仕舞いに追い込む」

賽蔵が息を詰めて、十一人の銭売りを見回した。だれもがあごを引き締めて、賽蔵の目を受け止めた。

「肚をくって、この門をくぐるぜ」

賽蔵の意気込みに触れて、銭売りたちは正門の前で身づくろいを確かめあった。

最年長の蓬莱橋の時十が、門松に向かって辞儀をした。十人の銭売りがあとに続いた。

深い息を吸ってから、賽蔵も辞儀をした。


「こちらが手前どもの為替切手でございます。ひと綴りが五十枚となっておりますので、どうぞお改めくださ い」

三井両替店の手代が、為替切手帖を芳太郎の膝元に差し出した。表紙には『三井両替店』の屋号と井桁に三の家紋が、墨色一色で刷られている。

綴りを手にした芳太郎は、一枚ずつめくって枚数を確かめた。

「五十枚、しっかりと確かめました」

念願がかなった芳太郎だが、物言いに変わりはなかった。が、頬のあたりに朱がさしていることで、嬉しさのほどが察せられた。

賽蔵と深川銭座の仲立ちで、芳太郎と三井両替店との取引が実現した。その労を多として、三井も芳太郎も深川銭座まで出向いてきたのだ。

「先日お伝えしました通り、一万三千二百両を持参しました」

芳太郎の物言いが、いつになく行儀がいい。慣れない言葉遣いだが、そこは年商一万九千両の水売り元締めである。濃紺の羽織を着た芳太郎からは、老舗のあるじも同然の風格が感ぜられた。

三井両替店も芳太郎も、ともに自前の船で深川銭座をおとずれていた。見栄を張ってのことではない。この朝にやり取りする大金を運ぶためである。

取引に際して、芳太郎は三井に一万三千二百両を預ける旨を伝えていた。

三井は一年に三分八厘の預かり料を受け取ることで、取引開始を承諾した。一万三千二百両を預ける芳太郎は、一年五百一両の預け代支払いを呑んでいた。

江戸でも図抜けた高給取りといわれる大工でも、一年の稼ぎはせいぜい二十両だ。大工が二十五年かかって稼ぐカネを、芳太郎は一年の預け代として三井に支払うわけだ。

それほどの大金を払ってでも、芳太郎は三井との取引を望んでいた。

わけはふたつある。

ひとつは、三井両替店の為替切手を振り出したかったからだ。芳太郎は毎年、四千両を超える途方もない額の儲けをあげた。その儲けを遣って、芳太郎一家は毎年、相当額の買い物をした。

商人たちは節季の集金の都度、深々と辞儀をして数百両のカネを受け取った。が、集金袋に金貨や銀貨を仕舞うとき、商家の奉公人はふっと目つきを変えた。

「大きな稼ぎはしていても、所詮は水売りだ。あたしらが使う水道の余水を、高値で売っているだけじゃないか」

手代が胸の内でつぶやく〝客を見下した〟物言いを、芳太郎の目と耳とがはっきりと聞き取っていた。

大店や老舗の節季払いの手段は、金貨・銀貨ではなく本両替の為替切手だ。切手であれば、集金に出向いた者が大金を持ち歩かなくて済む。為替切手での支払いを受け取って、取引先は初めて相手を大店だと認めた。

芳太郎がどれほど多額の買い物をしても、現金払いをする限りは、商人は一段低く見下していた。

わけのふたつ目は、本両替に預ける限りは、盗賊だの火事だのを案ずることが無用であるからだ。

どれほど堅固な蔵を構えても、猛火に襲いかかられては持ちこたえられない。しかも蔵の造りを念入りにすればするほど、盗賊には格好の餌食に映った。

高額の預け代を払ったとしても、本両替に預け置く限りは安心である。たとえ江戸中が丸焼けになったとしても、本両替は一両も欠かさずに預かったカネを客に払い戻す。

本両替のなかでも、公儀勘定奉行とじかにやり取りができる三井両替店は別格である。その店と取引がかなうことになった芳太郎は、自前の水船で一万三千二百両を運んできた。

三井両替店は、千両箱の運び船を三杯保有していた。万両のカネを運ぶには、大八車では無用心きわまりない。

運び船の金庫は、堅牢な樫板造りである。身の丈六尺（約百八十センチ）で揃えられた船の警護役は、だれもが公儀から太刀と槍の備えを許されていた。

芳太郎が持参した千両箱十三個は、銭座座敷の真ん中でふたが開かれた。間違いなく一万三千二百両があるのかを確かめるためである。

運び船に乗ってきた二十人の手代が、座敷にまで出張ってきた。

千両箱には慶長、元禄、正徳、享保と、ばらばらの時代に鋳造された小判が詰まっていた。重さはほとんど同じだが、色味・鎚目・極印がそれぞれ違っている。

すべての千両箱の中身が、純白の絹布の上に音を立ててあけられた。

「すげえ眺めだぜ……」

一両小判の山を見て、予吉が思わずつぶやきを漏らした。

手代たちには、それぞれが得手とする時代があるようだ。一万三千二百枚の小判が、手際よく時代別に選り分けられた。そののち、枚数の勘定が始まった。

手代はふたりで組を作った。ひとりが数え、もうひとりは手代の手元を見詰めた。勘定に誤りを生じさせぬためである。

正午の鐘の音が座敷に流れてきても、勘定は続いた。一万三千二百枚を数え終わったのは、九ツ半（午後一時）を四半刻も過ぎたころだった。

「一万三千二百両、確かにお預かりいたしました」

三井の支配人が芳太郎に受取を渡して、正式な取引が成り立った。

「本日ただいまより、てまえどもの五匁銀および銭の買い入れは、深川銭座に限らせていただきます。これは三井両替店当主、次郎右衛門より言付かって参りましたことにございます」

三井の支配人が、重々しい声で口上を伝えた。わきに座っていた手代が、約定書を支配人に差し出した。

「深川銭座請け人ご三方と、賽蔵さんの署名・捺印をお願いいたします」

約定書には、すでに三井両替店の四角い印形が押されている。座敷に差し込む午後の陽を浴びて、三井次郎右衛門の署名が黒々と輝いた。

深川銭座の請け人三人は、最初の署名を賽蔵に譲った。大商いを成就させた賽蔵への、なによりの賞賛だった。

賽蔵が小筆を手に持った。

十一人の銭売りたちが、息を詰めて賽蔵の背中を見詰めていた。

五十七

芳太郎と三井両替店との取引が成り立ち、銭売り稼業は一段と滑らかに運び始めた。

この年の三月は、中旬を過ぎても心地よい春の晴天が続いた。

「おどろいた。長屋の普請が、ずいぶんと手際よく運んでるじゃねえか」

手伝いに出向いてきた本所の職人が、普請のはかどり具合に目を丸くした。

「あたぼうだろうがよ。ここをどこだと思ってるんでえ」

話しかけられた地元の大工が、玄能(げんのう)を右手に握ったまま胸を張った。

「おれっちは、木場が後ろ盾の深川だぜ。火に炙(あぶ)られたぐれえで滅入るやつは、この町にはひとりもいねえ」

明和三(一七六六)年四月十日。

火事からひと月が過ぎたころには、深川もすっかり元気を取り戻していた。

「一日も早く、みんながひとつ屋根の下で暮らせるといいですね」

日に日に立ち直ってゆく町の様子を、おけいは心底から喜んでいた。生まれ育った深川が元通りになるのは、こしきの繁盛以上に嬉しいようだ。

みんながひとつ屋根の下で……。

おけいは、銭売り全員が三井両替店深川店で働く日を思い描いていた。

「深川の店ができたら。おめえはこしきをどうするんでえ」

この日まで一度も、賽蔵はこれを問わずにきた。所帯を構えるのは互いに決めていたが、こしきの行く末には触れてこなかった。

「こしきもお店も、ふたつともしっかりと守ります」

迷いのない物言いで、おけいは答えた。

母親から受け継いだこしきである。たとえ三井深川店に暮らすことになっても、こしきを閉じることは、おけいには考えられないのだろう。

「ふたつを切り盛りするのは、口で言うほど楽じゃねえぜ」

「分かってます」

おけいは真正面から賽蔵を見詰めた。

「分かっていますが、おっかさんが命がけで切り盛りしてきた店です。お客さんが食べにきてくれる限りは、わたしが勝手をするのを許してください」

こしきに対するおけいの思いがどれほど深いかは、賽蔵も知り抜いている。もとよりやめさせる気は毛頭なかった。

「おめえがつらくなったときは、井筒屋に頼んで賄い婆さんを遣(よこ)してもらうさ」

井筒屋は仲町の口入屋だ。深川店の賄いなら、おけいでなくてもことが済む。

そう判じた賽蔵は、店の賄いは案ずるなと口にした。おけいが思案顔になった。

「どうした、おけい。なにか、気がかりでもあるのかよ」

「あります」

おけいの物言いがあまりに強かったので、賽蔵は驚いて相手を見詰めた。

「賽蔵さんが口にするごはんを、ほかのひとに任せるのはいやです」

「おめえの気持ちは嬉しいが、意気込みだけじゃあできねえこともある」

店の賄いはだれでもやれるが、こしきはおめえしかできねえ……。

おけいを見詰めたまま、賽蔵は穏やかな口調で話した。あたかも、だだをこねるこどもに、言い聞かせるような物言いだった。おけいがどれほどこしきを大事に思っているかは、賽蔵も骨身に染みて分かっていた。

おけいは一度、考え込むようにして目を閉じた。開いたときは、賽蔵を正面から見詰めた。ふたりの目が絡み合った。

もしもふたつを切り盛りするのが無理と分かったときは、こしきを畳むと言い切った。

賽蔵は、あとの言葉が口から出なくなった。

おけいの気性を知っているだけに、本心から言っているのは分かりきっていた。

そして。

おけいの想いを受け止めたがゆえに、賽蔵は軽いことが言えなくなった。

言葉を失った賽蔵を見詰めていたおけいが、ふっと目元をゆるめた。

「平気よ、賽蔵さん。わたし、へこたれたりはしないから」

明るい声を残して、おけいは流し場に入って行った。

ほのかな残り香が、こしきの土間に漂っている。おけいがいなくなって、賽蔵は初めて香りに気づいた。

大きく息を吸い込んでから、残り香を楽しむかのように目を閉じた。

五十八

四月十一日は、久々の雨となった。

火事のあと、天は町の復興を後押しするかのように晴天続きを深川に恵んだ。町の形が元通りになるにつれて、ひとは湿りを恋しがった。

真冬のようなカラカラではない。それでも地べたが固く乾くにつれて、住民たちは胸の奥底に怯えを抱えた。

もしも、いま火が出たら……。

晴天続きで、堀や川の水は日ごとに水量を減らしていた。商家の天水桶の水は、取り替えるに取り替えられず、いやなにおいを発している。

だれもが……表仕事の職人や、銭売りまでもが湿りを望んでいたときの雨である。

「うまい具合のお湿りだ。これで町の連中も勢いづくだろうよ」

雨支度を調えながら、時十がしわの寄った目元をゆるめた。雨降りだと、銭を濡らさぬ気遣いが入り用だ。本来なら厄介なのに、銭売り衆も雨を喜んだ。

とは言っても、やはり晴れの日よりは商いが薄くなる。

「いい按配の雨降りだ。おれは、佐久間町の誠太郎さんをたずねてくる」

支度を進める配下の者に言い置いて、賽蔵は神田佐久間町へと向かった。

誠太郎は、二十人の担ぎ売りを抱えて普請場の職人に弁当を売りさばく元締めである。

「うちの親方の元には、日に四十貫文という、桁違いの銭が集まってるぜ」

二月十九日にばったり出会った徳三から、誠太郎の商いぶりを聞かされた。一年で三千両の売り上げがあると、あの朝の徳三は胸を張った。

いつか顔を出そうと思いつつ、三井と芳太郎の橋渡しに汗を流した賽蔵は、訪問の折りを見失っていた。

今日は都合のよいことに、朝から雨降りとなった。降れば大方の普請場は仕事休みだ。今日なら、誠太郎さんもひまだろう。

そう思い定めた賽蔵は、跳ねが上がらないように気遣いつつも、足を急がせた。

宿は和泉橋北詰の、神田佐久間町一丁目だと徳三から聞かされていた。

「近所にくりゃあ、飯炊きのにおいがするから、すぐに分かるぜ」

徳三の話を聞いたとき、賽蔵は町の煮売り屋ぐらいの宿を思い描いた。佐久間町一丁目に足を踏み入れて、手にした傘の柄が震えたほどに驚いた。

誠太郎の宿は、町の一画を占めていた。

本瓦葺きの平屋だが、ざっとの見当でも建坪二百坪はありそうだと察せられた。調理場とおぼしき辺りには、五本の煙出しが設けられている。どの管からも、ねずみ色の煙が勢いよく吐き出されていた。

宿の前には、三台の大八車が停まっていた。二台は空車だが、一台には紅白の野菜が山積になっている。賽蔵は荷台に近寄った。

だいこんとにんじんが、雨に打たれていた。よくよく見ると、ほとんどが傷物だった。今日のうちに料理しねえと、傷んで使い物にならなくなる……おけいの仕入れを見慣れている賽蔵は、いぶかしい思いで野菜を見た。

「なにか用かい」

よそ者の賽蔵を不審に思ったのだろう。大柄な男が、尖った声をぶつけてきた。野菜に見入っていた賽蔵は、呼びかけられるまで背後の気配に気づかなかった。

「申しわけねえ。つい、だいこんに見とれちまってたもんで」

「見とれるほどのできじゃあねえ」

六尺（約百八十センチ）近い大男が、ぶっきら棒な物言いで賽蔵を睨みつけた。

「町内じゃあ見かけねえ顔だが、うちに用でもあるのか」

「あっしは深川で銭売り稼業を営んでる賽蔵でやすが……」

男の様子と物言いから、賽蔵はこの男があるじだと察した。

「誠太郎さんは、おたくさんで？」

「いかにも誠太郎だが、徳三の言ってた賽蔵さんはあんたか」

素性を知ったあとも、誠太郎の無愛想ぶりは変わらなかった。

「深川の銭売りが顔を出すかもしれねえと徳三から聞いたのは、二月の下旬だ。ふた月が過ぎようというころにやっとお出ましとは、了見が違ってやしねえか」

売り込む側の賽蔵が、ふた月近くも音沙汰なしだった末にいきなり顔を出したことに、誠太郎は腹を立てていた。

「てめえの都合しか、かんげえておりやせんでした」

誠太郎の立腹はもっともだとわきまえている賽蔵は、言いわけをせず、短い言葉で詫びた。誠太郎と、水売りの芳太郎とが重なって見えた。それゆえ、賽蔵は余計な言葉を口にしなかった。

しばらく賽蔵を見詰めていた誠太郎は、ふっと小さな息を漏らして表情を和らげた。

「雨んなかを深川から出向いてきたんだ、とりあえず宿んなかにへぇんなよ」

先に入った誠太郎は、大声で茶の支度を言いつけた。調理場では、二十人近い女が忙しげに弁当作りを進めていた。

焚き口三つのへっついが、五基も並んでいる。外に出ている五本の管は、へっついの煙出しだった。

炊き上がった飯で、十人の女が握り飯をこしらえている。反対側の大きな卓には、野菜の煮しめが大皿に盛られていた。

握り飯と野菜煮とを、竹皮に包んで仕上げる女が五人。手馴れた手つきで竹皮に紐を回すさまに、賽蔵は思わず見入った。

「あんたが今日ここに来たのは、雨降りでひまにしていると思ったからだろう」

いきなり図星をさされた賽蔵は、うなずいただけで口は開かなかった。

元は大工だった男が、これだけの所帯を切り盛りしている。よほどの才覚がなければ、できない仕事だ。

口を閉じたまま、賽蔵は女たちの働きを興味深げに見詰めた。見ているうちに、あたまの隅に引っかかりを覚えた。

徳三は握り飯三個に、香の物と番茶をつけて一人前二十文だと言っていた。ところが竹皮に包んでいる握り飯は二個だ。その代わりに、徳三は言わなかった野菜の煮物が加わっていた。

雨降りなのに売れる弁当。

握り飯を一個減らした代わりに、おかずがついている。

思案をめぐらせるなかで、賽蔵にはひとつの考えが浮かんだ。

「まさか誠太郎さんが、芝居小屋だの軽業小屋だのに、弁当を納めているとは思いやせんでした」

誠太郎の目を見ながら、賽蔵は浮かんだ考えを言い切った。誠太郎の顔色が変わった。

「うちが芝居小屋に弁当を納めているのを、なんであんたは知ってるんだ」

問われた賽蔵は、あいまいに笑って答えをはぐらかした。

誠太郎が両国橋西詰の小芝居小屋に握り飯弁当を卸し始めたのは、先月初旬からだ。

中村座や市村座とは異なり、両国の客は職人などの家族連れがほとんどである。

芝居の木戸銭は、おとな十文でこどもは八文。中村座の五分の一の安さで、客もふところ具合を心配せずに小芝居が楽しめた。

そんな客には、一人前八十文もする幕の内弁当など、売れるわけがなかった。

雨降りでも弁当が売れる先はないかと思案していた誠太郎は、両国の小芝居小屋に目をつけた。

家族連れは、力仕事の職人とは違う。握り飯を二個にして、おかずをつけようと決めた。そして小芝居小屋には、十六文で卸すことにした。

弁当を五個売っただけで、おとなふたり分の木戸銭と同額の儲けが得られる。

試しに売ってみたところ、二十個の弁当がたちまち売り切れた。芝居小屋は昼夜二回の興行で、一回あたり百五十人の客が入った。

小屋主は翌日から昼五十、夜五十の弁当を仕入れることにした。見物客は、晴れの日よりも雨降りのほうが多かった。雨で仕事休みとなった職人たちが押しかけてくるからだ。

番茶がついて、一人前二十文である。かけそば一杯分の代金で、おかず付きの弁当が買えるのだ。昼夜で百個が毎日売り切れた。

小屋主の儲けは、一日四百文。おとなの木戸銭四十人分に相当する。大喜びした小屋主は、他の小芝居小屋や軽業小屋にも弁当売りを勧めた。

四月に入ってからは、誠太郎は昼夜合わせて、三百個の弁当を両国橋西詰の小屋に納めていた。

煮物を少しでも安く仕上げるために、誠太郎は砂村の農家に出向いた。そして形のわるい物や、傷む寸前の野菜を捨て値で仕入れた。

雨降りでも弁当を売りたかった誠太郎は、見事に納め先を切り開いた。

「銭売りの勘働きというところでさ」

芝居小屋への納品を言い当てられた誠太郎は、賽蔵の話を真正面から聞くようになった。

「三井両替店の深川店差配を、任されることになりやした」

ことの次第を聞き終わったあとは、ぜひにも取引を始めたいと誠太郎は身を乗り出した。

「いつの日にか、三井の為替切手が振り出せる身になりたいもんだ……」

誠太郎は両目に強い光を宿して、賽蔵を見詰めた。

「定かな約束はできやせんが、折りを見て三井の元締に話してみやしょう」

「ぜひにも、よろしく」

雨の日の掛け合いで、賽蔵は深川店最初の得意先を得た。

四月十一日の雨は、夕刻には上がった。

「まだ店もできてねえのに、得意先を摑んでくるとは……たいした腕だ」

時十は何度も同じことを口にした。幸先のよさを強く感じて、他の銭売りたちも顔をほころばせた。

四ツ（午後十時）間際まで、こしきで酒盛りが続いた。永代寺が撞く四ツの鐘を聞いて、銭売りたちは慌てて帰り支度を始めた。

「今夜はおれの宿にきねえ」

賽蔵は、徳右衛門店へとおけいをいざなった。居候をしていた予吉と光太郎は、新しく普請された長屋に移っている。

誠太郎との商いが成り立ったことを、賽蔵はおのれの宿で祝いたかった。

「分かりました」

火の始末をしっかり終えてから、賽蔵とおけいは連れ立って山本町へと向かった。

「おっかさんにも一緒に、お祝いをしてもらいたいから」

おけいはおみねの位牌を、こしきから持ち出した。朝の雨がすっかり上がり、空には星がまたたいていた。

「空の星が、賽蔵さんのお祝いを言ってくれてるみたい……」

おけいの肩が賽蔵にくっついた。

日付が変わった、深夜八ツ（午前二時）。仲町の火の見やぐらが擂半（すりばん）を鳴らした。

「大きな火事にならなければいいけど」

擂半で目覚めたおけいが、ひとりごとのようなつぶやきを漏らした。

焼けたのは、こしきだった。

大島橋たもとにぽつんと建っている、おけいの店一軒だけが丸焼けになった。

五十九

こしきは丸焼けになった。

しかし周りに民家がなかったことで、延焼の迷惑はかけずに消し止めることができた。

「亀戸の仕業に決まってらあ」

「こしきを丸焼けにされたんじゃあ、もう黙ってはいられねえ。これから亀戸に押しかけようじゃねえか」

四月十二日の四ツ（午前十時）。

町役人の火事場検分が終わった焼け跡で、若い予吉と、血の気の多い崎川橋の左右吉が息巻いた。

「滅多なことは言うもんじゃねえ」

時十が若い者の口をいさめた。が、予吉は治まらない。

「役人衆が付け火（放火）かもしれねえって言ったのは、時十とっつあんも聞いたでしょうが」

「ああ。あれが聞こえないほどに、おれの耳はまだ遠くはねえ」

予吉を強い目で見詰めた。すでに五十を超えている時十だが、気合のこもった睨みには、若い者を黙らせる強さがあった。

「役人は、ことによったらと言ったんだ。付け火だと言い切ったわけじゃねえ」

「時十さんの言う通りだ」

賽蔵が話を引き取った。

「ゆんべ店を出るときの火の始末は、おけいと一緒におれも確かめた。うっかり火種が残っていたなどは、おけいの気性からも断じてねえ」

「おけいさんに、そんなことがあるわけがねえさ」

まだ心持ちが治まらないらしく、予吉が途中で口を挟んだ。隣に立っている光太郎が、予吉の肩をつっついてたしなめた。

「おれも正味のところでは、予吉と同じことを思っている。付け火をしたのは、九分九厘、亀戸の連中だ」

おけいとの祝言を配下の者に明かして以来、賽蔵はこしきに寝泊りしているのを隠していない。賽蔵に恨みを持つ者が付け火をしたと考えるのには、筋が通っていた。

「そうは言っても、付け火は死罪だ」

焼け跡で、賽蔵は銭売り全員を見回した。分かってはいても、あらためて付け火は死罪と聞いて、予吉が息を呑んだ。

「幸いにもよそに火が移らなかったことで、おけいはお咎めなしで済むと、町役人は請合って帰って行った」

十一人の男が、安堵の吐息を漏らした。

「おふくろと一緒に育った家を焼かれて、あいつはめげてるが、それでも穏便にことを運んでくれと、何度もそう言ってる」

賽蔵は、ひとことずつ、噛んで含めるような話し方をした。予吉は目を潤ませて聞いていた。

「付け火じゃねえかと騒いだら、役人が出張ってくる。そうなったら、せっかく幸先よく運んでいる深川店の縁起に障ると……おけいはそう言って、ことを胸のうちに収めた」

おけいに害が及ばなければ、ことを荒立てる気はないと、賽蔵は考えを伝えた。

「おめえたちもおけいの気持ちを汲んで、おさまらねえことも治めてくれ」

「分かりやした」

予吉の返事が一番の大声だった。

「そうは言っても、このままじゃあ済まされねえ。商いで亀戸を叩き潰して、おけいの仇（かたき）をとるぜ」

「がってんだ」

今度は全員が、時十までもが、肚の底からの大声で応じた。

「わたし、これでよかったと思ってるの」

四月十二日の夜は、昼間の暖かさが嘘のように冷え込んだ。燗酒の徳利を手にしたおけいは、潤んだ目で賽蔵に酌をした。

「よかったてえのは、どういうことでえ」

こしきが焼けてよかっただと？

得心のいかない賽蔵は、つい声を尖らせた。

「ゆうべおっかさんのお位牌を持ち出したとき、妙に胸騒ぎがしたの。これっきり、こしきには戻れないいんじゃないかって……」

そう思いながらも、おけいは賽蔵の宿に泊まった。夜中に擂半を聞いたときは、わけもなく、こしきが燃えていると思った。

大きな火事にならなければいいけど……。

あのとき漏らしたのは、こしきがぽつんと建っていることを思ってのつぶやきだった。

「これから深川店が始まる大事なときなのに、わたしがこしきとお店の二股をかける気でいるのを、おっかさんがきつく叱ってくれたんだと思うわ……」

これで気持ちが吹っ切れましたと、おけいが物静かに言い結んだ。

「命がけで深川のお店を守りますから」

徳利を膳に置いたおけいは、畳に三つ指をついた。慌てて居住まいを正した賽蔵の目は、燃え立つような強い光をたたえていた。

六十

箱崎町の中洲は、大名屋敷で埋まっている。

田安中納言の下屋敷が、一万三千坪余。

下総古河藩主土井大炊頭中屋敷が、四千五百二十八坪。

三河吉田藩主松平伊豆守下屋敷が、三千三百十八坪。

そして下総関宿藩主久世大和守中屋敷が三千三十一坪。

広大な大名屋敷は、互いに高さ一丈（約三メートル）の屋根付きの長屋塀で囲われている。邸内に生い茂る四家の樹木は、遠目には森のごとくに見えた。

中洲の一隅には、十軒ほどの民家もあった。大川を目の前にした地の利のよさに加えて、大名屋敷四家の警護は厳しく、治安のよさも図抜けていた。

ゆえにここの民家は、日本橋大店の隠居所がほとんどである。一軒の民家は三百坪以上の敷地があり、互いに行き来をすることはほとんどない。

世俗のわずらわしさから逃れたい隠居には、格好の土地柄だった。

三井両替店の別宅も、この地にあった。

敷地五百坪の広い別宅は、高さ八尺（約二・四メートル）の樫板塀で囲われている。多くの家が杉板を使うなかで、三井は丈夫な樫を塀に用いていた。

玄関はわざと小さくこしらえてあり、格別の門もない。表札すらもかかっていないのは、三井の用心のあらわれと言えた。

大川には、自前の船着場が設けられている。もともと、人影のほとんどない町だ。日暮れてから船でこの別宅をおとずれる客は、顔を見られる心配は皆無だった。

四月十五日の暮れ五ツ（午後八時）。曇り空に月星はなく、町はすでに闇に包まれていた。

が、百目ろうそくが十本も灯された別宅の二十畳座敷は、部屋の隅まで明るかった。

床の間を背にして座っているのは、幕閣のなかで頭角をあらわし始めた田沼意次である。享保四（一七一九）年生まれの意次は、四十八歳の円熟味にあふれた男だ。

将軍家治の覚えがめでたく、来年（明和四年）には、将軍側用人に取り立てられるだろうと、うわさをされていた。

「本日、霊岸島に陸揚げされたばかりの酒にございます」

三井当主次郎右衛門が、伊万里焼の徳利で意次に酌をした。次郎右衛門と意次とは、意次がまだ前の将軍家重の御側衆を務めていたころからの付き合いである。

「意次様には、遠からず御上の御側用人をお務めになられるとのうわさをうかがっております」

「相変わらず早耳だの」

意次が盃を干した。

「うまい酒だ。これは灘か」

「播州龍野の新しい蔵でございます」

三井両替店は大坂にも店がある。灘の酒蔵は、三井大坂店の上得意先だ。

江戸で進物に用いる酒は、すべて大坂店の番頭が吟味をして江戸に廻漕させた。

意次に勧めている『龍野誉』(たつのほまれ)は、大坂の番頭がぜひにと強く推奨してきた新しい酒だった。

「辛くて美味い酒だ。御上にも、この酒はまだご存知あるまい」

「ならば意次様がお側御用をお務めなされます折りには、てまえどもから新酒百樽を贈らせていただきます」

三井の当主が口にした言葉である。意次は目元をゆるめて受け入れた。

別宅には、八百善の料理人が入っている。健啖家(けんたんか)の意次は、供された料理を残さずに平らげた。

酒肴が下げられたあとは、熱い焙じ茶と甘味が供された。意次は酒もいけるが、食後の甘いものには目がない男である。

茶はぬるい煎茶ではなく、熱々の焙じ茶を好んだ。強い湯気が立ち昇る茶に口をつけたあと、意次は羊羹に手を伸ばした。

「これは……いつもの羊羹とは、異なるようだが」

「意次様のお口には、あいましたのでございましょうか」

「ほどよい甘味がよいの」

次郎右衛門が用意したのは、深川門前仲町伊勢屋の羊羹である。おけいが三井の支配人に勧めた品で、あずき餡のほどよい甘味が深川では評判だった。

ふた切れの羊羹を、意次は立て続けに口に運んだ。味に満足しているのが、ゆるんだ目元にあらわれていた。

「お気に召していただけましたなれば、五棹ほど、お持ち帰りいただきたく存じます」

意次は、顔をほころばせてうなずいた。

羊羹を端緒として、次郎右衛門は深川の話に入った。

将軍御側衆時代から、意次は世俗の話を聞くことを喜んだ。次郎右衛門は亀戸銭座と深川銭座の商い争いから、三井深川店を銭売りに任せること、こしきが焼けたことまでのあらましを聞かせた。

五匁銀を銭売りが懸命に売っているくだりでは、意次は身を乗り出して耳を傾けた。

「佃島の漁師といい、水道橋の水売りといい、はたまた佐賀町の周旋屋といい、五匁銀を先に立って遣うとは、見上げた心がけだの」

「お誉めにあずかりましたことは、てまえの口からかならず伝えさせていただきます」

次郎右衛門は、畳に両手をついて意次の賞賛を受け止めた。

「それにつけても、金座の増長のほどは目に余る」

ゆるんでいた意次の目元が、いきなり険しくなった。

「そもそも銭座を金座が後押しするなどは、政道にもとる愚挙である。なにゆえそのような次第になったのか、わしなりに詮議してみよう」

金座のよこしまな意図が判明したときには、きつく成敗すると意次は断言した。

「羊羹のお代わりは、いかがでございましょう」

「いや、もはやこの上は喉を通らぬ」

焙じ茶をすすった意次は、次郎右衛門を膝元に招きよせた。

「そのほうも、なかなかの者だの」

意次は、くつろいだ口調で話しかけた。

「羊羹の甘味で、わしに火事の仇討ちをさせようとはのう」

次郎右衛門は畳にひれ伏した。

音を立てて茶をすすった意次は、苦笑いをかみ殺しつつ三井の当主に目を当てていた。

終章

「へぇえ……そうなるのか」

仮の着物を着た予吉を見て、時十が目を見開いて驚いた。

「馬子にも衣装というが、古い言い伝えには千にひとつも仇がない」

「とっつあん、それは違うぜ」

光太郎が時十に近寄った。

「親の意見とナスビの花は、千にひとつも仇がない、てぇんでしょうが」

「そんなことは分かってて言ってるんだ」

時十が顔をしかめようとした。しかしゆるんだ顔は、すぐには引き締まらない。戸惑ったような顔つきの時十を見て、おけいが口元に手をあてた。

明和三年七月十日、八ツ（午後二時）下がり。

銭売り十一人に、賽蔵、おけいの全員が、棟上げの終わった三井両替店深川店の板の間に集まっていた。

九月一日の開業に向けて、今日も普請は続いている。まだ陽の高いうちに全員の顔が揃っているのは、三井のお仕着せ寸法取りのためである。

お仕着せを仕立てるのは、越後屋呉服店。おけいを含めただれもが、越後屋で着物を仕立てたことなどなかった。

板の間の全員が気持ちを弾ませているのは、越後屋の手代に生まれて初めて寸法採りをされているからだ。

裄丈(ゆきたけ)を測り終えた手代は、仮の着物を羽織らせた。濃紺細縞の結城紬(ゆうきつむぎ)で、手代はあわせとひとえの両方を持参していた。

「それでは次は……ときじゅう……さんとお読みするんでしょうか」

手代は時十の名前が読めずに言いよどんだ。

「とっつあんの出番ですぜ」

隣に座って待っている光太郎が、時十の背中を押した。空の咳払いをしてから、時十が手代の前に立った。

手早く採寸したのちに、手代はひとえのお仕着せを時十に羽織らせた。七月の強い日差しが地べたに降り注いでいる。その跳ね返りが、時十の羽織ったお仕着せを照らした。

背筋を張って献上帯を締めた時十からは、大店の番頭もかくやの風格が感じられた。

「見違えちまった」

「ほんとうにそうだ」

いつもは口数の少ない永居橋の隆助が、めずらしく自分から口を開いた。

「とっつあんのお仕着せ姿を、亀戸の連中に見せてやりたかったぜ」

「隆助あにいの言う通りだ。三井のお仕着せを着たとっつあんを見たら、あの連中は腰を抜かしたにちげえねえ」

予吉の口がいつも以上に軽いのは、亀戸銭座が廃業と決まったからである。

「金座が銭座の後ろ盾になるなど、前例もなければ、その必然性もない。なにゆえそのようなことが生じたのか」

五月下旬の評定所において、老中のひとりが勘定奉行を詰問した。奉行は返答に窮した。

格別のわけがあったのではない。金座後藤からの願い出を、勘定奉行は深く詮議もせずに裁可を下していた。

小判改鋳のたびに、金座後藤は相当額の謝金を勘定方役人たちにばら撒いている。勘定奉行のみならず、勘定方はほぼ後藤家当主の言いなりに近かった。

老中に正面から問い質された勘定奉行は、すぐさま後藤庄三郎を役宅に召し出した。

「金座が鋳造する金貨は、幕府の屋台骨である。ゆめおろそかにも、勤めを怠るでない」

わけの分からない理由をこじつけて、勘定奉行は金座に亀戸銭座から手を引かせた。

「銭は充分に市中に出回っておる。なによりも深川銭座は、鉄銭鋳造の優れた技を持っておる。それに加えていまひとつ、深川銭座は五匁銀市中通用に、格別の働きをいたしておる」

勘定奉行は、これだけのことを息もつかずに一気に言った。

「評定所において、亀戸銭座の取り潰しが詮議された。亀戸は深川銭座が吸収する。さように心得よ」

勘定奉行の言い渡しを、後藤庄三郎は一言の言い返しもせずに受け入れた。

亀戸取り潰しを言い出した老中の名を、勘定奉行は最後まで明かさなかった。

採寸が終わったあと、賽蔵とおけいは大川端を歩いた。佐賀町の護岸作事は、ほぼ仕上がりに近かった。

大川の東岸に立った賽蔵は、対岸を見た。

真正面には、西日を受けた江戸城が見えた。町の家並は、大川西岸のほうが深川に比べて美しく揃っていた。

しかし火事に焼かれた家並がでこぼこしていても、深川には、ひととひととが助け合って暮らす心意気があふれている。

「西岸は小判で、うちらは銭だぜ」

賽蔵がぼそりとつぶやいた。

見た目の美しさよりも、ひとの暮らしの根元を支え合うのが深川だと、言いたかったのだろう。

言葉足らずのつぶやきを耳にして、おけいが賽蔵の顔をのぞきこんだ。

「いま、なんて言ったの?」

もう一度言うのが照れくさくて、賽蔵は答えずに西空を見た。

そんな賽蔵をからかうかのように、都鳥が啼き声をひとつ、賽蔵の頭上にこぼして飛び去った。

解説　こころざしを売る男

島内景二

銭売り賽蔵。その名を聞いても、読者は決して誤解しないでほしい。彼は、「カネ」を売る人間ではない。むろん、高額な金貨・銀貨を日用的な銅銭・鉄銭へと交換し、手数料を受け取るのが彼の仕事ではある。だが賽蔵が売っているのは、掛け値なしの「高いこころざし」だ。もう一つ、互いへの思いやりに満ちた「深川の人情」もまた、彼の大切な売り物である。賽蔵は、真っ当な暮らしをしている人々の役に立ちたいという願いを、一瞬たりとも忘れたことがない。

賽蔵という人間の価値を見抜いた野島屋大三郎は、「身寄りやらカネやらを失う怖さを持たない者が、高いこころざしを支えに生きることの強さを、この歳になって見た思いです」と、感嘆している。

この言葉の中に、『銭売り賽蔵』という小説の主題が表明されていると言っても、決して過言ではなかろう。「悪貨は良貨を駆逐する」という経済の法則は、こと賽蔵に関しては、まったく当てはまらない。それどころか、「良貨は悪貨を駆逐する」ことを、賽蔵は身をもって読者に教えてくれる。むろん「良貨」と「悪貨」は、人間の比喩でもある。

彼が相手とする顧客は、金貨や銀貨を操って天下を動かす幕閣や大名・豪商ではない。為政者の気まぐれに翻弄されながらも、銅銭や鉄銭という、ささやかな貨幣を使って必死に生きている庶民たちである。彼らに、日々の暮らしの喜びを売り歩くのが、「銭売り賽蔵」の誇りであり、男意気である。

もうお気づきだろう。銭売り賽蔵は、作者である山本一力の紛う方なき分身だったのだ。カネの力が幅をきかせる世知がらい昨今の世の中にあって、少しでも心を潤わせ、温かい心を取り戻したいと渇望している読者たちに、まことの「こころざし」を惜しげなく分け与えてくれるのだ。そう考えれば、賽蔵が住む長屋が深川の「山本町」にあるという設定も、作者の名前が「山本」一力であることと偶然の一致ではないだろう。

江戸時代には、度重なる金貨・銀貨の改鋳の結果、粗悪品が出回った。大判や小判がぎっしりと詰まった「千両箱」は、こころざしを失いつつある武家や豪商の「虚勢」のシンボルかもしれない。確かに、悪貨は良貨を駆逐しつつあったのだ。それに対抗するために敢然と立ち上がったのが、銭売り賽蔵と仲間たちである。彼らは深川に住み、深川の庶民たちを顧客としていた。「深川」という「川向こう」の場所を拠点として、「良貨が悪貨を駆逐する」理想社会の建設が試みられる。賽蔵が、そのリーダーである。

賽蔵が取り扱うのは、一文銭を縄でたがねて百文とする「緡（さし）」である。この「緡」は、庶民が額に汗を流して手にした「真っ当な宝物」であり、生きる喜びと哀しみが籠もっている。深川の人々の暮らしを一つにたがねる縄の役割を果たしているのが、賽蔵である。

「銅（鉄）、よく金を制す」とでも言いたいような、奇蹟の勝利を呼び起こす男。不幸を幸福に変え、敵すらもいつのまにか味方にしてしまう男。それが、銭売り賽蔵である。

賽蔵は、孤児だった。両親の顔も、自分の本当の名前も知らない。野分（台風）がもたらした洪水の中を、たった一人、幼子の賽蔵は「盥（たらい）の舟」に乗って漂っていた。それを拾い上げて養子としたのが、深川で銭売りを稼業としていた由蔵だった。これは、「うつお舟」あるいは「うつろ舟」と呼ばれている英雄の誕生説話である。「拾われ子」の賽蔵は、深川の人々の情けを受けて逞しく育ち、壮年に達した。

昔話には、桃という、変わったうつお舟に乗って川を流れてきた英雄がいる。そう、桃太郎である。運よく、親切な爺さんと婆さんに拾われた桃太郎は、自分を大きく育ててくれた村人たちのために、鬼を退治してあげた。

唐突な思いつきであるが、賽蔵を桃太郎の再来と見立ててみたら、どうだろうか。賽蔵は、深川の人たちの暮らしを守るために、立ち上がる。彼の前に立ちふさがった「鬼」は、何者か。そして、桃太郎と一緒に鬼と戦った「犬・雉・猿」に当たる仲間たちは、誰なのか。読者は、まるで「江戸深川版・桃太郎」を読んでいるような爽快な気分を感じる。

それにしても、笑える。桃太郎の生まれ変わりである賽蔵に退治される側の鬼たちが、何を血迷ったか、最終局面も近づいた場面で、こともあろうに桃太郎に扮して深川に攻め込んでくるのだ。このあたりは、鬼の側を主人公として尾崎紅葉が明治時代に書いた『鬼桃太郎』というパロディを連想させるほどに、楽しい趣向である。

尾崎紅葉の童話では、人間の桃太郎を退治しようとした鬼桃太郎は、あっけなく海の藻屑（もくず）と消える。同じように、「賽蔵＝桃太郎」をやっつけようとした「賽蔵の敵＝鬼桃太郎」は、賽蔵を慕う深川の善男善女によって返り討ちに遭ってしまう。

賽蔵という桃太郎を信じて付いてきたのは、十一人の銭売りたちだった。賽蔵を含めて十二人の勇士たちが、深川で暮らす人々の生活を守るために、結束して立ち上がった。この十二人の別枠として、紅一点の「おけい」がいる。おけいの作る絶品「サバの味噌煮」は、さしずめ「きび団子」である。

だが、固い絆で結ばれた総勢十三人も、途中で一度だけ仲間割れの危機に直面した。たとえで言えば、孫悟空と猪八戒が喧嘩ばかりして、一つに心が溶け合わないうちは、いつまで経っても三蔵法師一行が天竺に到着できないのと同じことである。賽蔵と配下の男たちとの軋轢(あつれき)は、賽蔵自身の心の迷いの結果である。

ここが、賽蔵の最大のピンチだった。外なる敵は退治できても、内なる敵ほど処置に困るものはないからだ。この最大の試練を乗り越えれば、外部から襲いかかる試練など、賽蔵にとってもはや物の数ではなかった。

ところで、「平野橋の源一」「蓬萊橋の時十」などと、深川近辺の橋の名前と共に呼ばれる十一人の仲間たちの一人一人には、異なった個性がある。山本一力が描く男たちは、目の輝きが違う。『酒呑童子(しゆてんどうじ)』など、鬼退治の昔話では、正義の味方と鬼の大将が、真っ向から睨み合うというのが、クライマックスである。だから、賽蔵たちの眼力は鋭い。

ただし、他人を威圧するためだけではなく、相手の心のまことを見抜き、人定めをするためにも目は光る。賽蔵と野島屋との睨み合い、英伍郎と甲乃助との対座、賽蔵と水売りの芳太郎との本気の談判など、男と男の本気のぶつかりあいが、この小説の読ませ所の一つである。繰り返し、男たちの目から鋭い光が放たれる。そして激しく視線で切り結んだ後に、互いの人格への称賛の気持ちから、男たちは穏やかで優しい目つきに戻ってゆく。

この小説を読んだ読者は、「あなたは青年の日の燃えるようなこころざしを、今でも持ち続けていますか」という作者の呼びかけを聞いたような気になる。自分が男であることを試される瞬間である。その時、ふだんは優しい作者の目が一瞬、読者の心の奥底を見抜くように鋭く発光したように感じられる。

賽蔵をはじめとする登場人物が強烈に発散しているリアリティ。心の奥底まで見通してしまう作者の人間観の鋭さ。この二つによって、『銭売り賽蔵』は読んで楽しいだけの昔話ではなく、人間の真実を描く小説となっている。

だが、この小説は「男の世界」だけを描いたものではない。小料理店「こしき」を営む「おけい」は、賽蔵の「おさななじみ」だが、もはや「おさななじみ」という言葉から連想されるような少女ではない。三十代の半ばを越した大人の女である。彼女は物心のついた頃から、七つ年上の賽蔵を「兄」のように慕ってきた。今では、賽蔵を支え、仲間を結びつけるための最大の求心力ともなっている。賽蔵が「深川の男のこころざし」を売っているとすれば、おけいは「深川の女のこころざし」を売っている。女性読者は「おけい」を鏡として、自分が「女」であることの意味を考え直すことになる。

おけいが小説に登場する時は、必ず何かしらの嗅覚が伴っている。中でも、彼女の得意料理であるサバの味噌煮の匂いは、母親のおみね譲りの絶品であり、読者の食欲をそそって止まない。香ばしいサバの味噌煮を作るおけいの成熟した女体からは、白粉と髪油の入り交じった悩ましい芳香も発散されている。

よい香りだけではない。賽蔵の住む深川山本町の裏店は、かわやに近いために、そのの水の味と共に、深川の暮らしのシンボルである。

山本一力の小説の行間には、江戸の「かおり」と「におい」が漂っている。それが、深川の男と女の「こころざし」に、リアリティだけでなく「深い味わい」を加えている。人生の味は、甘いだけではない。だからこそ、人生は陰影に富み、すばらしいのだ。

山本一力の出世作となったのは、直木賞を受賞した『あかね空』。本書でも、西空を美しく染める「あかね空」への思い入れは繰り返し語られている。「西空が鮮やかなあかね色に染まっていた」とあるし、「終章」で、「賽蔵は答えずに西空を見た」とあるのも、心にしみこむような「あかね空」だったに違いない。

大川の東側から、西の方角にある江戸城や、日本橋の豪商たちの住む世界へと向かう視線。自分たちにはないものへの憧れを抱かせるだけでなく、自分が自分であることの深い喜びも感じさせてくれるのが、あかね空である。それが、武家でも豪商でもない、深川庶民の「希望」であり、「心意気」であり、また「こころざし」でもあった。その「こころざし」の擬人化された男女の好一対が、賽蔵であり、おけいであったとも言える。

『銭売り賽蔵』は、明和二（一七六五）年五月から翌年七月までの約一年を描いている。まさに「桃太郎の鬼退治」にもたとえられるような、激動の一年間だった。しかし、人生は劇的な事件が済んだからといって、終わるわけではない。このような一年が、何回も何回も繰り返され、父から子へと世代が変わっても繰り返されてゆく。それが歴史であり、「人生の巡り合わせ」である。

賽蔵とおけいが多くの人と力を合わせて必死に生きた一年間の日々は、二十一世紀の今を生きる私たちにも繰り返されている。そう感じさせるだけの希望と感動が、この作品にはある。賽蔵とおけいの生きた日々を、いっそう強く肌で感じてみたいと思えば、実際に深川を訪れてみたらよい。大島橋のあったあたりでは、今も釣り人がゆったりと釣り糸を垂らしている。日曜日の富岡八幡宮の境内では、骨董市のにぎわいを目にすることもある。木場公園の池では、若者たちが角乗りの練習に励み、見守る人たちからは励ましの声が飛んでいる。

江戸の深川情緒は、今もしっかりと伝えられている。賽蔵も、おけいも、生き続けている。だから、彼らのこころざしを自分の心の根元にしっかりと株分けしてもらった読者たちは、現代の賽蔵であり、おけいであるのだ。

（しまうち　けいじ／国文学者）

銭売り賽蔵　朝日文庫

2025年3月30日　第1刷発行

著　者　山本一力

発行者　宇都宮健太朗
発行所　朝日新聞出版
〒104-8011　東京都中央区築地5-3-2
電話　03-5541-8832(編集)
03-5540-7793(販売)
印刷製本　大日本印刷株式会社

定価はカバーに表示してあります

ISBN978-4-02-265189-1

落丁・乱丁の場合は弊社業務部(電話 03-5540-7800)へご連絡ください。

送料弊社負担にてお取り替えいたします。